JEANNE, THE BYSTANDER

KANZI KAWAI

SHODENSHA

ジャンヌ

JEANNE, THE BYSTANDER

CONTENTS

装丁＝川名 潤

プロローグ　涙

「もう、泣くのはやめて下さい。シェリー」

　私は子供用の小さなベッドの上で、風呂上がりのシェリーの髪を、後ろから白いバスタオルで拭《ふ》きながら話しかけました。

「悪い夢など、早く忘れることです。そうすれば恐怖も忘れられます」

「夢？」

　シェリーは私を振り向いて聞きました。

「ジャンヌ、あたし、夢を見てたの？」

　シェリーは私の、緑色に光る目を見ながら言いました。

　私の顔に横に並んでいる二個の緑色のものは、正確には「目」ではありません。緑色ＬＥＤの中央にある瞳のような黒い点は視覚センサーです。具体的には、光電変換受光素子を用いた超小型ＣＣＤカメラです。

　そのＣＣＤカメラで私はシェリーの顔を見ました。シェリーの頰《ほお》は、ぐっしょりと濡《ぬ》れていました。私はシェリーの濡れた髪を拭くのを中断し、バスタオルの端で濡れたシェリーの顔を拭《ぬぐ》いました。

「はい。そうです。あなたはさっきまで、怖い夢を見ていたのです」

私は首を一度下げてから、また元に戻しました。

頭部を上下させる行為は「頷《うなず》く」と言って、肯定を意味するボディーランゲージです。私の炭素繊維強化プラスチック製の白い顔は、彫像のように固定されていて、表情というものがありません。そのせいで意思を円滑《えんかつ》に伝達するためには、言葉とともに適切なボディーランゲージを用いる必要があります。

「だから、もう忘れて下さい。もう怖い夢を見ることはありませんから」

私はシェリーの顔をタオルで拭きながら言いました。

シェリーは小さく頷きました。しかし、私が何度頬を拭いても、シェリーの目からは次々と透明な体液が流れ出てきて、頬を伝いました。シェリーはまだ、強い恐怖の中にいるようでした。

ヒトは睡眠中、時々「夢」という名の幻覚を見ます。このことは知識として与えられていましたが、なぜ睡眠時に夢を見るのかはヒト自身も解明できていないようでした。そのためヒトは夢について、医学、心理学、文学、哲学などあらゆる方向から様々な解釈を試みてきました。曰く、夢とは充足願望だ、神経インパルスのバグだ、記憶の再確認だ、死の恐怖への防衛メカニズムだ――。

しかし、機械である私には、ヒトが夢を見るメカニズムがよく理解できます。コンピュータが正常に稼働するためには、時に作業を停止した状態でデフラグ、最適化、メモリのクリーンアップを行う必要があります。ヒトの脳もこれと同じで、思考が停止した睡眠中に、機能のチェックとメンテナンス作業を行う必要があるのです。

この作業は記憶の整理であったり、未来予測であったり、様々な情動のテストであったりします。この時に脳をよぎる記憶や予測、希望や不安の断片を、たまたま睡眠中のヒトが記憶してしまうことがあります。その記憶は、脈絡《みゃくらく》のない断片をランダムに繋《つな》ぎ合わせた結果、辻褄《つじつま》の合わないストーリーとなります。これが夢の正体です。

シェリーは胸の前に、茶色い熊のぬいぐるみをしっかりと抱き締めていました。シェリーがトーマスと名付けている体長三十㎝ほどのテディベアで、緑色のTシャツを着せてありました。そうしていることで、シェリーの恐怖感は随分《ずいぶん》と稀釈されているようでした。動物やぬいぐるみには、ヒトのストレスを低減させる力があることを、私は知っていました。

家事ロボットである私は、仙台市《せんだいし》にあるジャパン・エレクトロニズム社の工場で製造され、詳細かつ厳密な作動テストを終えたのちに、東京都に建つ、三人のヒトが住む邸宅へと運ばれてきました。三人のヒトとは、シェリーとその両親です。

起動したあと最初に私が戸惑《とまど》ったのは、ヒトという動物は情報伝達のためにいくつもの手段を併用するということでした。まず「言語」。これは言葉の意味だけではなく、声量や発音や抑揚《よくよう》にも変化をつけて微妙なニュアンスを表現します。

次に「動作」。ボディーランゲージです。頷く、首を左右に振る、お辞儀をするなど、基本的なものはあらかじめインプットされていますが、年齢や性別や民族によって、あるいはその時の状況によって、全く異《こと》なる意味となることがあり、実際の使用例を蓄積して学んでいくしかありません。

そして、何よりも難解なのが「表情」でした。ある感情を意図的に偽装する場合もありますが、ほとんどの場合、表情は内なる感情の表れとして顔に自然発生します。例えば、精神状態が良好で軽い躁《そう》状態にある時、ヒトは両目を細めて口角を上げます。逆に、精神状態が不良で軽い鬱《うつ》状態にある時、ヒトは両眉《まゆ》に力を入れて口角を下げます。

そして感情が昂《たか》ぶった時、ヒトは両目から「涙」と呼ばれる体液を分泌《ぶんぴつ》します。

特に理解が難しいのは、この「涙」でした。ヒトは強い心理的ストレスがかかった状態になると、両目から透明な涙液《るいえき》を流し、この現象を「泣く」と呼んでいました。知識としては知っていたものの、最初に見た時には、どうしてよいか対応に迷いました。そのヒトの個体が、一体何のために目から体液を流すのかわからなかったからです。

なぜ、ヒトは心理的に強い負荷がかかった時、目から涙液を流すのでしょうか？

涙液は、普段は眼球を保護するための体液です。成分をスペクトル分析しても、涙にはストレスを寛解する物質が含まれている訳ではありません。また、体内でストレスを引き起こす物質を目から排出している訳でもありません。つまり、何のためにヒトが「涙」を流すのか、私には全く不可解でした。

「ジャンヌは、泣きたくなる時はないの？」

シェリーはまた振り向くと、私に聞きました。

「私は人間ではありません。ですので、涙は流しません」

私は答えながら首を横に振りました。否定を意味するボディーランゲージです。

「じゃあ、悲しい時はどうなるの？」

「私は人間ではありません。ですので、悲しくなりません」

「強いのね。やっぱりジャンヌはジャンヌなのね」

シェリーは前を向いたまま身体《からだ》の力を抜き、私に背中を預けてきました。私は髪を拭くのをやめ、シェリーの小さな身体が損傷しないように出力を下げて、両腕でそっと抱き締めました。

そして私は、私がジャンヌと名付けられた時の記憶を再生しました。

「この女の人はジャンヌよ！　だってカッコいいから」

私の顔を見上げながら、小さいシェリーが叫びました。

「私、ジャンヌ・ダルクの伝記を、図書館の御本《ごほん》で読んだのよ！」

御本とは勿論《もちろん》、小学校にアーカイヴ化してある電子図書ファイルのことです。シェリーの両親は苦笑しながら娘の言葉に同意し、私はジャンヌという名前で呼ばれることになりました。

そのあと私は、シェリーに手を引かれて、二階にあるシェリーの部屋に連れて行かれました。

その子供部屋で、私はシェリーにあらためて挨拶《あいさつ》しました。

「よろしくお願いします。シャロンお嬢様」

私はお辞儀をしました。シャロンというのはシェリーの本名です。

するとシェリーは、なぜか気分を害したようでした。

「お嬢様とかそういうの、なんかイヤ。バカにされてるみたい。それにジャンヌ、あたしのことはシェリーって呼んで」

私は質問しました。

「本名があるのに、どうして偽名《ぎめい》を使うのですか？」

「ギメイなんて知らない。シェリーは私のニックネームよ」

「では、どうしてニックネームを使うのですか？」

するとシェリーはこう答えました。

「ジャンヌはあたしの友達でしょう？　友達同士は、相手をニックネームで呼ぶのよ」

私は「友達」という言葉の定義を、ネットワークの辞書で確認しました。すると「互いに心を許し合って対等に交わっている存在」「一緒に遊んだり喋《しゃべ》ったりする親しい存在」と説明されていました。私は、現在の私とシェリーとの関係は、この定義に合致しないと判断しました。

私は首を横に振りました。

「私はあなたの友達ではありません。この家庭にリースされている家事ロボットです」

「友達じゃないの？」

急にシャロンは泣きそうな顔になりました。

「だって、ママはあたしに、あなたの新しいお友達がくるのよ、って言ったわ。あなたは私のお友達になるために、うちに来てくれたんじゃないの？」

私は答えました。

「では、友達になれと私に命令して下さい。そうすれば、私はあなたの命令に従い、あなたの友達になります」

「うーん。なんか違うのよねえ」

シェリーは腕組みをすると、溜《た》め息《いき》をつきました。

「まあいいわ。じゃあジャンヌ、今からあたしの友達になってくれる？」

シェリーは私の目を、つまり3D視覚センサーをじっと見ながら言いました。

「今日からあたしの友達になって、あたしをずっと助けてくれる？　あたしが怖い目に遭《あ》わないように、怖いことからずっと守ってくれる？」

「はい、わかりました」

目に不安を浮かべている少女に向かって、私は頷きました。

「シェリー、私はあなたの友達になります。そしてあなたをずっと助けます。あなたが怖い目に遭わないように、怖いことからずっと守ります」

するとシェリーは、嬉《うれ》しそうににっこりと笑いました。


私が背後からシェリーの身体を両手で抱き締めていると、ようやくシェリーは落ち着いたようでした。そこで私は、シェリーから両手を離しました。

「シェリー、私には仕事が残っています。そろそろ行かねばなりません」

私はバスタオルを畳《たた》んで持つと、ベッドを降りてシェリーを振り向きました。

「そしてもうしばらくしたら、この家にお客様が来ます。私はそのヒトたちと一緒に出かけなければなりません」

シェリーはまた悲しげな表情になりました。

「どこにいくの？」

どこへ行くことになるのか私も知りません。私は首を左右に振りました。

「わかりません」

「帰ってくるのよね？」

シェリーは泣きそうな顔になりました。

「はい。帰ってきます」

私は頷きました。

「本当？　約束よ？」

「はい。約束の印に、あなたにこれをあげます」

私は薄紫色の前髪を搔《か》き上げると、白い炭素繊維強化プラスチックでできた額《ひたい》を指先で押しました。すると微《かす》かなモーター音が響き、額の外殻《がいかく》がわずかに持ち上がり、ゆっくりと下にスライドを始めました。

やがて私の額の下に、隠されていたスリットが現れました。私はそのスリットから、およそ二cm角のキラキラと光るカードを抜き取ると、シェリーに差し出しました。

「これは、私が戻ってくるという約束の印です」

「きれい。ありがとう」

シェリーは小さなカードを大事そうに受け取ると、熊のトーマスが着ているTシャツの胸ポケットに、そっと入れました。

「いってらっしゃい、ジャンヌ」

熊のトーマスを抱き締めながら、シェリーが気丈に言いました。

「お仕事だものね。寂しいけど、あたしわがまま言わない。でも、ずっと待ってるから、絶対に帰ってきてね」

「いってきます、シェリー」

私も、視覚センサーでシェリーを見ながら頷きました。

「約束します。必ずいつか、あなたのところへ帰ってくると」

私は子供部屋を出てドアを閉めると、静かに廊下を歩き、階段へと向かいました。子供部屋のある二階から一階に下りると、居間のドアを開けて中に入りました。シェリーにも言った通り、私には残された仕事がありました。

居間の中央までやってくると、私は首を下げ、カーペットの上に転がっているものを見下ろしました。

それは、私が殺害したヒトの死体でした。

私に残された仕事とは、このヒトの死体に必要な作業を行うことでした。

この家にお客がやって来て、私をどこかに連れ去る前に――。

01　殺人者

七月六日金曜日、午前二時——。

初夏、深夜の青山《あおやま》通り。ＬＥＤの青い街灯に照らし出された片側三車線の広い道路は、完全に制御された自動運転車《フルオート》の列が整然と流れていた。全ての車が制限速度の五十㎞に保たれ、一定の車間距離で滑《なめ》らかに走行している。

その青山通りの赤坂《あかさか》方面から、唸《うな》るような低い音が聞こえてきた。

音は徐々に大きくなり、やがてどどどど、どどどどという腹に響く重低音の連続となってあたりに轟《とどろ》き始めた。燃焼式レシプロエンジン。今となってはほとんど聞く機会もなくなった音だ。そして漆黒《しっこく》のアスファルトを一筋の光が切り裂き、闇の中から何物かが姿を現した。

ヘッドライトを黒い路面に照射しながら、ものすごいスピードで路面を一直線に滑《すべ》るように突進してくる黒い影。その、まるで猛牛か巨大な猪《いのしし》のような真っ黒いものの上に、しがみ付くような低い姿勢で、やはり真っ黒い服の人間が跨《またが》っている。時速百二十㎞は出ているだろう。自動《フル》運転《オート》車には出せないスピード、明らかに手動運転車《マニュアル》だ。

爆走しているのは四輪バイク《オートクワッド》だった。それも四十年近く前の二〇二〇年代に製造された古いガソリンエンジン車、ラザレスＬＭ８４７Ⅵだ。フランスはルドヴィク・ラザレス社の試作品《プロトタイプ》で、四百七十馬力、最高時速二百八十㎞を叩《たた》き出すモンスター・マシン。爆音を吐き出しているのは、赤くペイントされたマセラティ製の四・七ℓ《リッター》Ｖ８エンジン。

四輪バイクは、整然と流れている三列の車の流れに、スピードを全く緩《ゆる》めることなく突っ込んできた。すると車両の流れはたちまち両脇に分かれ、道路の中央に緑色に光るレーンが出現した。緊急走行車両レーンだ。四輪バイクは猛スピードでその緑色の帯に入り、あっという間に両側の車両を置き去りにしていった。

スマートロード。車線を区切るラインも、横断歩道も、方向指示も、制限速度表示も、駐車可能エリアも、全てが空中にレーザープラズマ照明で表示され、時間帯や通行量に応じて融通無碍《ゆうずうむげ》に変化する。路面はこの世で最も高い強度を持つ物質、グラフェン製。その下層に透明太陽電池層、そのさらに下にこの可変照明が埋め込まれている。

なぜこの道路は、暴走する四輪バイクのために緊急走行車両レーンを用意し、他の車両に道を譲《ゆず》らせているのか。その理由は、四輪バイクが前輪の左右に赤い回転灯を煌々《こうこう》と点灯させ、サイレンを鳴らしながら緊急走行信号を発信しているからだ。つまりこの古い四輪バイクを駆《か》っているのが、警察官だからだ。

四輪バイクの主《あるじ》は相崎按人《あいざきあんと》、三十五歳。警視庁刑事部・第一機動捜査隊・特殊係、通称「機捜特殊」の警部補。防弾防刃《ぼうじん》機能を持つ黒い出動服に黒革のブーツ、そして黒い偏光シールドの付いた黒いヘルメット。

《次の交差点を左折です》

相崎の耳に、合成された女性の声が響いた。同時に相崎の視界にすっと半透明の白い矢印が出現し、左折を指示しながら点滅した。ＨＵＤ《ヘッドアップ・ディスプレイ》。ナビがヘルメット・シールドの自発光中間膜に、ＧＰＳと視覚センサーと動体センサーから得た情報を３Ｄで表示したのだ。車両での出動時に義務付けられている装備だ。

「うるせえ」

相崎は呟《つぶや》くと、ナビの指示を無視して手前の細い道を左に入った。全身を思い切り左にハングオフさせ、約四百キロのラザレスの巨体を、左膝《ひざ》が路面に接するほどに倒し込む。すると車体は二つ割りにしたロブスターのように真ん中から上下にスライドし、四輪それぞれの左端で車体を支えながら、ほとんど減速することなくスムーズに角を曲がっていく。

現代の乗り物《ビークル》であれば、こんな面倒なことをせずとも、ただシートに座ってハンドルに摑《つか》まっているだけで目的地に到着する。たとえ二輪車であっても、複数個のジャイロスコープからの傾度情報をマイクロプロセッサーで処理、瞬時にモーターで姿勢制御するので、急カーブだろうと停止しようと決して倒れることはない。

だがこの年代物の四輪バイクは、自分でハンドルを切り、スロットルを吹かし、ブレーキを踏《ふ》み、ウインカーを出し、体重を左右に移動させて全身で操縦しなければならない。しかも車間距離センサーも自動制動装置も装備していない。だが相崎は、この面倒で危険な苦役《くえき》を楽しんでいるように見えた。

ラザレスが南青山四丁目に入ると、相崎の耳にナビの声が響いた。

《まもなく目的地です》

「知ってるよ」

相崎は忌々《いまいま》しげに舌打ちした。

路面の白い矢印が黄色に変わった。その指し示す先に、一際《ひときわ》大きな洋風建築の邸宅が見えてきた。相崎の目的地、つまり現場《げんじょう》だ。

今からおよそ二十分前、深夜一時四十七分。就寝中だった相崎の部屋の照明が点灯し、テーブルに置かれたスマート・スピーカーからビープ音と声が流れ始めた。

「緊急出動命令。緊急出動命令。現場は港区南青山《みなと》四丁目－×－×。事件の概要と最新情報は文字と電子音声で配信中、各々確認のこと。繰り返す――」

相崎は一瞬でベッドから飛び起きると、ロッカーの制服を慌《あわ》ただしく身に着け、情報端末をポケットに入れ、スマート・ヘルメットを被《かぶ》った。そして装備品を詰め込んだ背嚢《バックパック》を担《かつ》いでマンションの地下駐車場に降り、ラザレスに跨ってエンジンに火を入れると、フルスロットルで夜の道路に飛び出したのだった。

邸宅の周囲は、高さ三メートルほどのコンクリート製のフェンスでぐるりと囲まれ、正面に黒い錬鉄《ロートアイアン》製の門扉《もんぴ》があった。その門扉の前で、相崎はラザレスのイグニッション・スイッチを切った。本革製のシートに跨ったまま、相崎がヘルメットを脱ぐと、ようやくそこにパトロールカーが続々と到着してきた。全部で六台。いずれもEVなのでタイヤが路面を踏む音しかしない。

先頭のパトカーの後部ドアが開いた。中からダークスーツを着た、銀髪で痩身《そうしん》の男が現れた。

「まだ、その骨董品《こっとうひん》の杭打機《くいうちき》に乗ってるのか？　AA」

男は顔をしかめながら相崎に歩み寄ってきた。相崎の上司、機捜特殊係長の浦戸嶺《うらどれい》だ。階級は警部。骨董品の杭打機というのは、相崎の古い四輪バイクのことらしい。AAというのは相崎按人の頭《かしら》文字で、彼の職場での呼び名だ。

「本当はもうちょっと静かなんですけど、マフラーが錆《さ》びて穴が開《あ》いてましてね。今、スクラップ屋に部品を探して貰《もら》っているところなんです」

相崎は澄《す》まし顔で答えた。

「なあ、ＡＡ」

一つ大きく息を吐いたあと、浦戸係長が相崎の肩を叩いた。

「俺がディーラーに口を利《き》いてやるから、来週にでも自動運転《フルオート》のＥＭに買い替えろ。今時ガソリンだって入手するのも大変だろうが」

ＥＭとはエレクトリック・モーターサイクル、電動二輪車だ。警察の白バイも現在は全てＥＭ化されている。

「ガソリンは今でもちゃんと売ってますよ。発電機とか重機とか、ガソリンで動く機械はまだまだありますんでね。どうぞご心配なく」

相崎の答えに、浦戸係長の顔が険《けわ》しくなった。

「お前の道楽の心配をしてる訳じゃない。警察官が、それも警視庁の機捜特殊の隊長が、騒音防止条例違反の常習犯じゃ困るんだ。その歴史遺産のバイクはさっさと博物館に寄付して、とっとと新車に乗り換えろ。今の車は静かだし、環境にも優しいし、何より自動運転《フルオート》で楽じゃないか」

「安全第一の自動運転《フルオート》じゃ、ホシに逃げられちまいますよ」

相崎が嫌そうな顔をすると、浦戸係長はますます眉《まゆ》を吊《つ》り上げた。

「警察官は特別に許可されているがな、本来はもう十数年も前から、自動車のマニュアル運転は禁止なんだぞ？　高速移動中の情報を全部自分で処理するなど、そもそも人間には無理なんだ。危険極まりない。運転は機械に任せたほうが、絶対に安全だ」

「へえ、安全？」

相崎はわざとらしく目を丸くし、それから皮肉な笑いを浮かべた。

「安全な機械なんてありませんよ。機械ってのは、必ずいつかはぶっ壊れますから。現に今夜、俺たちが叩き起こされる羽目になったのも、その安全なはずの機械がいかれちまったからだ。そうでしょう？」

喋《しゃべ》りながら相崎は、鉄製のゲートの向こう側に建っている邸宅を振り返った。そして浦戸係長に視線を戻した。

「すぐに突入しましょう。住人がまだ中にいるんですよね？」

今から二十分ちょっと前、午前一時四十二分。メーカーのサポートセンターに設置された遠隔モニター装置が、ある顧客宅で使用中の精密電子機器が「不可解な動き」をしたことを告げた。この精密電子機器は、法令により二十四時間のＷｉ－Ｆｉ接続による作動状況のチェックが義務付けられている。

メーカーはすぐに使用者に連絡したが応答がなかった。そこでメンテナンスチームを出動させると同時に、規定によって民間警備会社と警視庁にも異常を通報、相崎たち機捜特殊が出動することになったのだ。

「不可解な動きって、そいつ一体、何をやらかしたんです？」

自動拳銃の安全装置をがちゃりと外し、動作をチェックしながら相崎が聞いた。

通常、相崎たち警察官が携行しているのは、テイザーＸＲＥＰⅢという小型拳銃型ワイヤレス・スタンガンだ。だが、今日は実弾を使用する銃を持ってきていた。レーザーポインター照準器を付加したベレッタＰｘ５ストームだ。その名の通り、状況に応じて五種類の銃弾を使用することができる。

浦戸係長は難しい顔で答えた。

「右手で何かを摑んで、思いっ切り右に回す動きをしたらしい。その時、右腕に数トンもの負荷が生じたという。通常はあり得ない数値だ」

「ジャムの壜《びん》の蓋《ふた》が、固かったんじゃ？」

相崎の軽口に、浦戸係長は嫌味なほど丁寧《ていねい》に説明した。

「深夜の一時四十分に、腹が減ってトーストを焼いて食ったっていうのか？　第一に、やっこさんはトーストを食わない。第二に、ジャムの蓋を開けるのに、そんなにものすごい力は必要ない。第三にジャムの蓋は、開ける時は左に回すようにできている。——そして第四に」

真面目《まじめ》な顔で浦戸係長は続けた。

「メーカーが、内蔵している行動モニターの情報から、やっこさんの行動を３Ｄ映像で再現したところ、回したものは壜の蓋みたいな小さいものじゃない。ボウリングのボールほどの大きさの、丸いものだ」

銃をホルスターに戻そうとしていた相崎の手が止まった。

「ボウリングのボール？」

「ああ。それを右手の指で摑んで、約五百Ｎｍ《ニュートンメートル》の力で右に回したんだ」

五百Ｎｍといえば、スポーツカー並みのものすごいトルクだ。相崎はその行動の意味を考えたが、全くわからなかった。

手早く装備を終え、最後にヘルメットを被《かぶ》りながら、相崎は浦戸係長に聞いた。

「それで今、そいつは何をやってるんです？」

「風呂に入っている」

一度被ったヘルメットを脱いで、相崎が聞き返した。

「何ですって？」

「風呂だよ。位置情報によれば、今やっこさんは浴室にいる」

浦戸課長が繰り返した。どうやら聞き違いではなかったようだ。

「まもなくこの家のセキュリティー装置が全て解除される。間取りは端末で確認できる。接近戦だ、くれぐれも用心しろ」


相崎の視界の隅《すみ》に、点滅する赤い丸が現れた。ヘッドカメラが録画を開始したことを、シールドに内蔵されたディスプレイが知らせたのだ。それを確認すると、相崎はホルスターからベレッタを抜き、錬鉄《ロートアイアン》製の門扉の前に立った。両開きの門扉がゆっくりと中に向かって開いた。相崎は部下四人を背後に従え、敷地の中に入った。

敷地内の通路を、屋敷に向かって音もなく走る。屋敷の前まで来て、車寄せ前の階段を数段登ると、そこが玄関。相崎はレバーを下げて静かに玄関ドアを開け、音もなく屋敷の中に身を滑《すべ》り込ませた。四人の部下もあとに続いた。

玄関の照明は点灯していなかった。真っ暗だ。ゴーグルの赤外線スコープが起動し、相崎は拳銃を構えたまま玄関ホールを見回した。吹き抜けの高い天井。そこから下がった黒いアイアン製のシャンデリア。明かり取りはステンドグラス。磨《みが》き抜かれた大理石の床。壁には抽象絵画。まるで小規模な美術館のような、裕福な家庭らしい調度。

屋敷の奥から廊下を伝って、さあさあという水の流れる音が聞こえてくる。鼻に石鹸《せっけん》の香りも感じた。シャワーの音だ。誰かが浴室を使っているのだ。相崎は背後の部下四人を見回すと小さく頷《うなず》き、銃口を前に向けたまま足音を忍ばせて音の方向へと向かった。

突然、相崎が足を止めた。左手を横に伸ばして部下たちを制止すると、相崎は廊下に片膝を突いてしゃがみ込んだ。カーペットに濃い色の汚れが続いていた。まるでばかでかい刷毛《はけ》でへたくそに塗ったような赤黒い帯。相崎はその汚れを右手の中指で拭《ぬぐ》い、親指とこすり合わせ、臭いを嗅《か》いだ。

血だ――。相崎は緊張した。

間違いない。カーペットの汚れは血液だ。何か血の流れている大きな物を、ずるずると引きずった跡のように思えた。まだ乾いていない。つまり、床に血が付いてから時間はほとんど経過していない。廊下のカーペットの汚れは、居間と思《おぼ》しき部屋から屋敷の奥に向かって続いている。

相崎たちは足音を立てないようにそれを追って歩き、廊下の角を左へ曲がる。

行き止まりに木製のドアがあった。血の帯はこのドアの下まで続き、床との隙間《すきま》に吸い込まれるように消えている。その隙間から、細く黄色い光が漏《も》れている。しゃあしゃあという水の音が、ドアの奥から聞こえてくる。浴室に繫《つな》がるドアだ。

相崎はゆっくりとドアに近づく。照度が上がり、ゴーグルの赤外線スコープがオフになる。相崎はゴーグル内に映るアイコンを見て二度瞬《ダブル・ブリンク》きし、情報を呼び出す。視界の正面に、白い3Dワイヤーで浴室の見取り図が浮かび上がる。それによると、このドアの向こうが洗面所。その先にまた別のドアがあり、その奥がバスタブのある浴室だ。

相崎がドアノブに手を掛け、ゆっくりと回して手前に引く。ぼんやりとした黄色い光が暗い廊下に差す。顔から首にかけて、もわっとした湿気と温度を感じる。さあさあという水の音が大きくなる。換気扇の音も聞こえてくる。

見取り図の通り、洗面所の奥に全面磨《す》りガラスのドアがある。その向こう側、つまり浴室に灯《とも》された明かりで、ガラスドア全体が黄色い壁面照明のようにぼんやりと光っている。床の血糊《ちのり》の帯は、そのガラスドアの下に続いている。

ドアの磨りガラスの向こうで、何かが動いている。浴室に何者かがいるのだ。

相崎は四人の部下を振り返って小さく頷いた。背後の四人も頷き、磨りガラスのドアに向かって両手で銃を構えた。相崎は静かにドアノブに右手を伸ばし、そして一気にガラスドアを開けた。


浴室の中に、そいつがいた。

そいつはもうもうと立ち込める湯気の中、右側の浴槽に向かって膝立ちし、左手に湯が盛んに出ているシャワーヘッドを握り、右手に泡の付いた黄色い海綿を持って、浴槽の中の何かを丁寧に洗っている。

相崎は銃を構えたまま、横目でバスタブの中を見下ろした。全裸の成人男性がこちらに足を向けて、仰向《あおむ》けの姿勢で横たわっていた。その裸の男を、そいつはシャワーの湯を掛けながら丁寧に洗っていた。

洗われている男の顔を見た瞬間、相崎は奇妙な違和感に襲われた。その違和感の正体はすぐにわかった。男の顔一面に、黒い毛がびっしりと生《は》えているのだ。

顔中にびっしりと毛を生やした男――？　勿論《もちろん》そんな人間がいる訳がない。一面に毛の生えたそれは、顔ではなくて後頭部だった。男の身体は仰向けに横たわっているが、顔は真下を向いてバスタブの内壁に押し付けられていた。つまり、男の頭は百八十度ぐるりと回され、前後ろにされているのだ。

　相崎はぞくりと背中が冷えるのを感じた。どう考えても、バスタブの中の男が死んでいることは間違いなかった。浦戸係長が言った、ボウリングのボールほどの大きさの、丸いもの。それは人間の頭だった。メーカーのモニター装置が捉《とら》えたこいつの行動とは、右手で人間の頭を摑み、右に百八十度ぐるりと回す動きだったのだ。

　死体の鼻や口から流れ出る血で薄いピンク色に染まった泡が、バスタブの排水口に盛り上がっている。そしてそいつは、勤労意欲の高い介護士のように、死んだ男の全身を海綿で熱心に、かつ丁寧に洗っている。もし人間であるならば鼻歌でも歌っていそうな、淀《よど》みのない慣れた手付きだ。

　——そう、そいつは人間ではない。この屋敷の主《あるじ》が、ある会社からリース契約して使用している精密電子機器だ。つい半年前に量産が開始されたばかりの、人間に代わって家事を行うヒューマノイド・マシン、またの呼称をアンドロイド。

　つまり、人間型ロボットだ。

　家事用人間型ロボットの大部分がそうであるように、このロボットも若い女性を模した姿をしていた。顔は真っ白な炭素繊維強化プラスチック《CFRP》製。艶《つや》を抑えた白磁《はくじ》のような、あるいは白い大理石でできた石像《スタチユー》のような質感で、表情は固定されている。服から覗《のぞ》いている首や手足も同じ素材で、西洋人の女性を象《かたど》ったマネキン人形のようにも見える。

　ポリエステル繊維製の薄紫色の髪は、短いボブカット。キャビン・アテンダントの制服のような半袖《はんそで》スーツ。上着は高さ五㎝ほどのハイネック、ボトムは膝丈のタイトなスカート。髪に合わせたのか上下ともライトパープル色だ。足には濃い紫色のパンプス。そして世の女性たちが嫉妬《しっと》を覚えるほどの、スリムでめりはりの利いたプロポーション。

なぜこいつらは、人間の姿を真似《まね》ているのか――？

家事用ロボットの開発が発表された時、そう思ったことを相崎は思い出した。家事をやるのならば、手は三本とか四本あったほうが能率もよさそうに思えた。だがこいつらは、ちゃんと人間の姿をしている。それは一体なぜなのか。ロボットの姿が異形《いぎょう》では、やはり家庭内で使用する上では落ち着かないのだろうか。

だが相崎は、眼の前にいる人間の姿をしたロボットに、人間に似ているが故《ゆえ》の不気味さを感じた。その完全な無表情の奥で、何か人間にはわからないことを考えているような気がするのだ。

「しばらくお待ち下さい。もう少しで洗浄が終了します」

両手で拳銃を構えた相崎たち五人に対し、女性型ロボットは振り向きもせず、死体を洗う手も休めることなく言った。やや低いトーンの、耳に心地《ここち》よい女性の声だった。

相崎は拳銃をロボットの頭に向けて構えたまま、じっと動作を観察した。幸いなことに、暴れたり襲いかかってきたりする様子はないようだ。相崎はいつでも狙撃できる状態で、現場の映像を送信し続けた。

故障して動かなくなったロボットを回収したことはあったが、人間を殺したロボットと対峙《たいじ》するのは、相崎もこれが初めてだった。果たしてこいつに、ベレッタの銃弾が効くのだろうか？ロケットランチャーでもないと、このロボットを破壊することはできないんじゃないだろうか？

相崎のこめかみを一筋の汗が伝った。

やがてロボットは立ち上がり、シャワーで死体に付いた泡をくまなく洗い流し、海綿の水を切り、壁に付いているステンレス製の網棚に置いた。そしてドアの外にいる相崎のほうへ向き直ると、背筋を伸ばして両手を腰のあたりに揃《そろ》え、腰から身体を折って丁寧に頭を下げた。

ロボットが見せたのは、伝統的な日本式の辞儀だった。ロボットは敢《あ》えて顔の表情を排除されているため、会話する時には様々なボディーランゲージを併用するようプログラムされている。

「お待たせしました。御用は何でしょう?」

そのマネキン人形のような顔には、どこか少女の面影《おもかげ》があった。十代後半から二十代前半の女性を表現しているのだろう。身長は百六十五cmほどか。そして相崎をじっと見つめる目の虹彩《こうさい》は、エメラルドのように透き通った緑色の高輝度ＬＥＤだ。

「とぼけるな」

両手でベレッタを構えたまま、相崎は低い声を出した。

「この家のセキュリティー装置が外部から強制解除されたことは、とっくに気づいていたはずだ。俺たちは客じゃない。警察だ」

「はい、わかりました。御用は何でしょう?」

女性型ロボットは首を横に傾《かたむ》けた。

「質問する。お前がこの男を殺したのか?」

「はい。その通りです。私が殺害しました」

ロボットは即答すると、軽く頭を下げた。

「ぶっ壊れてやがる――」

部下の一人が相崎の背後で、緊張と怒りを込めて呟いた。

相崎もまた、このロボットが完全に故障していることを確信した。殺人ロボットを目の前にしている緊張から、手にじわりと汗が滲《にじ》み出てきた。

相崎は拳銃から左手だけをゆっくりと離すと、胸ポケットから自動車の電子キーのような銀色の装置を取り出した。緊急停止装置だ。装置中央のボタンを親指の腹で押せば、ロボットのＯＳを強制終了《シャットダウン》させるコマンドを電波で送信する。

自律行動ロボットに異常が起きた場合に備え、使用者にはメーカーからこの装置が渡されている。そして何らかの理由で使用者がロボットを止められない場合に備えて、警察も所持することが義務付けられている。つまり、この緊急停止装置を持っているのは、使用者、メーカー、それに警察の三者だけだ。

「相崎さん、早く停めて下さい！」

背後から、別の部下の切迫した声が聞こえた。

確かに本来なら、その部下の言う通り、今すぐこのロボットを停止させるべきだった。だが、相崎は首を横に振った。

「ちょっと待て。質問してみる」

死体は中年の成人男性だ。この家の主人である可能性が高い。住民登録によればこの家庭は三人家族で、妻と娘も住んでいるはずだが、その二名の生存が確認できていない。現在のところロボットは正常に応答している。ならば、何か家族の情報を引き出せるのではないか――。相崎はそう考えた。

緊急停止装置をロボットに向けたまま、相崎は会話を再開した。

「お前は、この家の家事ロボットだな？」

「はい。機種と製品番号は、すでにご存じと思います」

「この家の住人はどこにいる？」

「奥様のエマ様は、母国のイギリスに帰っていて四日後に戻る予定です。次にシェリーは、二階にある自分の部屋で眠っています」

「シェリーとは？」

「この家庭の一人娘です。そして旦那《だんな》様は」

ロボットは自分の右側にあるバスタブに向かって、右手を向けた。

「ここにいます」

バスタブの中に横たわっている死体は、やはりこの家の主だった。メーカーからの電話に出なかった理由もわかった。その時はすでに死亡していたのだ。

「この死体が、まだ旦那様であれば、ですが」

その時、相崎にはそのロボットが笑ったように見えた。

勿論、強化セラミック製のロボットの顔が笑うはずがない。だが、相崎の中に猛烈な怒りが湧《わ》き上がった。相崎はロボットの冷静で理屈っぽい喋り方に、人間を見下したような冷笑を感じたのだ。

「この、クソ機械が――」

相崎は唸《うな》るように言うと、右手で構えた拳銃をロボットの顔面に向けた。

「相崎さん、銃は駄目です。危険です！」

それを見た部下の一人が叫んだ。

「わかってる！」

相崎も怒鳴《どな》り返した。相崎たちのベレッタｐｘ５には、今日はロボットの狙撃用に九ミリパラベラム徹甲弾を装塡《そうてん》している。だが、こんな狭い空間で堅牢《けんろう》なロボットに対して至近距離から発射し、もしロボットの外殻《がいかく》を貫通せずに跳弾《ちょうだん》となった場合、銃弾はどこへ跳《は》ねるかわからない。

落ち着け――。

相崎は必死に息を整えた。ロボットが冷笑したなど錯覚だ。そもそもロボットに感情などあるはずがないのだ。余計なことは考えず、ただ冷静に任務を遂行することだけを考えるんだ。

相崎は再び、銀色の緊急停止装置をロボットの胸に向け、親指でボタンを押した。

ピピッ、という小さな電子音が響いた。ロボットがぴたりと動きを止めた。目に灯っていた緑色の光が赤い光に変わり、数回ゆっくりと点滅すると、ふっと消えた。そしてロボットは、糸の切れたマリオネットのように全身の力を抜き、がしゃりと音を立てて浴室の床に崩れ落ちた。

相崎たち五人は、腰に装着していたＳＮＣＭ鋼製のヒンジ式手錠を取り出すと、浴室の床に転がっているロボットの両手首と両足首をしっかりと拘束《こうそく》した。

「ロボットを緊急停止させ、確保。午前二時三十七分」

視界の端に表示されたデジタルの時刻表示を見ながら言ったあとで、相崎はふうと大きく息を吐いた。

「このままロボットの監視を継続、現場の状況を係長に報告しろ。ご遺体とロボットは、監察医と鑑識が来るまで動かすな」

四人の部下に指示を与えると、相崎は玄関ホールの階段を駆け上がった。この家の娘の身が案じられた。間取り図によるとこの屋敷の一階は居間とキッチン、バスルーム、それに客間。子供部屋は二階だ。ロボットは子供部屋で寝ていると言っていたが、信用できない。殺されていなければいいが――。

二階は左側が廊下、右側に部屋のドアが数メートル置きに並んでいた。最初のドアは夫婦の寝室だった。次の部屋は夫のものと思われる書斎。その次は収納部屋。そして相崎は一番奥の部屋のドアを開け、壁の照明スイッチを入れた。

部屋には勉強机と小さな木製のベッドがあった。間違いない、ここが子供部屋だ。だがベッドの上に娘の姿はなかった。

まさか、あの男と同じくロボットに――。相崎は焦《あせ》って部屋の中を見回した。

すると部屋の隅にある木製のクローゼットが目に入った。相崎は静かに歩み寄ると、その両開きの扉をそうっと開けた。

栗色の髪の小さな少女が、中で身体を丸めるようにして座っていた。白いワンピースの寝間着を着て、緑色のTシャツを着た茶色いテディベアを、しっかりと胸に抱いている。そして緊張の表情のまま不安に身体を震わせ、涙の滲んだ目で相崎を見上げている。青い目。顔立ちもほぼ西洋人のそれだ。

相崎は黒いゴーグルを上にずらして自分の目を見せると、板張りの床に片膝を突き、少女と目線の高さを揃えてから、精一杯優しい声で話しかけた。

「シェリー？」

少女はこくんと小さく頷いた。

よかった――。心の底から安堵《あんど》したせいで、相崎は全身から力が抜けていくのを感じた。ざっと観察した限り、少女には特に外傷もないようだ。

「もう大丈夫だ。よく隠れていたな。偉かったぞ」

「パパは？」

かすれた声で少女が聞いた。

「残念だが、亡くなった」

シェリーはその言葉を聞くと、抱いていたテディベアに顔を埋《うず》めた。少女の身体からは、かすかに石鹸の匂いがした。寝る前に風呂に入ったのだろう。

「メイホア、来てくれ。娘を発見した。二階の一番奥の部屋だ」

相崎はイヤホンマイクで、一階にいる中国系日本人の女性隊員を呼んだ。若い女性がいてくれるならば、この子も自分といるより安心だろう。それに相崎は、相手の年齢によらず女性の扱いは苦手だ。

「シェリー、知ってることを教えてくれないか」

努めて穏《おだ》やかな声で、相崎は少女に聞いた。

「何があったとか、何を見たとか。何でもいいんだ。教えてくれ」

「なんにも見てない」

シェリーは左右に首を振った。

「本当か？」

相崎の問いには答えず、シェリーは相崎の顔を見てこう聞いた。

「ジャンヌは？」

母親の名前ではない。相崎は聞き返した。

「ジャンヌって？」

「ロボットの女の人よ」

「ジャンヌって名前なのか？　あのロボット」

シェリーはこっくりと頷くと、相崎の目を訴えるように見た。

「ジャンヌに会える？」

そうか——。相崎は合点《がてん》した。この娘は、その女性型ロボットが自分の父親を殺したことを知らないのだ。

相崎は首を横に振ると、シェリーの肩にそっと両手を置いた。

「いいかい、ジャンヌは壊れてしまったんだ。だから、これから壊れた原因を、詳しく調べなくちゃならないんだよ」

「ジャンヌを、病院に連れていくの？」

「ああ、そうだ」

頷いた相崎に、シェリーはなおもすがるように聞いた。

「そのあとは？　直ったら、また帰ってくる？」

「そうだね。ちゃんと直ったらな」

これはシェリーの気持ちを考えた上での嘘《うそ》だった。死亡事故を起こしたロボットだ。ばらばらに分解され、詳細に検査されたあとはパーツごとにリサイクルに回され、二度と会えることはないだろう。

シェリーは黙り込むと、それきり何も言わなくなった。そこへ部下の女性隊員がやって来た。相崎は少女を託し、子供部屋を出た。

停止したロボットの搬出を部下に任せ、相崎は邸宅の玄関を出た。そして車寄せに続く階段を降りたところで、相崎は何かを頭上に感じて、ふと邸宅を振り返った。屋敷の屋根には、直径一メートルほどの白いパラボラアンテナが設置してあった。

何のアンテナだろう？　ＴＶ放送は、もう何十年も前から全て光ケーブルによる配信となり、電波など使用されていないのに――。

相崎は首を捻《ひね》ったが、特に今回の事件と関係があるとも思えなかった。それより、じりじりしながら待っている浦戸係長に、事の顚末《てんまつ》を報告しなければならない。相崎はすぐに、そのパラボラアンテナの存在を忘れた。

02　三原則

「ホトケさんはこの家の主《あるじ》ケン・タカシロ、四十二歳。日系イギリス人」

浦戸係長が小型タブレットに目を落とし、相崎按人に被害者の情報を伝えた。

二人は事件が起きた邸宅の、門扉《もんぴ》を入った通路の上に立っていた。門扉の向こう側の道路には、すでに黄色い立入禁止《KEEP OUT》のテープが張り巡らされている。仮設スタンド式の照明が明々と点灯する中、大勢の警察官が慌《あわ》ただしく行き交《か》っている。

「イギリスに本社のある大手投資銀行のプロップ・トレーダーだ。会社の資金運用のために、自己裁量で毎日何十億もの為替《かわせ》や証券売買を行う社員投資家だな。ＤＮＡ型と指紋も、本人と一致した」

だから都内でこんな邸宅に住めるのかと、相崎は肩をすくめた。プロップ・トレーダーの報酬は成功に応じて支払われるため、中には年収数億円という者もいるらしい。

現在、欧米を中心とした指定国の優秀で身元が保証された人材は、国策として移住が歓迎されている。税金や医療費、子女の教育費などいくつもの面で優遇され、希望すれば永住権を得るのも容易だ。そのため日本で働く外国人のビジネスマンは、増加の一途を辿《たど》っている。

一方で、かつては全国で数百万人にも及んだ労働者階級の外国人は、現在は入国が制限され、街中でもほとんど見ることがない。代わりにその労働力を担《にな》っているのが、人間型ロボットなのだ。

浦戸係長が小型タブレットに目を落としたまま続けた。

「一人娘のシャロンは八歳。港区の小中高一貫校に在京外国人枠で通う小学二年生。シェリーというのはシャロンの一般的な愛称だ。それから、被害者《ガイシャ》の妻とも連絡が取れた。エマ・タカシロ、イギリス国籍、三十五歳。友人の結婚式に出席するため、午前中の便でロンドンに向けて発《た》ち、着いたばかりだった。これからとんぼ返りするとのことだ」

午前中の便で出発したばかり——？　その事実に相崎は首を捻《ひね》った。ロボットが夫人の留守中を狙《ねら》って凶行に及んだというのだろうか？　それとも、たまたま夫人の留守中に故障したというのだろうか？

相崎が質問した。

「ガイシャの着ていた服は？」

「浴室の脱衣籠《かご》に入っていた。これから鑑識が調べるが、目視した範囲では血痕《けっこん》はなかったそうだ」

相崎は首を捻った。

部下の報告によると、カーペット上の血の帯は居間の床に端を発し、廊下を通って浴室まで続いていた。つまりロボットは居間で凶行に及び、鼻と口から血を流している死体を引きずって、浴室まで運んだのだ。

そして被害者の衣服に血痕が付いてなかったのなら、ロボットは居間で被害者の服を脱がせて殺害し、そのあと着ていた服を浴室の脱衣籠に入れたことになる。なぜそんなことをしたのか、相崎には全く見当がつかなかった。

「近所に、ロボットの異変に気付いていた者はいましたか？　挙動がおかしかったとか」

浦戸係長は残念そうに首を横に振った。

「手分けして付近を聞き込みしているが、今のところ異変を感じていた者はいない。ガイシャの生前についても聞いているが、いつも明るく挨拶《あいさつ》をする礼儀正しい男で、休日には家族で買い物に出かけるなど、とても家族思いだったようだ」

悼《いた》ましげな顔で、浦戸係長が続けた。

「隣家の夫婦は、理想的な家庭だと言っていた。父親はエリート投資銀行マン、母親は社交的で外出が多かったようだが、それだけに家庭ではいつも仲睦《むつ》まじく、幸せそうで羨《うらや》ましいほどだったとな。それが、あの木偶《でく》人形のせいで――」

浦戸係長は、相崎の背後に目をやった。相崎も振り返った。

玄関から相崎の四人の部下が、担架にロボットを載せて出てきた。

完全に機能を停止した女性型ロボットは、どう見てもマネキン人形にしか見えない。だが異《こと》なるのは、内部のメカニズムのせいで重量が百五十kgほどもあることだ。部下たちはエントランスの階段を降りると、ロボットを四人がかりで車輪の付いたストレッチャーに載せ替えた。

ロボットを運んできた四人の後ろから、シェリーを連れた女性隊員が出てきた。娘の肩には黄色い毛布が掛けられている。赤い回転灯を回している救急車に向かう途中、少女は立ち止まって、ストレッチャーの上に寝かされている女性型ロボットを見た。女性隊員がそっと肩を押して少女を促《うなが》し、二人はバックドアのステップから救急車に乗り込んだ。

「ＡＡ。あの子、ロボットが父親を殺すところを見たのか？」

浦戸係長が心配そうに聞くと、相崎は首を横に振った。

「見ていないでしょう。ロボットに会いたがっていましたから。もし見てたら、そんなことを考える訳がない」

「そうか。そりゃよかった」

浦戸係長は安心したように頷《うなず》いたあと、無念そうに続けた。

「しかし、自分の父親を殺したロボットに会いたがっていたとはな。きっとなついていたんだろうな。あれは家事をやるだけじゃなくて、子供の遊び相手や家庭教師もするっていうから。可哀《かわい》相《そう》に」

そして浦戸係長は、敷地内に駐《と》めてあるパトカーのほうへ歩き去った。

「人間の子が、機械になついていた、か――」

相崎は複雑な気分で呟《つぶや》いた。


ふと、相崎は頭上を見た。かすかな風切り音が聞こえたような気がした。目を凝《こ》らすと、何か小さいものの影が、空中ですいと動いた。直径三㎝ほどの超小型ドローンだ。警察が捜査用に使用しているものではない。何者かがこの現場を密《ひそ》かに盗撮しているのだ。

相崎は胸ポケットから小型タブレット型端末を取り出した。ドローンが使用する電波の周波数は、二・四GHzまたは五・七GHz帯域。相崎は盗撮探知アプリでドローンが発する電波を追跡し、操縦している者の場所を特定した。

一体どこから敷地内に侵入したのだろうか、盗撮者は花壇の奥に続く植え込みの中にいた。相崎は腰のホルスターから拳銃を抜き、右手で構えながら足早に近づいた。

「ま、待ってくれ、撃たねえでくれよ！」

植え込みの中から一人の男が、まるでびっくり箱の人形のように両手を上げながら立ち上がった。ほっそりとした体型、黒ずくめの服、顔には口髭《くちひげ》と顎鬚《あごひげ》を生やしている。

男はホールドアップの姿勢のまま、植え込みの低い木を跨《また》いで、相崎に向かって歩いてきた。もう一度「撃つなよ」と言ってから、男は片手で胸ポケットからIDカードとプラスチック製の名刺を取り出し、相崎に向かって差し出した。年は三十代半ば、相崎と同じくらいか。

相崎は銃を構えたまま左手で名刺を受け取ると、ちらりと目を落とした。名刺には「ネット・フライヤー　記者・マイケル明井《あけい》」と書いてあった。IDカードの名前も同じ。これが本名のようだ。相崎もネット・フライヤーというウェブサイトの名前はよく知っている。悪名高いウェブの盗撮写真《パパラッチ》サイトだ。

「覗《のぞ》き屋か」

忌々《いまいま》しげに男を睨《にら》むと、相崎は銃を下ろしながら顎をしゃくった。

「捜査の邪魔をするな。さっさとあのウンコ蠅を回収しろ」

男はしぶしぶ端末のアプリを操《あやつ》り、ドローンを自分の足元に着陸させた。

「なあ刑事さん。ロボットのメイドが、ご主人様を殺したんだって？」

興味津々という表情で、男が相崎の顔を覗き込んだ。

「驚いたなあ！　史上初めてのロボットによる殺人事件だ。人殺しは人間だけの持ちネタだと思ってたけどよ、全くロボットもいつの間にか進化したもんだぜ。——どうやって殺したんだい？そいつ、ぶっ壊れてんだよな？　それとも何か理由があんのか？　なあ、なんか教えてくれよ。何でもいいからさ」

相崎も驚いた。男が事件の内容をかなり正確に把握していたからだ。警察のシステムをハッキングして、専用回線を盗聴しているに違いない。警察も防諜《ぼうちょう》には細心の注意を払っているが、それでもたまにこういうずる賢い奴が出てくる。

「端末をよこせ」

男から携帯端末を受け取ると、相崎はドローン操縦アプリを確認した。男が撮影していた映像データは、その携帯端末のＳＳＤに転送されていたが、まだサーバーにはバックアップされていないようだった。

相崎は、撮影された映像データを完全に消去することにした。つまり、コンクリートの地面に停止している盗撮ドローンの上に男の端末を落として、革ブーツの硬い底で両方が粉々になるまで何度も何度も踏《ふ》みつけたのだ。

「お、おい！　あんた何すんだよ！」

「すまん、手が滑《すべ》って落とした」

相崎は残骸《ざんがい》の一部をつまみ上げると、落胆している男の掌《てのひら》に落とした。

「お前に教えられることは一つもない。公務執行妨害で逮捕されたくなければ、今すぐここから消えろ」

「覚えてろよ、畜生《ちくしょう》！　俺は国家権力なんかにゃ負けねえからな！」

盗撮用ドローンと携帯端末の残骸をかき集めると、パパラッチの男は悪態をつきながら大股で歩き去った。

「ＡＩの誤作動か、それとも、そもそもＡＩにバグがあったのか」

「でも、他にこんな事故は起きてない。あの個体の問題じゃないか？」

「どっちにしろメーカーは大変だぜ。自社製品が人を殺したんだからな」

警視庁からロボット搬送用の車が駆けつけるまでの間、相崎は所在なげに、若い部下たちの会話を聞くともなく聞いていた。

メーカーとはジャパン・エレクトロニズム社、略称JE社。国産ロボットによる世界シェアの独占を狙って、政府の主導で八年前に設立されたロボット製造会社だ。政府の研究機関の他、国内の産業用ロボット五社、大手電気会社六社、全自動車会社、全自動二輪車会社、各種エネルギー事業者五社、通信事業者三社、重工業四社、東京大学や京都大学などの大学が協業で参加している。本社は宮城県仙台市に存在する。

相崎が停止させた女性型ロボットは、これから証拠物件として警視庁に運搬され、AI他ソフトウェアとハードウェアの両面から詳細に分析される。そして、ロボットに欠陥があったことが証明されれば、おそらくJE社には製造物責任法によって損害賠償の責任が生じる。特に今回は死人が出ているため、刑法の業務上過失致死傷罪が適用される可能性もある。

「あいつ最新型だよな。総出荷数は？　輸出もやってるのか？」

「幸い、今のところ出荷は国内だけよ。現在の登録数は全国で三千体ちょっとね」

「全部回収だな。他のおネエちゃんたちだって、いつ暴れ出すかわからない」

「あれって結構な贅沢《ぜいたく》品なんだろう。壊れちゃ困るな」

「製品発表時の定価は税抜き千八百万だったが、家庭用ロボットの普及を推進する国の指導で、全てリース契約になったんだ」

「国から補助金が出るし、税金も控除されるから、実質のリース料は五年契約で年間百万ちょいだってな。それで家政婦一人が雇《やと》えると考えれば、人間を雇うより間違いなく安い。経費で落とせる奴も多いだろうし」

　人間型の自律行動ロボット事業は、国の最重要育成事業に指定されており、リース料の半分を国が負担する。それでも高級外国車並みの維持費がかかるが、政府の普及への後押しを受けて順調に登録数を増やしている。リース開始以来わずか半年で、受注は五千件を突破、現在も二千以上の家庭が納品待ちの状態だという。

　女性隊員が男性隊員たちを睨んだ。

「わかってないのね。家事ロボットは、有史以来女性に押し付けられてきた『家事』という名の強制労働から、女性を解放してくれる存在なのよ」

「しかもロボットは、人間と違って休憩なしで働くし、睡眠も取らないし、お盆休みもクリスマス休暇も必要ないからな」

「口答えしたり、物をくすねたり、近所に悪口を言ったりもしない」

「旦那《だんな》や息子を、ベッドに誘ったりもしない」

　この冗談で全員が笑ったあと、一人が同僚に聞いた。

「それにしても、人間の頭を捻って後ろ前にするなんて、すごい馬鹿力だ。家政婦にこんなパワーが必要なのか？」

　聞かれた男が説明した。

「人間型ロボットには、甚大《じんだい》災害時の人命救助を想定して、国から一定の性能基準が課せられてるんだ。倒壊した家屋を持ち上げたり、壊れた車や瓦礫《がれき》を撤去したりできるようにな。だから外殻も、鋼鉄の十倍の強度を持つＣＦＲＰ製だ。正直な話、俺たちが使ってる徹甲弾じゃ、傷も付かないと思う」

その話を聞いて相崎は、いつか無理矢理受講させられた、人間型ロボットの構造に関する講習会を思い出した。

若いロボット工学の教授は、相崎たち警察官を前に、にこやかに言った。

「彼らは、人の形をしたカニだと思って下さい」

二〇〇〇年代初頭、開発初期の人間型ロボットは、電気モーターと歯車、カム、クランクなど機械式アクチュエータで動いていた。当時のパントマイマーが真似《まね》した、ロボット・ウォークと呼ばれるぎこちない動きは、ここから生じていた。

だが、最新の人間型ロボットは「筋肉」で動いている。水を満たした数百本の細いチューブを組《く》み紐《ひも》技術で束ねたマッキベン型と呼ばれる人工筋肉で、大部分が断裂しても、パワーとスピードは減少するが動き続けることができる。また機械式のロボットに比べ、はるかに生物に近いしなやかな動きで、より強力なパワーを生み出すことができる。

そして人間と決定的に異なるのは、外骨格と関節を持ち、内蔵された骨格筋で動かしているということだ。つまり最新の人間型ロボットは、昆虫類や甲殻類などの節足動物と同じく「殻《から》」を持っている。全身を強化セラミック製の外殻《がいかく》で覆《おお》っているお陰で、危険な災害現場でも活動できるだけの、強度と耐久性を保持しているのだ。

部下たちのとりとめのない会話を聞きながら、相崎はじっと考えていた。

ロボットが、人間を殺した――。

あってはならない事であり、本来あるはずがない事故だった。なぜなら世界規約により、全ての自律行動ロボット《Autonomous robot》、つまり高度なAIを持ち、思考して自ら行動するロボットには、人間に危害を加えることを禁じる行動原則が植え付けられているからだ。

第一原則　ロボットは人間に危害を加えてはならない。または、危険を看過することによって人間に危害を及ぼしてはならない。

「自律行動ロボット三原則」の、第一原則。この原則がある限り、ロボットが人間に危害を加えることなど、本来は起きるはずがないのだ。

いわゆる「ロボット倫理」に関する議論が本格的に始まったのは、二〇〇〇年代初頭からだ。まず二〇〇二年、「ロボット倫理学黎明《れいめい》期のキーパーソン」と呼ばれるイタリアのジャンマルコ・ヴェルッジオが、初めて「ロボット倫理学《Roboethics》」という言葉を作った。

日本では二〇〇七年、経済産業省の「技術戦略マップローリング事業」として作成された「ロボット分野に関するアカデミック・ロードマップ」で、「ロボット工学が社会の福祉に貢献するためには、技術倫理学、技術社会学、ロボット倫理学、ロボット社会学の確立が肝要《かんよう》である」と初めて表記された。

アメリカでも二〇〇七年、ジョン・ホールが著書『Beyond AI : Creating the Conscience of the Machine』の中で、「人工知能が道徳感覚を持たず、過ちを後悔する意識感覚がないのであれば、その人工知能は技術的に精神疾患だ」と書いた。同年には、「欧州ロボット工学研究ネットワーク」がローマでロボット倫理規則の会議を開催した。

しかし、これらの動きの半世紀以上も前、この「ロボット倫理」について逸早《いちはや》く言及したのはアメリカのSF小説だった。アイザック・アシモフというSF作家が、ロボットをモチーフにした作品集『I, Robot』の中に登場させた「ロボット工学三原則」だ。
百年以上も前に生まれたこの三原則が再び脚光を浴びるようになったのは、自動車の「完全自動運転技術」の実用化がきっかけだった。知能を持つ自動車が、自動走行中に事故の可能性を察知した場合、どのような行動を選択するべきか。その大原則を規定する必要が生じたのだ。
最優先されるべきは「乗員と歩行者の生命を守ること」であり、かつ非常時を除けば常に「交通法規を遵守《じゅんしゅ》すること」だ。その結果、アシモフの遺《のこ》した三原則を、自動走行時の判断に即するように改良したものが、自動運転車のＡＩに採用されることになった。
まず、原型となるアシモフの「ロボット工学三原則」は以下の通りだ。

アシモフの「ロボット工学三原則」
第一原則　ロボットは人間に危害を加えてはならない。または、危険を看過することによって人間に危害を及ぼしてはならない。
第二原則　ロボットは人間から与えられた命令に服従しなければならない。ただし、与えられた命令が第一原則に反する場合は、この限りでない。
第三原則　ロボットは、第一原則及び第二原則に反するおそれのない限り、自己を守らなければならない。

次に、以下がアシモフの「ロボット工学三原則」を改良した「自動運転車の三原則」だ。

「自動運転車の三原則」

第一原則　自動運転車は人間に危害を加えてはならない。または、危険を看過することによって人間に危害を及ぼしてはならない。

第二原則　自動運転車は走行する国の道路交通法令を遵守しなければならない。ただし、法令の遵守が第一原則に反する場合は、この限りではない。

第三原則　自動運転車は人間から与えられた命令に服従しなければならない。ただし、命令が第一または第二原則に反する場合は、この限りではない。

「自動運転車三原則」では、アシモフの三原則に「法令の遵守」が盛り込まれ、これが新たな第二原則となった。交通法規をはじめ、諸法令に従わなくてはならない自動運転車にとって、これは必須の変更だった。

また旧第三原則が削除された。第二原則に「法令の遵守」を加えたため、自己の保全は「所有権者の私有財産の保護」という意味から当然の行為となったからだ。

さらにその後、自律行動ロボットがあらゆる状況で使用される時代となり、その行動によって人身事故が生じるのを防ぐ必要が生じた。また並行して、国際連合で「自律行動ロボットの軍事使用の禁止」が採択された。

そこで、ＡＩの開発と運用を統括する国連の下部機関「世界機械知能連合《WMIA》」の「世界ロボット倫理委員会」は、「自動運転車の三原則」をさらに修正し、全ての自律行動ロボットの行動原理とすることを定めた。

これが現在の「自律行動ロボット三原則」だ。

「自律行動ロボット三原則」
第一原則　ロボットは人間に危害を加えてはならない。または、危険を看過することによって人間に危害を及ぼしてはならない。
第二原則　ロボットは所在する国の法令、及びその国が批准《ひじゅん》する国際法と条約を遵守しなければならない。ただし、法令の遵守が第一原則に反する場合は、この限りではない。
第三原則　ロボットは人間から与えられた命令に服従しなければならない。ただし、命令が第一または第二原則に反する場合は、この限りではない。

そして三原則の表記が示す通り、三原則の中で最も上位にあるのは第一原則、即《すなわ》ち「ロボットは、人間に危害を加えてはならない」という原則だ。これは、自律行動ロボットの軍事使用を禁止した国連決定を遵守する上でも、自律行動ロボットにとって最も厳しく適用されるべき原則だった。

にも拘《かかわ》らず、今日、ロボットによる殺人事件が、現実に起きてしまったのだ。


考えても仕方がない——。相崎は、頭の中の考えを振り払うように首を振った。

人工知能や機械知能、ロボット工学に何の知識も持たない自分にわかる訳がない。とりあえず自分はロボットを停止させて回収し、警察官としての義務を果たした。異常の原因はＡＩの専門家が考えることで、誰に責任があるかは検察と裁判官が決めることだ。

その時、白と黒にペイントされた警視庁のワンボックス車が、屋敷の入り口に到着した。大型証拠品運搬用の鑑識課の特殊車両だ。制服姿の警察官が、停止したロボットを載せたストレッチャーを押して近づき、バックドアを開くと、ストレッチャーの脚を畳《たた》んで中に収容した。

そしてワンボックス車は、赤い回転灯を回しながら静かに走り去った。


やれやれ、終わったか――。

そう思った途端、相崎に疲れがどっと押し寄せてきた。部下やその場の人たちに労《ねぎら》いの声をかけ、相崎が愛車の四輪バイク、ラザレスＬＭ８４７Ⅲに跨がって、ヘルメットを被《かぶ》ろうとしたその時だった。

「ＡＡ！　ちょっと待て」

背後から声をかけたのは浦戸係長だった。浦戸係長は足早に歩み寄ってくると、タブレットを見ながら相崎に告げた。

「明日の午前七時から、科捜研であのロボットの分析を開始する。お前もその場に参考人として同席するよう、科捜研から要請が来た」

相崎はいかにも迷惑そうに顔をしかめた。

「そんな朝っぱらから？　それになんで俺なんです？」

「殺人を犯したロボットと会話した唯一の人間だから、とのことだ。お前だけじゃない。俺も現場の指揮官として立ち会うことになった」

相崎は深々と溜《た》め息《いき》をついた。今夜も就寝中に叩き起こされたせいで、碌《ろく》に寝ていなかった。ようやく眠れると思ったら、数時間後にまた招集だ。

――いや。それより何より、相崎はできれば自律行動ロボットなどというものと、これ以上係わり合いになりたくなかった。

だが、命令とあれば仕方がない。相崎は不承不承《ふしょうぶしょう》頷いた。

「わかりました。でも、そのあとは休ませて下さいよ？　俺はロボットじゃないんで」

「ロボットじゃないから給料を払ってるんだろうが。ぶつくさ言わずに出席しろ」

そう言うと浦戸係長は、停まっているパトカーに向かって歩いていった。

03
尋問

七月六日金曜日、午前六時五十分――。

相崎按人は、東京都千代田区《ちよだく》霞が関《かすみがせき》にある警察総合庁舎、その本館入り口に徒歩でやって来た。警察総合庁舎は、相崎の職場である警視庁本部庁舎の隣だからだ。愛車ラザレスは、いつものように警視庁の地下駐車場に駐《と》めてある。

相崎の服装は、昨夜の出動時とは違い軽装だ。黒い半袖《はんそで》のTシャツの上に防弾防刃素材の黒いベスト、胸と背中にＰＯＬＩＣＥという白い文字。その内側に拳銃ホルスター。ボトムはベストと同素材の黒いパンツ。靴《くつ》は黒革の編み上げショートブーツ。手にも黒革の指なし手袋。通信機器や弾薬、機材は背中の薄型バックパックに収納してある。

本館の玄関前で止まると、セキュリティー装置が相崎のポケットに入っているＩＤカードを読み取り、入館資格を照会した。ピッと音を出して自動ドアが開いた。通過する時、入館時刻と身長・体重・顔情報などが記録された。そのままエレベーターで最上階の八階に上がった。そこに相崎が呼び出された訪問先、警視庁科学捜査研究所がある。

ドアを開けて中に入ると、そこはまるで水族館のような場所だった。

高い天井。いくつかの小さなダウンライトだけの暗い室内。その奥に、床から天井までの巨大な透明なガラスで隔離《かくり》されたスペースがある。その中は青いライトで明るく照らし出され、水が満たされた巨大な水槽のように見える。その中央にベッドのような白い装置。

その装置の上に、白い女性型ロボットが仰向《あおむ》けに寝かされていた。

昨夜、青山にある屋敷で持ち主を殺害したロボットだ。女性型ロボットは裸だった。つまり全ての衣服を剝《は》ぎ取られた状態だった。つや消しの真っ白いCFRP製の裸身と、ショートカットの薄紫色の髪が、ベッドのような白い装置の上で、青いライトに浮かび上がっていた。

ロボットの頭部、両腕、脇腹、腰部、大腿部は外殻《がいかく》の一部がめくられ、そこから数本ずつ、合計数十本の様々な色の光ファイバーケーブルが延びて、身体の下のベッドに似た装置に繫《つな》がれていた。勿論《もちろん》ワイヤレス接続も可能だが、今回のような精密検査では、電波干渉によるわずかなエラーも回避したいので、有線で接続することが多い。

夥《おびただ》しい数のケーブルを挿《さ》されて裸で寝かされた女性型ロボットに、相崎はなぜか痛々しさを覚え、同時に覗《のぞ》き見をしているような背徳感を感じた。もっとも女性型ロボットの裸身には、マネキン人形以上の細かい造形は施《ほどこ》されていない。女性型ロボットに男性専用の娯楽機能を付加することは、法律で禁止されている。

巨大ガラスの前のスペースに、楕円《だえん》形の大型デスクがあり、二人の男が座っていた。その一人が相崎を見て立ち上がった。

「遅刻せずに来たようだな、AA。科捜研の担当者を紹介する」

浦戸嶺係長だ。続いて隣に座っていたもう一人も立ち上がり、相崎を見てにっこりと笑った。

「科捜研・工学分野主任の倉秋雅史《くらあきまさし》です。よろしくお願いします」

科学捜査研究所の倉秋は、白衣の肩まで届く長髪の、まだ二十代前半と思《おぼ》しき若い男だった。

細いフレームの眼鏡《めがね》を掛けているが、これは彼の視力に問題があるからではなく、仮想ディスプレイだ。今は近視も遠視も乱視も、手術とも言えないくらいの簡単な処置で矯正《きょうせい》が可能だ。

三人が椅子《いす》に掛けると、浦戸係長が相崎に倉秋の経歴を紹介した。

「この倉秋君は、小学四年生だった十歳の時、自作した『ダグラス』という名のAIでチューリング・テストを受け、見事合格を勝ち得たという天才AI技術者だ」

チューリング・テストとは、審査員がAIとの会話を行い、その三〇％が人間だと信じた場合に合格となるテストだ。ダグラスというAIは「ウォール街に勤務する五十歳のアメリカ人ビジネスマン、ハーバード大卒、趣味は居合と盆栽」という人間を想定したAIだったという。倉秋は七十八％の審査員にダグラスを人間だと信じ込ませ、チューリング・テストの、歴史上二番目の合格者となった。

以来、倉秋はローブナー賞をはじめ数々のAI技術に関する賞を受賞、中学生で文部科学省認定の国家資格「第一種機械知能技術者」試験に合格。三年前、十八歳で高校を卒業する時、大学進学することなく科捜研に就職したらしい。

「そんな天才技術者が、なんでまた科捜研なんかに？」

相崎は不思議に思った。若くしてそれほどの経歴を誇るのならば、大学に進めば研究室と助手を与えられただろうし、一般企業に入れば高待遇で迎えられただろう。こんな薄給で休みも碌《ろく》に取れないような組織に来ようとは、普通は思わない。

「犯罪目的で造られた、アンダーグラウンドのAIを研究するためなんですよ」

いつも同じことを聞かれるのだろう、倉秋は淀《よど》みなく説明した。

「人間が一番知恵を絞《しぼ》るのは、なんといっても犯罪を働く時ですからね。技術者への報酬だって、表社会に比べると桁違《けたちが》いらしいですし。だから犯罪においては、我々のような一般の技術者が思いつかないようなプログラミング言語の文法や構文、またはアルゴリズムのAIが開発され、思わぬ用途で用いられている可能性がある。ある意味、AI開発の最先端なんです。――でも、今回は」

倉秋はガラスの向こう側をちらりと見た。

「犯罪目的で作られたAIではなく、この国の政府と超一流企業が総出でこしらえた最先端のAIが、殺人という犯罪を行ってしまった訳ですけどね」

その視線の先では、女性型ロボットの白い筐体《きょうたい》が青い光を浴びながら横たわっていた。

相崎が浦戸係長を見た。

「そろそろ始めませんか? 俺、朝飯食ってないんですよ。早いとこ終わらして食事に行きたい。そのあとは有給休暇取って、帰って寝るつもりなんで」

浦戸係長は首を横に振った。

「AIDO《アイドウ》が来るまで待て」

AIDOとは、「人工知能及び産業技術総合開発機構」(Artificial Intelligence and Industrial Technology Development Organization)の略称。日本の自律行動ロボット開発を統括している国立研究開発法人で、経済産業省と産業界・大学・研究機関の間に位置し、国策としての人工知能技術及び利用技術開発と事業化を行う公的研究開発マネジメント機関だ。

「AIDOは、我が国のロボット開発の全てを仕切っている組織だ。JE社の創立にも深く関与している。今回の事故では、彼らも責任を追及される恐れがある。一刻も早く原因を突き止めて、何とか上手いこと処理したいんだろうさ」

浦戸係長が喋《しゃべ》り終えると、それを待っていたように倉秋が相崎を見た。

「じゃあ相崎さん、この時間を利用して、あの女性型ロボットと喋った時の話を聞かせてくれませんか？」

相崎は思い出した。自分は「殺人ロボットと会話した唯一の人物」だという理由で、今日ここに呼ばれたのだ。

「やっぱりあのロボット、AIに欠陥があったのか？」

相崎が聞くと、倉秋は難しい顔で頷《うなず》いた。

「そうだと思います。バグの検証は、AIDOの方《かた》が来てから始めますが――」

倉秋は机の上を人差し指の先で軽く叩いた。すると机の天板に赤い線の仮想キーボードが浮かび上がった。倉秋はそれを体の前に指でドラッグしてくると、指先でタイピングを始めた。会話は録音と同時に音声変換によるテキスト化もしているはずから、自分の感じたことをメモするためだろう。モニターは倉秋が掛けている眼鏡だ。

「それで相崎さん。最初にロボットを見た時、どんな印象を持ちました？　何か異常を感じましたか？　それとも何も感じませんでしたか？」

仮想キーボードから顔を上げずに、倉秋は相崎に聞いた。

相崎は昨夜の、邸宅の浴室に踏《ふ》み込んだ時の光景を思い返した。そしてゆっくりと首を左右に振った。

「ロボットの言動には異常を感じなかった。言葉や行動もスムーズで、ぎこちなさもなかった。むしろロボットがあまりにも自然に振る舞っていたので、死体が転がっている現場とのギャップに非現実感を覚えたほどだ。そこに死体がなければ、ロボットが壊れているとは思わなかっただろう。――ただ」

「ただ?」

指を止め、倉秋がちらりと相崎を見た。

「奇妙なのは、俺たちが浴室のドアを開けた時、ロボットが死体を洗っていたことだ。なぜ、自分が殺した男の死体を石鹼《せっけん》で丁寧《ていねい》に洗っていたのか。それがわからない」

「報告書にもありましたね。ロボットが海綿を使って、ボディーソープで死体を洗っていたと。確かに不可解な行動です。――でも」

倉秋はタイピングを再開しながら頷いた。

「これがロボットのAIに異常があった証拠とは言い切れません。例えば、死体から流れ出た血液を汚れと認識して、単に清掃したつもりなのかもしれない。仮にロボットが死体を切り刻《きざ》んでいたというのなら、明らかな異常行動ですけどね」

そうかもしれない、と相崎も曖昧《あいまい》に頷いた。

「他には何か? 何でもいいので、思ったことを仰《おっしゃ》って下さい」

倉秋の言葉に、相崎は再び昨夜の出来事を思い返した。何か、自分がロボットに対して違和感を覚えたことがあっただろうか。そう、あったとすれば――。

「そう言えばあいつ、ロボットの癖《くせ》に下らない冗談を言いやがった。ケン・タカシロ氏の居場所を聞いた時のことだ」

「下らない冗談?」

倉秋が顔を上げ、じっと相崎の顔を凝視《ぎょうし》した。

「何て言ったんです?」

「死体を見ながら、こう言ったんだ。『旦那様はここにいます。この死体が、まだ旦那様であれば、ですが』ってな」

「ふうん――」

倉秋は難しい顔になると、仮想キーボードの上に指を浮かせたまま、ゆっくり二度三度と頷いた。

相崎は忌々《いまいま》しげに続けた。

「その質《たち》の悪い冗談のせいで、ロボットの顔まで笑いやがったように見えた。勿論、錯覚に決まってるんだが」

倉秋は気を取り直したように表情を緩め、ふふっと笑った。

「仰る通り、錯覚です。『情動キメラ』という現象ですね」

情動キメラとは、人間の顔を模した物体に対して起こる人間特有の幻視らしい。例えば能面。能の演者が面を被《かぶ》った顔に角度を付けると、観客は能面が笑ったり泣いたりしたかのように見える。また、紙幣に描かれた肖像画の鼻と両目の位置に折り目を付けて、上下に角度を変えながら眺《なが》めると、肖像画に表情を感じる――。倉秋はそう説明した。

「相崎さんはその時、人間を殺したロボットに対して、強い怒りを覚えていましたよね？　その怒りのせいで、ロボットが嫌味な喋り方をしたように感じ、その結果、ロボットが冷笑したように見えたんでしょう」

確かにロボットが笑うわけがないのだ。相崎も納得した。

「でもね相崎さん。ロボットだって冗談を言うんです」

倉秋は笑顔のまま話を続けた。

「二〇一〇年代後半、原始的な家庭用ＡＩであるスマートスピーカーの時代から、ＡＩにはそういうコミュニケーション機能が求められてきましたからね。『ねえアレックス、何か面白い話して？』とかね。ですからロボットは、古今東西《ここんとうざい》のジョークを知識として持っています。冗談を言っても特段珍しい出来事じゃないんです」

相崎は肩をすくめた。ロボットが発した言葉は、微妙すぎて笑えない冗談だった。

その時、ドアが開いて二人の恰幅《かっぷく》のいい中年男が入ってきた。

「ああ、お待ちしておりました」

浦戸係長が立ち上がって出迎えた。この二人がＡＩＤＯ、人工知能及び産業技術総合開発機構の人間のようだ。相崎も立ち上がって「警視庁の相崎です」とだけ名乗った。倉秋は二人と顔見知りのようで、どうも、と言って片手を挙げた。

「じゃあ、始めます。なお、ロボットには厳重なプロテクトがかけられているため、今回ＡＩに侵入するにあたっては、ＪＥ社のメンテナンス装置をお借りしています」

全員が着席すると、倉秋が自分以外の四人の顔を見回しながら説明した。ＡＩＤＯの二人、それに警視庁の浦戸係長と相崎だ。

「このＪＥＦ９型のＡＩは、量産化を申請した段階で経産省にサンプルが提出されています。その時、僕もＡＩのチェックに参加し、バグをいくつか修正しています。だからＡＩの基盤に当たる部分には、設計ミスは存在しないはずなんです。にも拘《かかわ》らず、今回の事故は発生しました」

倉秋は説明しながら、机上の仮想キーボードをタイピングし始めた。

「ということで、今回の事故の原因は三つ考えられます。一、ＡＩに外部からウイルスなどのマルウェアが侵入した。二、ユーティリティー・アプリケーションのどれかがＡＩに干渉し、異常を誘発した。三、AIをヴァージョンアップする修正プログラムにバグが存在した。では、これらを順にチェックしていきます」

「ウイルスは勘弁してほしいな」

浦戸係長が渋い顔になった。

「今回の事故が、自律行動ロボットを狙《ねら》ったサイバーテロなら、警察の仕事が増える」

これを聞いた倉秋は苦笑した。

「あくまでも可能性の話ですよ。自律行動ロボットのOS『ニュートロン』に施されたマルウェア対策は、現代最高水準、ペンタゴン・クラスです。ウイルス汚染など現実には起こりません。――さて、プログラムの言語検証とデバッグ、バランス及び競合チェックは、僕が開発したAI『カメレオン』が自動的に行います」

カメレオンというのは、虫《バグ》を食べるという洒落《しやれ》で付けた名前だと、倉秋は楽しそうに説明した。ソートに要する時間は約三十秒。この間にカメレオンは、経済産業省に提出されたAIとこのロボットにインストールされたAIを照合し、さらに数百万ケースにも及ぶ使用状況を想定したシミュレーションを行い、プログラムのバグや抜《ぬ》けを発見する。ついでに、ハードウェアの配線や作動に問題がないかも同時にチェックするという。

前方のガラスに、モニター画面が浮かび上がった。倉秋が眼鏡型仮想モニターで見ている画面が投射されたのだ。スクリーンの中には次々とタスクの進捗《しんちよく》状況を伝えるプログレス・バーが出現し、バーのゲージが左から右へと一瞬で移動して、終了すると消えていく。それがものすごいスピードで繰り返されていく。

「ウイルスは検出されませんね。アプリケーションの干渉も発生していません。とすれば残るは、最近配布された更新プログラムにバグが潜《ひそ》んでいて、ロボットのＡＩに転移し、行動異常を引き起こした可能性ですが――」

プログレス・バーを眺めながら倉秋が呟《つぶや》いた。

「さて、彼女のどこに虫がいたんでしょうね」

倉秋が、たん、と机上の仮想キーボードを叩いた。

一瞬後、ガラスに投影されたモニター画面に、緑色の大きな文字が浮かび上がった。

No abnormality

部屋の中がしんと静まり返った。

相崎はその奇妙な沈黙に不安を感じ、周囲の人間を見回した。全員がじっと空中のモニターを凝視したまま、身じろぎもできずにいた。

浦戸係長が小声で倉秋に聞いた。

「どういう意味だ？」

「ええっと――」

口籠《くちごも》ったあと、倉秋は諦《あきら》めたように言葉を返した。

「ノー・アブノーマリティー、つまり『異常なし』です」

「異常なしだって？」

浦戸係長の声がひっくり返った。

「そんなはずはないだろう。現にあのロボットは、人一人を殺したんだ」

倉秋は困惑の表情で首を横に振った。

「でも、ＯＳは最新ヴァージョンですし、更新プログラムにもバグはありませんでした。第三者《サード・パーティー》製のソフトウェアがインストールされた形跡もないし、ウイルスが侵入した形跡もない。ＡＩを走らせるハードウェアも、ＣＰＵ、マザーボード、ＳＳＤ、メモリ全てに異常はない。電源の異常や電気回路の断線・短絡もない。つまり」

倉秋は、他の四人の顔を順番に見た。

「このロボットは正常です。そして昨夜も、正常に作動していました」

浦戸係長が、ばん、と右手で机を叩いた。

「馬鹿な！　正常に作動していたんなら人間を殺す訳がないだろう。——そうだ、肝心の三原則はどうなんだ？　ちゃんと機能しているのか？」

倉秋が悩ましげな顔で頷いた。

「ええ。ロボットは確かに三原則を読み込んでいます。そうでないと起動しませんから」

自律行動ロボット三原則はソフトウェアではなく、封印された書き換え不可能なＳＳＤ－ＲＯＭだ。これをマザーボードと一体化させ、ロボット専用ＯＳの起動に必要なＢＩＯＳやＵＥＦＩの一つと定義する。こうすることで、三原則を読み込まずに自律ロボットのＯＳを起動することは、完全に不可能となるのだ。

「じゃ、じゃあ、なぜこのロボットは、殺人を——」

浦戸係長は混乱した顔で絶句した。

あり得ないことが起きたと言うしかなかった。間違いなく自律行動ロボット三原則の支配下にあり、全てが正常に稼働していたロボットが、こともあろうに人間を殺害したのだ。

「理解できませんな」

ＡＩＤＯ職員の一人が、疑わしげな顔で倉秋を見た。

「そのカメレオンとかいうチェック用のソフト、性能は確かなんでしょうな？　そいつがバグを見逃しているとしか考えられない」

もう一人も眼鏡の上の隙間《すきま》から、上目遣いに倉秋を見た。

「このロボットが三原則を読み込んでいたのであれば、人間に危害を加えられたはずがない。やはりこれのＡＩに、君にはわからない不具合があるのではないか？」

倉秋が無表情に言葉を返した。

「私の作ったチェック用プログラムが欠陥品だと仰るんですか？　それとも、私の技術者としての能力に問題があるとでも？」

「ま、まあまあ皆さん。冷静にお願いしますよ」

浦戸係長が愛想笑いを浮かべながら、両掌を伏せるような動きをして、倉秋とＡＩＤＯの職員二人をなだめた。

「よかろう。君の言う通り、ロボットのＡＩが正常に動いていたと仮定するならば」

ＡＩＤＯの一人が倉秋をじろりと見た。

「例えばあのロボットに、どうしても殺人を選択せざるを得ない状況が生じた、ということは考えられないかね？」

倉秋が首を傾《かし》げた。

「へえ。どんな状況です？」

「これはあくまでも例えばだが。殺された男が連続殺人を計画しており、それを知ったロボットが、罪もない人々が殺されるのを防ぐために、男を殺した、とか――」

　倉秋は馬鹿にしたような表情を顔に浮かべ、ふんと小さく鼻を鳴らした。

「なるほど、トロッコ問題ですか。今時そんなことを気にする人がいるとはね」

「何だ？　そのトロッコ問題ってのは」

　横から相崎が聞くと、倉秋はつまらなそうに説明した。

「今から百年も前、一九六〇年代にフィリッパ・ルース・フットというイギリスの哲学者が提起した思考実験です。要するに、答えのないなぞなぞですよ。このトロッコ問題が世間で有名になったのは二〇〇〇年代初頭、ハーバードの目立ちたがり屋の教授が、馬鹿な学生たちを煙《けむ》に巻くために講義で用いてからですけどね」

　トロッコ問題には様々なバリエーションがあるが、基本的な設定はこうだ、と倉秋が説明を始めた。

――暴走するトロッコの前方、線路上に五人が立っている。トロッコと五人との間には線路の分岐スイッチがあり、あなたはそこに立っている。分岐した線路の先には一人が立っている。あなたが何もしなければ五人が死ぬが、トロッコの進路を変えれば、五人は助かって一人が死ぬ。さて、あなたはどうするか――？

　なるほど、と相崎は頷いた。確かに「複数が死ぬのを避けるために一人を殺す」という意味では、ＡＩＤＯの一人が持ち出した話と同じだ。

　ＡＩＤＯの男が倉秋をじろりと見た。

「そうだ。ロボットはそれに類した選択を迫られ、複数の人間を救うために、やむなく自分の使用者を殺したのかもしれん。だとすれば、殺された側にも責任が――」

「申し訳ありませんがね」

倉秋はＡＩＤＯの男の言葉を遮《さえぎ》ると、面倒臭そうに首を横に振った。

「人間は悩むのが好きですから、こういうなぞなぞで好きなだけ悩めばいいし、結論の出ない議論を楽しめばいい。しかしＡＩは、つまりロボットは悩んではダメなんです。いかなる時も、瞬時に判断を下して行動しなければならないんです」

倉秋は仮想キーボードを指先で叩き、ガラス面のスクリーンに文字を打ち出した。

第一原則　ロボットは人間に危害を加えてはならない。または、危険を看過することによって人間に危害を及ぼしてはならない。

「これが三原則の第一原則です。いいですか？　ロボットは人間に危害を加えてはならないんですよ？　どんな理由があろうと、たとえ何万人の命を救うためであろうと、人間を殺してはいけないんです。あなたたちは、これを忘れてしまっているがために、ロボットにトロッコ問題が生じるなんて馬鹿なことを考えてしまうんです」

遠慮のない言葉に、ＡＩＤＯの男はむっとしながら黙り込んだ。その横で、浦戸係長が頷いて言った。

「なるほど。数の問題ではないんだな」

倉秋も頷いた。

「そうです。だからトロッコ問題に直面した場合、ロボットのＡＩはこう考えるんです。誰かを殺さなければ五人を救えないのなら、人間に危害を加えることができない以上、五人を救うことは不可能だ――とね。そしてＡＩは、五人を救うことを諦めるという判断を下すんです」

つまり自律行動ロボットのＡＩは、危険にある人間を救助しようとした時、その行為によって別の人間に危険が生じる場合には、救助を「諦める《abandon》」という判断を下すのだ。

「三原則の父であるアイザック・アシモフは、自身の小説の中で、三原則のジレンマに直面して迷走する、あるいは故障するロボットの姿を描きました。しかし現実には、自律行動ロボットのＡＩは諦めるという判断を下します。だからロボットは迷走も故障もしないし、トロッコ問題も発生しないんですよ」

そして倉秋は、さらにこう付け加えた。

余談だが、なぞなぞだと承知の上で敢《あ》えて屁《へ》理屈を言えば、トロッコの暴走で五人が死んだとしても、責任を取るべきは五人の救助を諦めたロボットではない。暴走するようなトロッコを造った設計者と、トロッコの安全管理を怠《おこた》った責任者と、何よりトロッコが通ることがわかっていながら線路上にいた五人なのだ――。

倉秋が相崎を見た。

「他の例で言えば、子供がホワイトハウスに迷い込んで、ロシアや中国に向けた核ミサイルの発射ボタンを発見し、押そうとしたとします。そこにロボットがいたらどうするでしょうか？」

相崎は肩をすくめた。

「ロボットには、子供を殺害することができない。そうだな？」

「そうです。そして子供が核ミサイルの発射ボタンを押し、核戦争が起きて数億人が死んでも、それはロボットのせいじゃない。核ミサイルを開発し、製造し、配備し、発射できる状態にした人々のせいです。そうでしょう？」

するとＡＩＤＯの一人が口を挟んだ。

「しかしだね。現実問題、子供一人が死ねば数億人が助かるというのなら、ロボットとしては子供を殺すべきじゃないのかね？」

倉秋はその男を軽蔑の目で見た。

「多数の命を救うためなら、少数を殺害することが許される。そう仰るのなら、私はあなたにこの質問をぶつけましょう。——もしあなたが、感染力が非常に高い伝染病に罹《かか》ったら、他の大勢の命を守るために、あなたを殺してもいいでしょうか？　とね」

ＡＩＤＯの男は不愉快そうに黙り込んだ。

——しかし。

倉秋の話を聞いていた相崎は、また最初の疑問に突き当たった。

倉秋の言うように、「三原則を組み込んでいる以上、いかなる状況になろうとも、ロボットは絶対に人間に危害を加えない」のならば、なぜ、このロボットは人間を殺したのだろうか——？

「倉秋さん」

相崎が、喋り終えた倉秋に声をかけた。

「コピーされたＡＩじゃなくて、このロボットに話を聞いてみたいんだが、いいか？」

「ロボットに話を？」

倉秋が驚いて相崎を振り向いた。他の三人も一斉に相崎を見た。

「そうだ。もし相手が人間の殺人犯だったら、殺しの動機がわからない時は、俺は話をしながら何とかして聞き出そうとする。もしかしたらこいつだって、話を聞いてみれば何か喋るかもしれない」

「おいおい、ＡＡ」

呆《あき》れた顔で、浦戸係長が割って入った。

「こいつは人間じゃないってことを忘れたのか？　俺たちが普段、コソ泥の取り調べでやっているような落とし技は通用しないんだ。ロボットはカツ丼も食わないし、田舎《いなか》で泣いてるおっ母《か》さんもいないいんだぞ？」

相崎は反論した。

「でも係長、こいつは人工とはいえ知能を持っているんですよね。そしてＡＩは正常に動いていたというじゃないですか。じゃあこいつだって、何かを考えた末に、自分のご主人様を殺した訳だ。一体何を考えたのか、それを聞いてみたいんですよ」

「浦戸さん、やって頂きましょうよ」

倉秋が浦戸係長を見た。

「取り調べのプロの刑事さんがＡＩから何を聞き出せるのか、僕も興味があります。首から下の運動機能を停止したまま、ＡＩだけを起動しましょう。ロボットが暴れる心配はご無用です」

倉秋は浦度係長の返事を待たずに、机上の仮想キーボードを叩き始めた。

浦度係長は勝手にしろと言わんばかりに肩をすくめると、ガラスの向こうに寝ている女性型ロボットを見た。相崎もロボットに目を移した。

「先ほども言いましたが、ロボットのＡＩには厳重なプロテクトが掛けられているため、ハッキングによる起動や停止ができません。そのためＪＥ社のメンテナンス装置を経由して操作します。こいつが非常に面倒でしてね。少々お待ち下さい」

倉秋が仮想キーボードを叩きながら、溜《た》め息《いき》混じりに説明した。どうやら自律行動ロボットのセキュリティーは、想像以上に強固なようだ。

もっとも、自律行動ロボットが誰にでも簡単に停止できるようなら留守番にも使えない。何より最新技術の塊《かたまり》の高価なロボットだ。盗難事件が頻発《ひんぱつ》するであろうことは相崎にも容易に想像できた。だからメーカーも緊急停止装置は、使用者の他には警察にしか所持させないのだ。

「では、起動します」

倉秋が言った。全員が女性型ロボットに注目した。

ロボットの瞼《まぶた》がゆっくりと開いた。その虹彩にまず赤いＬＥＤの光が数回点滅し、やがて緑色の光が点灯した。そして暗い部屋全体に、低い女性の声が、天井から残響を伴って降り注いできた。

《お待たせしました。御用は何でしょう？》

倉秋がロボットの音声を、部屋の天井に埋め込まれたスピーカーで再生したのだ。

どうぞ、という表情で倉秋は右手を机に向けた。机の天板を使用する表面《サーフェス》マイクに向かって喋れということだろう。

「お前は、嘘《うそ》をつくことができるのか？」

最初に相崎はそう質問した。女性型ロボットの返事が天井から響いてきた。

《私は、嘘をつくことはできません》

「よろしい」

嘘をつかないのであれば、人間よりははるかに取り調べが楽なはずだ。

相崎は本格的に質問を開始した。
「お前のメーカーと型番は？」
ロボットは答えた。
《ジャパン・エレクトロニズム株式会社製、人間型《ヒューマノイド》自律行動ロボット、Fシリーズ、ヴァージョン9、通称JEF9型《ジェイイーエフナイン》。製造番号JE－AR－F－9－30246551です》
まず隠す必要のないことを相手に喋らせ、相崎の前で喋ることに慣れさせる。そして徐々に喋りたくないことを聞き出していく――。これまで相崎が人間の容疑者相手にやってきた取り調べの流れだ。ロボット相手に有効な手法かどうかはわからなかったが、とりあえず相崎はいつも通りに入った。
「お前の所有者は？」
《ジャパン・エレクトロニズム・リース株式会社です》
「お前の使用権を持つ者は？」
《使用契約者はケン・タカシロ氏ですが、現在はその死亡により、私の使用権は相続筆頭者である妻のエマ・タカシロ氏に移行しています》
「ケン・タカシロ氏は、なぜ死亡した？」
《私が殺害したからです》
室内の全員が、一斉に緊張するのがわかった。
屋敷の浴室で質問した時と同じく、女性型ロボットの回答に躊躇《ちゅうちょ》は見られなかった。相崎はちらりと倉秋を見た。倉秋は無表情に、じっとロボットの言葉に耳を傾《かたむ》けていた。
相崎は質問を続けた。

「お前はなぜ、ケン・タカシロ氏を殺害した？」

《ケン・タカシロ氏は、死亡するべきだと判断したからです》

相崎は単刀直入に聞いた。

「なぜ、死亡するべきだと判断した？」

浦戸係長、倉秋、そしてＡＩＤＯの二名が緊張の面持《おもも》ちでロボットの答えを待った。

そしてロボットは答えた。その答えは、相崎にとって予想外のものだった。

《守秘義務により、申し上げられません》

相崎は一瞬沈黙したあと、隣の倉秋に小声で聞いた。

「何だ？　守秘義務ってのは」

倉秋も小声で相崎に説明した。

「民生用の自律行動ロボットには、使用者の個人情報や、事業情報に対する守秘義務が課せられていて、使用者の許可なく開示を禁じられているんです」

さらに倉秋は残念そうに呟いた。

「やっぱり、ダメだったか――」

「わかってたのか？　こういう答えが返ってくるってことが」

相崎が怒りを抑えながら聞くと、倉秋はあっさりと頷いた。

「ええ。そうなんです。取り調べのプロが聞けば、ひょっとしたら何か情報を引き出せるかもと期待したんですが、やっぱり無理だったようですね」

皮肉にも同情にも取れる言葉だった。相崎は苛立《いらだ》ちを抑えながら、さらに倉秋に聞いた。

「どうやったらロボットの守秘義務を解いて、歌わせることができる？」

「死亡した使用者の相続人に、使用者専用の携帯端末アプリを使って、パスワードを入力してもらう必要があります。今回の場合、死んだ男の奥さんですね」

「ガイシャの未亡人に頼めばいいんだな？」

「もうとっくに頼んでみたよ」

浦戸係長が肩をすくめながら口を挟んだ。

「ガイシャのカミさんのエマ・タカシロと連絡が取れた時、真っ先に頼んでみた。ご主人を手にかけたロボットのＡＩを分析したいので、守秘事項を含め、全ての情報を開示するようパスワードを教えて頂けませんか、とな。だが、答えはノーだった」

「どうしてです？　旦那《だんな》が殺された理由がわからなくてもいいと？」

早口に相崎が聞くと、浦戸係長は渋い顔で答えた。

「とにかくあのカミさん、かんかんに怒り狂っててな。ロボットが夫を殺したことがはっきりしている、あとはメーカーと国の責任を追及するために訴えるだけだ。なぜ被害者である自分たち遺族が、この上家庭のプライバシーまで晒《さら》さなければならないのか？　そう言われたよ」

浦戸係長は、他のロボットも同様の事故を起こす可能性がある、原因究明に協力してもらえないかと粘《ねば》ったが、「私には関係ない」というのが妻の返事だった。確かに未亡人の言うことも理解はできた。殺された理由がわかったからといって、死んだ旦那が生き返る訳ではないのだ。

やむなく相崎は、ロボットに対する質問を変えた。

「お前はなぜ、殺害した男の死体を、浴室で洗っていた？」

《守秘義務により申し上げられません》

またもや守秘義務――。相崎はさらに質問を変えた。

「自律行動ロボット三原則の、第一原則は何だ？」

《ロボットは人間に危害を加えてはならない。または、危険を看過することによって人間に危害を及ぼしてはならない。——以上です》

「お前は、人間を殺害することが許されているか？」

《いいえ。人間を殺害することは許されていません》

「それなのにお前は、ケン・タカシロ氏を殺した」

相崎は慎重に質問した。

「お前は一体、どうやって三原則に逆らうことができた？」

これが一番の謎《なぞ》だった。その場の五人全員が、次のロボットの言葉を聞き漏らすまいと集中した。そして全員が緊張して耳を澄《す》ます中、ロボットの声が響いた。

《私は、自律行動ロボット三原則に逆らう行動はできません》

相崎は言葉を失った。予想だにしない言葉だった。明らかにロボットの言葉は矛盾《むじゅん》していた。混乱したまま、相崎は慌《あわ》ててロボットに再度質問した。

「もう一度？」

《私は、自律行動ロボット三原則に逆らう行動はできません。私のケン・タカシロ氏殺害は、自律行動ロボット三原則には抵触しません》

相崎が絶句した。その場にいる五人全員が同じ状態に陥《おちい》っていた。

全く理解不能な回答だった。人間に危害を加えてはならないという三原則第一原則と、自分の使用者である人間を殺害したことが、矛盾しないというのだ。

「——そうか」

ようやく相崎が呟いた。ロボットの答えに納得した訳ではない。次の質問が出てこなかったのだ。深い敗北感の中、相崎は尋問を続けることができなかった。

それを見た倉秋が、横からロボットに言った。

「質問は以上だ。ありがとう」

《どういたしまして》

ロボットの声が響いた。

倉秋は相崎を見て頷くと、仮想キーボードを数回叩いた。ロボットの虹彩に点灯していた緑のLEDが赤の点滅に変わり、数秒後にふっと消えた。そしてロボットはゆっくりと両目を閉じた。

全員が疲れたように、ふう、と大きく息を吐き出した。


「やっぱりこいつは、ぶっ壊れてる。間違いない」

相崎が倉秋を見た。

「あんたも聞いただろう？　こいつの答えは完全に矛盾している。倉秋さん、あんたには悪いが、こいつは異常なしどころか完全に狂っている。そうだろう？」

倉秋は無言だった。じっと何かを考えているように見えた。相崎は喋り続けた。

「やっぱり機械なんかを信用することなんてできないんだ。俺は前々からずっとそう思ってた。こいつがいい見本だ。機械ってのは、いつか必ずこういうことをしでかすんだ」

そこで倉秋が苦笑しながら口を開いた。

「相崎さん、ずいぶんロボットがお嫌いなようですね？」

相崎は一瞬口を閉じると、低い声を出した。

「人間を殺したんだぞ？」

倉秋を睨みつけながら、相崎は続けた。

「そもそも機械なんかを信用するのがおかしいんだ。こんな危険な奴らをどんどん増やそうとしてるなんて、国もどうかしてる」

そう返した後、相崎は浦戸係長を見た。

「係長。こいつと同型のロボットは、どいつもこいつもぶっ壊れている可能性が高い。全部回収しないと危険です」

「そうだな。よし」

浦戸係長がＡＩＤＯの二人を見た。

「ＡＩＤＯさん、よろしいでしょうか。このＪＥＦ９型ロボットは製造を無期限中止、リース中のものは全て回収するよう、警視庁から経済産業省とＪＥ社に要請します。でないと、またどこかで人間の頭を捻って殺す奴が現れないとも限りません。よろしいですか？」

「馬鹿な！　回収などできん」

ＡＩＤＯの一人が慌てて立ち上がった。

「ＪＥ社の設立と人間型自律行動ロボットの開発に、国がどれだけ予算をつぎ込んだか、君はわかってるのか？　人間型ロボットは我が国の労働人口問題解決の、ひいては日本再生の切り札なんだ。今もし、ロボットが人を殺したなどという事実が明るみに出たら、我が国のロボット事業は壊滅する。そうなったら、この国はもう——」

相崎はじろりとその男を睨んだ。

「まさか、今回の事故を隠そうってんじゃないでしょうね？」

　すると男は、相崎をなだめるために笑顔を作った。

「いや、隠すとは言っとらんよ。ただ、現在全国で約三千体をリース中なんだ。回収するにも莫大な費用がかかる。それよりも早急に原因を解明して、修正プログラムを作成し、ネットを通じてＡＩを自動更新すればいい。そうすればわざわざ事故を公表する必要もないし、回収の手間も時間も費用も省《はぶ》けるじゃないか」

　もう一人のＡＩＤＯの職員もこの意見に賛同した。

「そうだとも。まだ現状では、このモデルに製造上の欠陥があったかどうかはっきりしていない。この個体だけの、外的な原因による問題かもしれないんだ。それを確かめもしないうちに、拙速に間違った発表をする訳にはいかない。原因がはっきりして、対策が決定してから公表すべきだ」

　要するに事故の発表を先延ばしして、その間に原因を突き止め、対策を講じようというのだ。

　相崎は怒りを押し殺しながら二人を睨んだ。

「その間、全国で三千体の殺人ロボットを放っておこうって言うんですか？」

「殺人を犯したのは、三千体の中のたった一体だけだよ」

　ＡＩＤＯの一人が苦笑した。その顔が、相崎の怒りの炎に油を注いだ。

「あんた、人の命を何だと思ってん――」

　立ち上がろうとした相崎の肩を、隣の浦戸係長が押さえた。

「やめろ、ＡＡ！」

　そして浦戸係長はＡＩＤＯの男を見た。

「警察としては引き続き、個人情報を含めた全情報を開示してもらえるよう、ガイシャの未亡人の説得を続けます。だがそれとは別に、さらに詳細なＡＩの解析が、早急に必要なことは間違いない。そうだね？　倉秋さん」

倉秋は肩をすくめて同意を表したあと、こう言った。

「でも浦戸さん、科捜研ではこれ以上の解析は無理ですよ。このロボットのＡＩについて最もよく知る人物、つまりこいつのＡＩを造った人間とチームが、造った環境でデバッグする必要があります。そのためにはこいつを、仙台にあるＪＥ本社に移送しなければ」

浦戸係長は頷くと、振り返って相崎を見た。

「行ってくれ、ＡＡ」

「はあ？」

思わず声を上げた相崎に、浦戸係長が重ねて言った。

「仙台のＪＥ本社だ。すぐに輸送車を準備させる。用意ができ次第、あのロボットを乗っけて運ぶんだ。リコールさせたいんなら、一刻も早くあのロボットが異常だという確証を得る必要がある。そうだろう？」

「ちょっと待って下さいよ。俺の朝飯と有休はどうなるんですか」

相崎が口を尖《とが》らせたが、浦戸係長は無視して喋り続けた。

「いいか、あれは警察が押収した証拠品なんだ。たとえ造ったのがＪＥ社だろうと、ＪＥ社に返却する訳じゃない。あくまでも死亡事故の原因究明のために、警察がＪＥ社に証拠品の分析を依頼する、という形だ。よって証拠品の保全のため、警察官が搬送に同行する必要がある」

「だから、なんでその役目が俺なんです？」

「あのお姉さんを逮捕したのはお前だ。最後まで面倒見てやれ。――それにな」

浦戸係長がにやりと笑った。

「お前のひねた性格じゃ女性にはモテないだろう。女性とドライブするなんて、随分《ずいぶん》久しぶりじゃないのか？　短い間だが、せいぜい楽しんでこい」

04 襲撃

七月六日金曜日、午前十一時二十分――。

首都六号三郷《みさと》線から三郷ＪＣＴ《ジャンクション》を通過、常磐《じょうばん》自動車道に入る。それから一時間ほど走行し、磐越《ばんえつ》自動車道に接続するいわきＪＣＴを過ぎると、交通量は一気に少なくなった。

相崎按人は、助手席の窓からぼんやりと外を眺めていた。と言っても、相崎の目に見えるのは、高速道路の両側にそそり立つ高さ五メートルほどの防音壁と、その上にのぞいている緑色の木々だけだ。

「法定速度より十㎞遅い時速九十㎞で巡航していますので、到着は午後一時半頃になる予定です」

運転席で、ライトグレーのつなぎ服を着た若い男が言った。ＪＥ東京支社の社員だ。ハンドルを両手で握っているが、現在ではほとんどがレベル五の完全自動運転車なので、彼が運転している訳ではない。逆に、緊急時ではない時にマニュアルモードで車を運転することは、危険行為として道交法で禁止されている。

「わかりました」

相崎は両手を上げて伸びをしながら、あくび混じりに返した。まだ昨夜と今朝の疲れが残っていた。前方を眺めると、一台のパトカーが走っている。相崎の車を護衛する、警視庁のパトカーだ。

　相崎が乗っているのは、ジャパン・エレクトロニズム社の東京支社から派遣された輸送車だ。一見するとアメリカ製のキャンピングカーのような、白くて大きな車体をしている。運転席の背後の荷室スペースが、ロボットのメンテナンスのための広大な実験室《ラボ》になっているからだ。

　相崎はちらりと自分の左側を見た。ドアに向かって数段の下り階段があり、その左に後部のラボに続くドアがある。ラボでは現在二名の技術者によって、殺人を犯した女性型ロボットのＡＩの解析が行われている。何でも何百万通りにも及ぶ質疑応答を行い、それに対するＡＩの回答を記録しているのだという。この作業を進めておくことで、ＪＥ本社に着いてからの作業時間がかなり短縮できるらしい。

（今さらこの国は、人間型ロボットのない社会には戻れないだろう）

　相崎は前を向くと、いつの間にか無言で考え始めていた。

（もし、あのロボットに致命的な欠陥があるってことが発覚したら、この国は一体どうなるんだろうな――）


　今年、日本の人口はついに五千万人台にまで減少した。

　二〇〇四年の一億二千七百万人強をピークに、日本の人口は急激な減少を開始した。政府の試算では二〇六〇年に八千六百七十四万人、二一〇〇年に五千万人を切るはずだったが、実際にはそれを遥《はる》かに上回る速度で減少を続けた。日本人は、世界のどの民族も経験したことのない猛烈な速度で、絶滅に向かって減少を続けていた。

　日本の国土は、日本人が思っている以上に南北に長い。ヨーロッパに重ねると、ドイツの北端からフランス全土を跨《また》いでスペインの南端まで達する長さだ。アメリカ合衆国本土の、カナダ国境からメキシコ国境に到る南北の長さともほぼ同じだ。その細長い国土に、二千近い市町村が点在している。交通、輸送、教育、医療、警察、消防といった公共サービスや、道路、鉄道、電気、上下水道、ガス、通信などの生活インフラの維持には、途方もない費用がかかる。

そこで日本政府は、二〇八〇年の達成を目標に、大規模な市町村の再編に着手した。日本全土を居住地区と非居住地区に分類、人口を全国二百五十居住区に集中させ、非居住区域の公共サービスと生活インフラを廃止することにしたのだ。

現在、輸送車が走行している常磐自動車道の両側は、非居住区域に指定されている。かつてこのあたりに広がっていた住宅街は取り壊され、緑の原野に戻った。一部の農場や工場を除くと、人間は一人も住んでいない。よって相崎が走っている高速道路の防音壁の向こう側は、数十年もの間木々が伸び放題に伸び、古代の森のような様相を呈《てい》している。

そしてこの人口減少が、日本に「人間型ロボット」の普及を推し進めた。

二十一世紀も後半に入った現在、日本では人間型ロボットの姿が、特に珍しいものではない。しかしこれは日本特有の現象であり、世界中がそうなった訳ではない。人間型ロボットの普及は、日本政府の国家戦略によるものだ。

では、なぜ諸外国が造ろうとしない人間型ロボットを、日本は強く求めたのか。その最も大きな理由こそが「人口減少」だった。

人口が減少すれば生産年齢人口が減少する。生産年齢人口が減少すれば、経済活動が衰退し、税収も減少する。また人口減少は高齢者人口の相対的な増加も意味する。これは労働生産性を下げるだけでなく、介護や医療、公共料金負担、生活保護などの社会保障費用を果てしなく増大させる。そして医学の発達で人間の寿命は延びる一方だ。

現在の日本の人口は四千八百万人。そのうち生産年齢人口はわずかに千八百万人。六十五歳以上の高齢者人口が二千七百万人。この数字は、何も手を打たなければ、日本という国家が遠からず人口減少のために壊滅することを意味していた。

人口の自然減少が進む国で、生産年齢人口を増やす方法は、たった一つしかない。大量の「外国人移民労働者」の受け入れだ。

しかし、移民の受け入れには大きな危険が伴った。欧米諸国の例を見ても、外国人の増加は随所で摩擦や軋轢《あつれき》を生み、犯罪の増加を招くことは明らかだった。また安価な移民労働力の受け入れは、自国民の失業や賃金の下落を招き、慢性的なデフレ状態を招く。さらに島国である日本には、多人種化・多宗教化に対する強い抵抗や恐怖があった。

そして西暦二〇二一年のある日、外国からの移民に対する拒絶反応を決定付ける事件が勃発した。海外の過激な宗教団体が、東京都丸《まる》の内《うち》の高層ビル街で爆弾テロを実行、三百五十人以上の死傷者を出したのだ。この事件の犯人が、ビルの警備員として雇われていた外国人移民だったため、日本人は外国人移民の増加をますます恐怖し、反発するようになった。

その結果、日本政府は世論に押される形で外国人移民の制限を決断、代わりに「人間型ロボット」の開発と普及を推進する道を選んだ。

生産や建築の現場のみならず、災害対応、交通などの公共サービス、さらには医療や老人の介護、子供の保育や教育——。あらゆる人手不足を、海外からの移民ではなく人間型ロボットの労働力で補おうと考えたのだ。これが、日本が国家戦略として人間型ロボットの普及を進めてきた理由だ。

「ロボットは、新しい国民です」――。

これは、自律行動ロボットの普及を推進している日本政府が、日本の漫画・アニメ・ゲームのロボットキャラクターたちを総動員して作成した広告のキャッチコピーだ。


このような社会的・政治的要因の他に、日本における人間型ロボットの特異な発達の要因について、あるアメリカの著名な社会学者は、こう分析している。

第一に技術的要因。

日本は二〇〇〇年代初頭から、産業用ロボットの分野では世界でも圧倒的なシェアを占める「ロボット大国」だった。産業用ロボットの市場は二〇一八年に一兆円を突破、その後も他の業界が一%未満の成長率で苦戦するのを尻目《しりめ》に、毎年十五%を超える成長を遂げていった。人間型ロボットの製造に必要な技術力、即《すなわ》ち「ロボティクス」は、世界のどこよりも日本に蓄積されていた。

技術面ではもう一つ。日本ではIoT、即ち全ての物がインターネットに繋《つな》がる時代から「AoT」、即ち全ての物がAIを持つ時代の到来を見越して、家電や玩具《おもちゃ》、自動車、住宅といった各業界が一斉にAI化を進めていた。

産業ロボットで培《つちか》ったロボティクスと、各業界で発達したAI。この二つが合体して、AIで行動する「人間型自律行動ロボット」の開発が可能になったのだ。

第二に宗教的要因。

日本の古代宗教は、万物に霊が宿るというアニミズムであったため、もともと日本人は人間と動物を区別しないし、人間と非生物をも区別しない。この万物とは自然の木や岩に止《とど》まらず、日用品や道具、機械にも及んでいる。

対して一神教の欧米では、生命や魂を生み出す行為は神以外には許されない、という考えが土台にある。そんなことを考えるのは神に対する冒瀆《ぼうとく》であり、神に依《よ》らずに生まれたものは神に逆らう悪魔でしかない。従ってロボットは人間の仲間などではなく、あくまでも機械であり、設備であり、道具なのだ。

二〇一〇年代、アメリカのロボット会社が自社ロボットの歩行性能をアピールするために、社員が歩行中のロボットを蹴《け》り飛ばしたり棒で殴《なぐ》ったりして、倒れないところを見せる動画を公開した。ロボットは道具であるという思考の表れであり、おそらく日本人には「可哀相《かわいそう》」で受け入れられない行為だっただろう。

第三に文化的要因。

理由は宗教的要因と同根だが、日本人には、元来ロボットに対する特有の親和性があった。漫画やアニメ、ゲームなどのポップカルチャーを通じて、ロボットという存在に親しみを持っていた。勿論《もちろん》欧米にも人造人間が登場する創作物はあるが、暴れて人を殺戮《さつりく》するか人類に叛乱《はんらん》を起こすような、恐ろしい敵として描かれることがほとんどだった。即ち「フランケンシュタイン・コンプレックス」である。

そもそも、二〇〇五年にアメリカのＡＩ研究者レイ・カーツワイルが「二〇四五年問題」として予言した技術的特異点《シンギュラリティ》――ＡＩが爆発的な進化を開始し、人間がＡＩに追い越される日――自体が、このフランケンシュタイン・コンプレックス、つまり欧米人の人造人間に対する根源的な恐怖の表れなのかもしれなかった。

そして二十一世紀の後半に入った現在も、シンギュラリティは訪れていなかった。AIは欧米人が恐れたほど爆発的には賢くならず、人間の忠実な下僕《げぼく》である程度に「適度に賢く、適度に愚《おろ》か」であり続けたのだ。日本は安心してAIを搭載した人間型ロボットの開発に邁進《まいしん》し、性能を進化させていった。

やがて日本人の手によって誕生した人間型ロボットは、ついに欧米でも受け入れられ始めた。特に家庭用ロボットに関しては、市場を独占するほどの人気になっていた。もともと執事や子守、メイドの文化があったヨーロッパ諸国で、痒《かゆ》い所に手が届く行動プログラムが施《ほどこ》された日本製ロボットが歓迎されたのだ。

こうして今や日本は、産業用ロボットと人間型ロボットの両方で、徐々に世界をリードしつつあった。現在は「自動運転車」「スマート住宅」そして「家事ロボット」が「AoT三種の神器」と呼ばれていた。

このまま何事もなければ、全世界のロボット市場の大半を日本製品が占めることが予測された。ロボットは、日本の人口減少対策の切り札であり、また外貨をもたらす基幹産業になることは間違いないと思われた。ついに日本は人口減少という恐ろしい運命を克服し、再び経済大国に向かって歩み始めたのだ。

しかし、自律行動ロボット大国・日本の根幹を大きく揺るがす大事件が起きてしまった。こともあろうに、ロボットが人間を殺してしまったのだ。この事故が表沙汰《おもてざた》になれば、日本の経済は大打撃を受けることは間違いなかった。

いや、日本という国家の維持すらも、一気に危うくなる可能性があった——。

輸送車は、走行を続けていた。いわきＪＣＴから先は、仙台東部道路の仙台若林《わかばやし》ＪＣＴまでおよそ二時間、約百九十㎞の一本道となる。

延々と真《ま》っ直《す》ぐに延びる往復四車線の道路。その両側に広がる高さ五メートルほどのフェンス。その上に覗《のぞ》く葉の生《お》い茂った木々。変わらない単調な景色を眺めながら、相崎は退屈を覚えた。どこまで行っても、周囲には灰色のフェンス、木々の濃い緑色、それに澄《す》んだ青い空が見えるだけだ。

昔、この約百九十㎞の区間には九つのＩ　Ｃ《インターチェンジ》があったが、人口集中政策の結果、このいわきから仙台までの一帯が非居住区域に指定されたため、ほとんどのＩＣが廃止された。現在残っているＩＣは、南相馬《みなみそうま》鹿島《かしま》Ｓ　Ａ《サービスエリア》に併設されたスマートＩＣのみ。その他にはトイレと自販機などがある無人Ｐ　Ａ《パーキングエリア》が二つあるだけだ。

相崎はちらりとナビの画面を見た。ナビという呼称は残っているが、手動《マニュアル》運転が禁止された今、ナビを頼りに運転する者はいない。ペロブスカイト素子ディスプレイは自動走行している道路周辺の施設情報を表示するだけだ。現在は常磐道が中央に表示され、他には何も表示されていない。非居住地域を示す緑色だけが、道路の両側に延々と続いている。

その地図を相崎が見るともなく見ていると、走行中の常磐道の西側に、何かの広大な施設が映った。どうやら牧場のようだ。非居住区域であっても農場や工場などでの使用は認められている。ただし自分で私道を整備・維持する必要があるし、太陽光発電施設や自然水濾過《ろか》による給水設備なども、自分たちで設置しなければならない。

「それにしても、空《す》いてるな」

誰に言うともなく相崎が呟《つぶや》いた。さっきから反対車線にも、自分たちが走行している車線の前後にも、一台も車が見えない。

右隣で若いドライバーの男が答えた。

「警察のほうで、他の車両との間隔を調整されてるんじゃないですか？」

そうかもしれない、と相崎は思った。重機や特殊車両を除き、ほぼ全ての車両が自動運転となっている現在、要人の警護や容疑者の護送などにおいては、国土交通省の交通システム局に依頼を出して、前後とも指定の距離内に一般車両が進入しないよう調整することができる。

相崎は、昔はバックミラーが下がっていた場所にある全周囲モニターを見た。すると、後方から大型の黒いワンボックス車がゆっくりと近づいてくるのが映っていた。やはり今までは、たまたま道路が空いていただけのようだ。黒いワンボックス車は右にウインカーを出し、追い越し車線に入った。相崎たちの輸送車を追い越すつもりのようだ。相崎はその車への興味を失った。

「なあ、この先のSAにちょっと寄らないか？　腹が減った」

相崎が若いドライバーに向かって身を乗り出した。

もう十㎞ほど走れば南相馬鹿島SAだ。道路上の看板に表示が出ているのを見たら、相崎は急激に空腹を感じた。予想外に早く輸送車の準備が調い、コンビニでサンドイッチを買い込む時間もなかったのだ。

「申し訳ありませんが、スケジュールに余裕がないんです」

断ろうとする若いドライバーの肩に、相崎はぽんと右手を置いた。

「いいじゃないか。ちょっと車を降りて、コーヒーとサンドイッチかなんか買ってくるだけだ。五分で済む。急にもよおしてトイレに寄ったとでも言えばいい」

「勘弁して下さいよ。遅れると上がうるさいんですよ」

苦笑するドライバーに、なおも相崎はしつこく話しかけた。

「あんたにもなんか奢《おご》るからさ。何がいい？　ハンバーガーか？　それともドーナツかチュロスかなんか、甘いもんのほうがいいか？」

「そうですねえ。じゃあ――」

ドライバーが笑顔を相崎に向けて、何か言おうと口を開きかけた、その時だった。


どん、という大きな音が響き、相崎の顔にびしゃりと熱いものが浴びせられた。

相崎の視界が真っ赤に染まり、何も見えなくなった。慌《あわ》てて右手で顔を拭《ぬぐ》い、目を開いた相崎はぎょっとした。眼の前にいる若いドライバーの頭の上半分がなくなっていた。相崎の顔にかかったのは彼の血と肉片だったのだ。

ドライバーの死体が、ゆっくりと相崎に向かって倒れてきた。相崎は慌ててその肩を両手で押さえた。運転席の向こうのサイドウインドウに大きな穴が開き、そこからごうごうという風切《かざき》り音が聞こえていた。その窓の向こうの追い越し車線に、黒いワンボックス車が並走しているのが見えた。さっき後方から追いついてきた車だ。

黒いワンボックス車の窓が下げられ、そこから黒くて四角い銃が覗いていた。相崎が頭を下げると同時に連続した銃声が響き、相崎の背後にあった助手席の窓ガラスが粉々に割れて飛び散った。間一髪のところで頭上を十数発の弾丸が通過したのだ。

短機関銃だ――。相崎は姿勢を低くしたまま、ベストの下のホルスターから拳銃を抜いた。昨夜と同じレーザーポインター照準器付き自動拳銃、ベレッタＰｘ５ストームだ。装弾数は徹甲弾が二十発あるものの、一秒間に三発を撃てる短機関銃が相手では圧倒的に不利であることは間違いない。

先導していたパトカーの赤い回転灯が点灯し、サイレンが鳴り始めた。相崎はわずかに頭を上げて前方を見た。パトカーは追い越し車線を走る黒いワンボックス車の前に回り込むと、赤いブレーキランプを点灯させた。自動操縦をオフにし、進路を塞《ふさ》いでスピードを落とし、賊の車を輸送車から引き離そうとしているのだ。

「やめろ！　逃げるんだ！」

相崎は思わずパトカーに向かって叫んだ。だが、この状態でパトカーの運転手に聞こえるはずもなかった。そして相崎が恐れていたことが起きた。

黒いワンボックス車の賊が、パトカーの後部ウインドウに向かって躊躇《ちゅうちょ》なく短機関銃を連射した。後部ウインドウのガラスが飛び散り、そこはただの巨大な穴となった。そしてパトカーが、左右に大きく蛇行し始めた。自動運転をオフにした車の運転者が絶命したからだ。もう一人の乗員がどうなったかはわからないが、おそらく無事ではないだろう。

突然、パトカーはタイヤの軋《きし》む音と共に激しく回転し、左側の路側帯を超えて防音壁に激突、ごろごろと横転しながら道路上で何度も弾んだ。その脇を相崎の乗った輸送車は危うくぶつからずに通過した。

相崎の車の運転席で、ぽーんという電子音が響いた。ハザードランプが点滅を始めた。スピードが徐々に落ち始めた。女性の声を模した人工音声が運転席に響いた。

《ドライバーの存在が確認できません。安全のために停車します》

ドライバーが死亡し、ハンドルを離してから六十五秒が経過したため、自動運転車のＡＩが運転者の異常を察知、緊急停車しようとしているのだ。相崎は焦《あせ》った。この状況で停車したりしたら、間違いなく賊の集中射撃に遭《あ》う。

相崎は一旦拳銃をシートに置くと、頭を低くしたままパンツのポケットからハンカチを取り出し、顔をぐるりと拭《ふ》いてから歯で二つに裂いた。そしてドライバーの死体の左腕にハンドルを握らせ、手とハンドルを結わえ付けた。

ぴっ、と電子音が短く鳴り、ハザードが消え、車が通常走行を再開した。相崎はそれを確認するとシートから拳銃を拾い、足元に置いていた薄型のリュックを引っ摑んで助手席を離れ、背後のラボに通じるドアを開けて中に飛び込んだ。ほぼ同時に、相崎のいた助手席に大量の銃弾が撃ち込まれた。

ラボは窓のないがらんとしたスペースで、その中央に、蓋《ふた》のない棺桶《かんおけ》のような装置があった。中には例の女性型ロボットが仰向《あおむ》けに格納されている。装置の足元にベンチシートがあり、白衣を着てタブレット型PCを持ったJE社の技術者二名が、シートベルトを掛けて座っていた。

拳銃を持った血まみれの相崎を見ると、二人の技術者はパニック状態に陥《おちい》った。

「お巡りさん、何事ですか？　何があったんです？」

「今のは銃声ですか？　それに、外で何かが転がるような大きな音が聞こえました。一体何が起きてるんでしょう？」

バックパックを慌ただしく背負いながら、相崎は二人に向かって叫んだ。

「いいから床に伏せろ！　死ぬぞ！」

二人が慌ててシートベルトを外して立ち上がるのと同時に、荷室の左壁から次々と銃弾が撃ち込まれてきた。相崎は反射的に、棺桶のような装置の陰に身を伏せた。だが、シートに座っていた二人の技術者はたちまち全身に銃弾を浴び、血塗《まみ》れになって苦悶《くもん》の声を上げながら床に崩れ落ちた。

「畜生《ちくしょう》――！」

棺桶の陰で毒づきながら、相崎は必死に考えた。

襲撃者が何者かはわからない。だが、この輸送車とパトカーの人間を皆殺しにしようとしているのはわかった。そして生き残っているのは、もう自分だけだ。おそらく襲撃者は、運転者を失った輸送車が自動停止するのを期待していたのだろう。だが相崎の行動によって、輸送車は時速九十㎞で定速走行している。

路肩に停止するよりはましだが、今でも射的の的《まと》同然だ。遠からず相崎も銃弾の餌食《えじき》になってしまうだろう。だが反撃しようにも、武器が小型拳銃一挺ではどうしようもない。相手の武器は短機関銃だ。いや、もっと派手な武器も持っているかもしれない。

どうすればいい――？

相崎は焦燥《しょうそう》にぎりぎりと歯ぎしりをした。

「刑事さん」

その時、相崎の耳に女性の落ち着いた声が響いた。

「私の運動機能を回復させ、拘束帯を解除して下さい」

その声は、相崎が身を隠している棺桶状の装置の中から聞こえてきた。そして相崎は、その声に聞き覚えがあった。

話しかけてきたのは、ＪＥ本社へ搬送中の、殺人を犯した女性型ロボットだった。

ロボットが相崎を認識したということは、ロボットのＡＩと視覚・聴覚センサーが起動していたということだ。解析のため、ＪＥ社の技術者がそうしていたのだ。ただし運動機能は全て停止させられ、ボディーは棺桶の中に拘束《こうそく》されている。その拘束を解いて自由に行動させるよう、ロボットは要求しているのだ。

「馬鹿野郎、人殺しを解放できるか！」

相崎は怒鳴《どな》り返したが、女性型ロボットはさらに別の要求を加えた。

「もう一つ、私をネットワークにＷｉ‐Ｆｉ接続させて下さい。私がこの輸送車をネットワーク経由でハッキングして遠隔操縦し、同時に戦闘用アプリケーションをダウンロードします」

「戦闘？」

相崎は驚き、思わず聞き返した。

「お前、あいつらと戦うというのか？」

「はい。私はあなたを守らねばなりません」

俺を、守る――？　相崎は当惑し、そして激しく迷った。

信じていいのか？　こいつは殺人ロボットだ。運動機能を回復させて拘束帯を外した途端、相崎の首をあっさりと捩《ね》じ切って逃亡するかもしれないのだ。

その時またもやばりばりという轟音《ごうおん》と共に、大量の銃弾がサイドパネルの向こうから撃ち込まれた。相崎は思わず首をすくめた。短機関銃の弾倉を交換したのだろう。敵の銃が尽きる様子はない。

「刑事さん、私の言う通りにすべきです」

再びロボットが相崎に呼びかけた。

「現在、あなたの死亡する確率は六八・二三％ですが、この輸送車のサイドパネルが、いつまで銃撃に耐えられるかわかりません。サイドパネルに大きな穴が開いたら、あなたはもう身を隠すことができず、正確に狙撃されます。その場合、あなたの死亡する確率は九九・九八％です」

くそ！　相崎はぎりぎりと歯噛《はが》みした。

ロボットの予測が正しいことは疑いようがない。二択問題だ。輸送車のサイドパネルを吹っ飛ばされて、身体中に雨あられと銃弾を浴び、エメンタール・チーズみたいに穴ぼこだらけになるか。それとも、このぶっ壊れた殺人ロボットを解放し、一瞬で首を捩じ切られて即死するか。

どうせ死ぬんなら、苦しまずに一瞬で済んだほうがいい――。相崎は覚悟を決めた。

「どうすればいいんだ？」

相崎が怒鳴ると、ロボットが答えた。

「この装置の側面に、メンテナンス装置の操作パネルがあります」

厳重なセキュリティーが施されたロボットだが、メーカーであるJE社のメンテナンス装置に接続されていたのが幸いだったようだ。操作パネルは、床に伏せている相崎の頭の五十cmほど先にあった。銃弾が次々と撃ち込まれる中、相崎は必死に右手を伸ばし、操作パネルに並んでいる赤い色のアイコンを次々と押していった。

機能《Function》――全回復《All Recober》
抗束帯《Binding》――全解除《All Release》
通信《Internet》――接続《Online》

ロボットの状態《ステータス》を表す赤いアイコンが、全て緑色に変わった。

いきなり輸送車が、ぐおんと電気モーターの回転を上げて急加速を始めた。法定速度の時速百㎞をあっという間に超過し、なおもぐんぐんと速度を上げていく。同時に輸送車は左右に激しくハンドルを切り、走行車線と追い越し車線を跨ぎながら不規則に蛇行を始めた。ロボットが車の自動操縦装置を乗っ取り、銃弾を避けるためにランダム走行を開始したのだ。

この大きな揺れで後部の観音開きのドアがばたんと開き、哀れな技術者の二つの死体が高速道路に転がり落ちた。相崎も死体と一緒に道路に放り出されそうになり、慌てて棺桶状の装置の縁《へり》を左手で摑んだ。その棺桶の中で、ロボットの四肢と胴体と首を固定していた拘束帯が、ばちんばちんと音をたてながら次々と弾けるように左右に開《あ》いた。

棺桶の中から、白い筐体《きょうたい》の女性型ロボットがゆらりと立ち上がった。

ロボットは裸の状態だった。全員を覆《おお》う白い炭素繊維強化プラスチック製外殻《がいかく》の、首や胴体の部分がめくられ、そこから科捜研で見た時と同じく数十本の光ファイバーケーブルが延びていた。ロボットはそれを摑んで無造作にむしり取ると、棺桶の縁を跨いで相崎の前に立った。ロボットの薄紫色の髪がふわりと揺れた。

高速で蛇行運転する輸送車は、大嵐の海に浮かぶ木の葉のような状態だ。だが女性型ロボットは、まるで熟練のサーファーのように、二本の足で揺れを巧《たく》みに吸収しながら立っている。よろける様子は微塵《みじん》もない。高精度ジャイロスコープと斜度・加速度センサーによる平衡《へいこう》維持装置のなせる業《わざ》だ。

女性型ロボットは首を下げ、緑色の目で這《は》いつくばっている相崎を見下ろすと、左腕を伸ばして相崎の腰のベルトを摑んだ。

「え？」

ロボットはものすごい力で相崎の身体を持ち上げ、さっきまで自分が拘束されていた棺桶の中に、仰向けにどさりと置いた。相崎の身体が棺桶に収まると同時に、両側から拘束帯が伸びてきてがしゃんと閉じ、相崎はあっという間に拘束された。

「お、おい、何をするんだ？」

混乱する相崎に、女性型ロボットが手を伸ばすと、相崎の右手からものすごい力で拳銃をむしり取った。

しまった――！　相崎は気を付けの姿勢で拘束されたまま、棺桶の脇に立っている女性型ロボットを見上げた。

すると女性型ロボットは、左手に持った相崎のベレッタを不思議そうに眺めたあと、腕利きのガンマンが使い慣れた銃で遊ぶように、指でくるくると拳銃を回して持ち手を握り直した。相崎はその行為が、拳銃の重量とバランスを確認する動きだとわかった。

その時、車の外でまた一連の射撃音が響き、がくんと床が傾《かたむ》いた。銃弾が輸送車のタイヤの一つに当たったようだ。樹脂スポークを使用したエアフリータイヤだが、それでも高速走行においては、一輪を損傷すれば著《いちじる》しく安定性を損なう。しかし輸送車はすぐにバランスを取り戻して三輪で走り続けた。ロボットが遠隔操縦で姿勢を制御しているのだ。何もしなければ輸送車は横転して大破しただろう。

激しく左右に揺れる車内で、女性型ロボットは平然と左側の壁に歩み寄ると、右手を手刀のように使って壁の数箇所に突き刺し、べりべりとものすごい力で引き裂いた。相崎は必死に首を伸ばしてその様子を見ていた。ロボットの背中越しに、あの黒いワンボックス車が見えた。そのワゴン車の窓に短機関銃を構えた男が見えた。

男の短機関銃から、ロボットに向かって無数の銃弾が浴びせられた。だがロボットは意に介さず、左手に持った拳銃を構えると、躊躇なく何度も銃爪《ひきがね》を引いた。並走する車のこちら側のタイヤ二本が、銃弾を受けてバーストした。

黒いワゴン車は突然スピンを起こし、中央分離帯を越えて勢いよく反対車線に飛び出した。黒いワゴン車は空中で半回転し、屋根から反対車線の道路に着地すると、そのままごろごろと横転を続けた。

危険が去ったことをロボットが確認したのだろう。相崎の乗った輸送車は、ハザードランプを点滅させながら減速を始め、そして路肩に静かに停止した。

05　危険

　車が停止すると同時に、抗束帯が次々と解除された。相崎はすぐに棺桶を出て、開きっ放しの後部ドアから高速道路に飛び降りた。百メートルほど後方の反対車線に、黒いワンボックスカーが横転しているのが見えた。相崎たちを襲ってきた賊の車だ。

　かちゃり、かちゃりという固い足音が背後で聞こえ、相崎は振り向いた。いつの間に輸送車を降りたのか、女性型ロボットがゆっくりと近づいてくるところだった。足音は裸足《はだし》の人間のそれではないが、動きはモデル・ウォークのような、なめらかで優雅な歩き方だった。動物の動きを再現できる人工筋肉駆動の特徴だ。

　ロボットは右手に相崎の拳銃を持っていた。丸腰の相崎の顔に緊張が走った。

「止まれ！」

　相崎は慌《あわ》てて、右掌を突き出しながらロボットを制止した。ロボットは相崎の三メートルほど手前で停止した。

「いいか、そのまま止まってろ。それ以上近づくんじゃない」

　相崎はロボットを静止したまま、素早く周囲を見回した。だが高速道路の上には、身を隠せるようなものはない。今撃たれたら一巻の終わりだ。しかし、そんな相崎の焦《あせ》りをよそに、ロボットは左手で拳銃の銃身を握り、グリップを相崎に向けて差し出した。

「刑事さん、お借りした拳銃を返却します」

相崎はロボットをじっと観察したあと、ゆっくりと慎重に近づき、自分の拳銃をひったくった。そしてロボットに向けて両手でその拳銃を構え、そのまま後ずさりした。

「私を恐れる必要はありません。私には、あなたに危害を加える予定はありません」

女性型ロボットが穏《おだ》やかな声で言った。

「それよりもあなたには、今起きたことを、警視庁の所属部署に報告する義務があるのではありませんか？　そのためには襲撃者の車が停止している場所へ移動し、現在の状況を把握する必要があります」

「言われなくてもわかってるさ」

相崎は拳銃を両手で構えたまま、警戒を解かずに答えた。

「そうですか。では行きましょう」

ロボットはそう言うと、黒いワンボックス車に向かって歩き始めた。

「おい、ちょっと待て！　お前はここにいるんだ！」

相崎が慌てて叫ぶと、ロボットは停止して振り向いた。

「もし襲撃者が生存していた場合、あなた一人で応戦される予定でしょうか？」

相崎はぐっと返事に詰まった。賊の武器が短機関銃なのを思い出したのだ。

「それにあなたは、JE社が警察に貸与した緊急停止装置を持っています。私の行動に危険を感じた時は、いつでも私を停止させることができます。それをお忘れなく」

そうだった――。相崎は舌打ちした。胸ポケットに入れている銀色の装置のことをすっかり忘れていた。

ロボットは前を向くと、再び優雅な身のこなしでかちゃりかちゃりと歩き始めた。相崎は銃を持ったまま、胸ポケットから緊急停止装置を取り出し、それをロボットの背中に向けながら、ロボットの後ろを用心深く歩き始めた。

横転した黒いワンボックスカーの側まで来ると、相崎は中央分離帯を跨《また》いで乗り越え、上り車線に入った。壊れた車を中心に、半径十メートルほどの範囲にライトのレンズやバンパーなどの破片が散乱していた。そして、軍服のような黒い繫《つな》ぎを来た三人の男が、五メートルほどの距離を置いて倒れていた。

「記録します」

女性型ロボットが五メートルほど前方で停止し、大破した黒い車と周囲の路上を、首を巡らせながら見回した。目に装備されたＣＣＤを経由して、体内のＳＳＤに映像を記録しているようだった。

相崎も路上に倒れている三人の男を見た。全員が黒い目出し帽を被《かぶ》っているので顔はわからないが、三人とも死んでいるようだった。ロボットが賊の車のタイヤを撃ったため、車が横転して車外に放り出され、道路に叩き付けられて死亡したのだ。

「一体、何者なんだ――？」

正体を知りたかったが、車の中や死体の持ち物などを勝手に調べるのは憚《はばか》られた。こいつらが襲撃してきた段階で、護衛のパトカーから本庁に連絡が行っているはずだ。まもなく医者と鑑識と所轄、それに交通課の事故処理班がやってくる。調べるのは専門家に任せたほうがいい。相崎はそう考えた。

「お前、本当に人を殺せるんだな」

路上に転がる三人を眺めながら、相崎はロボットの背中に向かって嫌味を言った。するとロボットは相崎を振り向き、丁寧《ていねい》にお辞儀をした。

「殺人ロボットですので」

「ロボットのくせに、皮肉を言うんじゃねえ」

相崎は苛立った。科捜研の倉秋がロボットも冗談を言うと話していたが、それが本当だったことがわかった。

「人間を三人も殺して、何の痛痒《つうよう》も感じないのか？」

「私には痛覚がありません。従って、痛痒を感じることはありません」

ロボットは穏やかな女性の声で答えた。

「痛覚の話をしてるんじゃねえ！」

これが真面目《まじめ》な回答なのか冗談なのか、相崎には判断できなかった。冗談だとしたら、かなり微妙な冗談だ。少なくとも相崎は笑えなかった。

相崎は不機嫌な顔で女性型ロボットに詰め寄った。

「三原則を破っても、お前のＡＩは平気なのかって聞いてるんだ」

女性型ロボットが答えた。

「私は三原則を破ることはできません。三原則は私の全ての行動を支配する大原則です」

「じゃあ、なんでお前は、こいつらを殺すことができたんだ？」

「私は、彼らが乗った車のタイヤを狙撃しただけです。彼らの身体を狙撃し、彼らに危害を与えた訳ではありません」

「タイヤを撃てば賊の車が横転するってことは、当然予想できたはずだ」

相崎は食い下がった。

「いや違う。お前は、賊の車を横転させるためにタイヤを撃った。そして高速走行中の車が横転すれば、車の中の人間が死ぬ可能性が高いこともわかっていたはずだ。つまり、お前は連中を殺すために車のタイヤを撃ったんだ。そうだろう？」

ロボットは首を横に振り、否定の意思を表した。

「可能性はあくまでも可能性に過ぎません。そして、起こりうる全ての可能性を検討することは無意味です。これは古来『フレーム問題《Frame problem》』と呼ばれ、ＡＩ開発における大きな論点となってきました」

まるで相崎の糾弾《きゅうだん》を予測していたかのように、ロボットは説明した。

「例えば、私が街中の歩道を歩いていたと仮定します。すると、最新型の自律行動ロボットを初めて見る人間が電動自転車で通りかかる可能性が生じます。この運転者には、私に興味を引かれて脇見運転をする可能性が生じます。その結果、運転者が交通事故を起こし、本人または第三者が死亡する可能性が生じます」

さらにロボットは「バタフライ効果《エフェクト》」という言葉や「クレオパトラの鼻がもっと低かったら世界の様相は変わっていただろう」というパスカルの言葉、それに「風が吹けば桶屋が儲かる」という日本の諺《ことわざ》まで挙げて、丁寧に説明を続けた。

「つまり、可能性という観点からは『私が道を歩けば、誰かが死ぬ』という因果関係を否定することができません。もし私が、これらの無限に存在する可能性を一つ残らず検討しなければならないとしたら、外を歩くことをはじめ、私には一切の行動が不可能となります」

「屁理屈をこねるんじゃねえ！」

相崎は苛立《いらだ》ちのあまり、ついに叫んだ。

「お前は明らかに、あいつらが死んでも構わないと思った。いや、殺意を持ってあいつらを殺したんだ。そうだろう？」

だが女性型ロボットは、また首を横に振った。

「私のＡＩは、無限に可能性を考え続けて行動不能とならないよう、五段階だけ先の因果関係を検討します。一、銃で自動走行中の車のタイヤを撃つ。二、銃弾がタイヤに命中する。三、撃たれたタイヤが損傷する。四、車の挙動が著《いちじる》しく不安定になる。五、車内の人物は正確な射撃が困難になる。今回、私が検討したのはここまでです」

あくまでも穏やかな口調のせいだろう、相崎はまるで自分が、ロボットに窘《たしな》められているように感じた。

「私は、あなたと私自身の危険を回避することを目的とし、襲撃者の乗る乗用車の挙動を不安定にする目的で、タイヤを狙撃しました。結果的に車は転倒し、襲撃者は死亡しましたが、その可能性は私が検討すべき五段階の因果関係の先にあったため、事前に察知することができませんでした」

なだめるような口調で、ロボットは続けた。

「私を擬人化するのはやめて下さい。私には怒りや殺意などはありません。それに、フランケンシュタイン・コンプレックスは捨てて下さい。ロボットが人間に危害を加えることは絶対にありません。ロボットは飼い主に忠実な犬のようなものです」

「危害を加えることは、絶対にないだと？」

ふん、と相崎は鼻を鳴らした。

「お前の言葉は矛盾《むじゅん》だらけだ。お前は昨日、自分の主人を殺した。そして今日、賊三人を殺した。この二日間で都合四人の人間を殺害したんだ。それでも三原則には逆らっていないと言うんなら、お前のＡＩは完全にいかれてるんだ。そうだろう？」

「刑事さん、現在は議論よりも優先すべき事項があります」

ロボットは道路の上を見回した。車から数メートル離れた路上に、賊の短機関銃が落ちていた。ロボットは優雅な歩き方で近づくと、それを拾い上げた。

「ドイツＨ《ヘッケラー》＆Ｋ《コッホ》社の個人防御火器《ＰＤＷ》、ＭＰ９短機関銃です」

ロボットはがちゃりと安全装置を掛けてから、台座を相崎に向けた。

「安全のために、襲撃者の武器の全てを速やかに回収したほうがいいでしょう」

「言われなくてもそうするさ」

そして相崎が短機関銃を受け取ろうと、左手を伸ばしたその時だった。

死体だと思っていた賊の一人がいきなり飛び起きた。賊は、足首の鞘《さや》から細身のアーミーナイフを素早く抜き取ると、相崎に向かって投げようとした。

相崎は反射的にベレッタの銃爪《ひきがね》を引き、一発で賊の額《ひたい》を撃ち抜いた。

賊は額に空いた穴から鮮血をほとばしらせ、ナイフを右手に持ったまま、ゆっくりと背中から道路に崩れ落ちた。

しまった――。相崎は舌打ちしながら銃口を下ろした。折角《せっかく》生きていたのに、うっかり賊を撃ち殺してしまった。

「失敗した。生け捕りできれば、こいつらの正体もわかったんだが――」

悔しそうに言いながらロボットに目を遣《や》った時、相崎の心臓がどくりと脈打った。

ロボットは短機関銃を構え、その銃口をたった今絶命した賊に向けていた。

そのままロボットはじっと賊を観察していたが、やがて死亡を確認したのだろう、再び安全装置をがちゃりと掛け、改めて短機関銃を相崎に向けて差し出した。

「回収をお願いします」

女性型ロボットは、短機関銃の安全装置を解除して、銃口を賊に向けていたのだ。

「あ、ああ」

女性型ロボットから短機関銃を受け取りながら、相崎は自分の背中を、ひやりと冷たい汗が流れるのを感じた。

もし俺が撃たなかったら、こいつは賊を、つまり人間を撃ち殺したのか――？

しかしそれは、今となっては確認することができない。

相崎は短機関銃のストラップを肩に掛けて背中に回すと、胸ポケットからボールペンのような器具を取り出して尻をノックし、先端から出た針を死体の首に刺した。

「前科《マエ》があれば、身元がわかるが――」

呟《つぶや》きながら相崎は、携帯端末を取り出して画面を見た。器具とペアリングされているので、こちらに分析結果が出る。

血液型　Ａ、Ｒｈ＋《プラス》、ＭＮ、Ｐ１、Ｌｕ（ａ－《マイナス》ｂ＋）、Ｋ－……以下、詳細を参照
性別　男性

推定年齢　三十二〜三十五歳
現病歴　　なし
既往歴　　なし
逮捕歴　　登録なし
その他個人情報　登録なし

死体のＤＮＡは、端末に内蔵された犯罪者リストには登録されていなかった。相崎は残る二人の死体にもその装置を使用したが、結果は同じだった。相崎は思わず舌打ちすると、ボールペン状の器具と携帯端末を胸ポケットに戻した。

「何か、わかりましたか？」

ロボットが相崎に聞いた。相崎は残念そうに首を横に振った。

「ダメだ。健康だったことはわかったがな。死ぬ直前までは」

相崎は賊との戦闘を思い返した。短機関銃の手慣れた扱い方、無言での冷静な行動、それに今の俊敏《しゅんびん》な身のこなし——。賊は暴力団や犯罪組織の人間ではなく、どこかで戦闘訓練を受けた人物のように感じられた。

「質問してもいいでしょうか？」

ロボットが声を発した。

「何だ？」

「なぜ政府は、全ての国民と国内滞在者全員に、指紋と血液型とＤＮＡ型の登録を義務付けないのでしょうか？　犯罪の抑止に非常に有効です。これに加えて、個人情報と位置情報を発信するマイクロチップを体内に埋め込んでおけば、さらに効果的です」

相崎は溜《た》め息《いき》をついた。それができれば苦労はない。だが犬猫じゃあるまいし、人間にそんなことをできる訳がない。

「残念だができないんだ。個人情報保護法って奴があるからな」

すると女性型ロボットはなおも質問した。

「犯罪の抑止や犯罪者の逮捕よりも、プライバシー保護のほうが重要なのでしょうか？　それとも、罪を犯す自由も基本的人権の一部、という解釈なのでしょうか？」

「俺に聞くなよ。人権団体かマスコミに聞いてくれ」

だがこの点については、相崎もロボットの疑問に賛同せざるを得なかった。

人権団体とマスコミは常に、国家権力が個人情報を管理し、悪用することを懸念する。だが、政府は民間人をいちいち監視するほどヒマではない。それに、もし国家権力が個人を邪魔に思った時は、個人情報など必要ない。逮捕する口実はいくらでも作れるし、いつの間にかどこかに姿を消させることも、別に難しいことではないのだ。


「遅いな。何やってんだ――？」

相崎は呟きながら腕時計を見たあと、意味もなく周囲を見回した。青く晴れた空の下、再生硬質プラスチックで舗装された常磐自動車道は、しんと静まり返っていた。時折、両側に生い茂る木々から鳥のさえずりが聞こえてくるだけだ。

相崎たちが突然銃撃され、パトカーと輸送車と賊の車の三台が大破してから、すでに三十分が過ぎようとしていた。しかし、これだけの大事件が起きたというのに、警察車両は一向にやってこない。

いやそれどころか、どちらの車線にも車両が一台もやってこない。普通、高速道路で事故が発生すれば、ものの十分で高速道路警察隊が到着するはずなのに。

電話してみるか——。相崎は携帯端末を取り出した。すると、女性型ロボットが声を発した。

「現在、携帯端末での音声通話はできません」

「どういうことだ?」

「襲撃事件が発生する一分前から、常磐自動車道上では6G回線電波が途絶えています。何らかの理由で、常磐自動車道に設置された複数の中継器が、全て機能を停止したものと思われます」

なんだって——?

相崎は一瞬絶句したあと、早口にロボットに聞いた。

「お前、さっき起動した時にネットに接続したじゃないか。だから輸送車の自動運転装置をハッキングし、拳銃のマニュアルを入手できた訳で——」

ロボットは首を横に振った。

「JE社のメンテナンス車両は、僻地《へきち》への出動に備えて6G回線と衛星通信を併用しています。私は衛星通信でネットワークへ接続しましたが、やがて襲撃者の銃撃によって衛星通信装置も破壊されたため、途中からはbluetooth経由で車の自動運転装置をハッキングし、コントロールしていました」

「警察専用回線はどうなんだ? 我々を護衛していたパトカーは、賊に襲撃された時に専用線で本庁に報告したんだよな?」

ロボットは再び首を横に振った。

「いいえ。警察のＩＰＲ形移動無線通信システムも、高速道路上では自営通信網ではなく民間携帯電話事業者網、つまり６Ｇ回線を使用しています。従って護衛のパトカーも、襲撃事件が発生する一分前から本庁との通信ができなかったはずです」

相崎は啞然《あぜん》とした。待っても何も来ないはずだ。警視庁は、この襲撃事件が起きたことを知らないのだ。

「なぜ、それを早く言わないんだ」

「聞かれなかったからです」

「――」

相崎はロボットに何かを言おうとして両拳を握り締めたが、やがて無言のまま両手を振り下ろし、携帯端末の画面の隅を見た。確かに、６Ｇ回線接続状況を表す「６Ｇ」という文字が消えていた。

相崎の胸に得体の知れない不安が広がり始めた。常磐道のここら一帯で、全ての中継機が故障したというのだろうか？　いや、それは確率的にあり得ない。それに、故障にしてはあまりにも今回の襲撃事件とタイミングが一致している。あの襲撃事件と無関係とは考えにくい。

携帯端末をポケットに仕舞うと、相崎は諦《あきら》めの表情でロボットを見た。

「仕方がない。ここで車が通りかかるのを待つとするか」

ロボットは首を横に振った。

「ここにいては危険です。すぐに移動しましょう」

「危険？」

ロボットの発した単語が、相崎の不安を掻《か》き立てた。

「危険って、何が起こるって言うんだ？」

「それはわかりません」

「わからないのに危険だって言うのか？」

相崎は意味もなく声を荒らげた。不安から来る苛立ちだった。

「何となく嫌な予感がするのか？　ロボットにも勘ってヤツがあるのか？　ええ？」

「結果を予測するには、情報が足りません」

絡《から》む相崎をロボットは受け流した。

「ですが、原因不明の異常事態が勃発した時は、自分が危険な状況にあると考えるべきです。あなたがまず最初にすべきことは、自分の身の安全を確保することです。原因を特定したり、結果を予測したりするのは、そのあとです」

その考え方は正しいと言わざるを得なかった。相崎は迷った末に、高速道路の進行方向を指差した。

「ここから二キロほど先に、南相馬鹿島ＳＡがある。そこまで歩いて移動しよう。ＳＡなら、災害用固定電話も有線ＬＡＮの設備もある。本庁と連絡が取れる」

するとロボットは、また首を横に振った。

「賛同できません。今すぐ避難用階段で高速道路を降り、民間人に援助を求めるべきです」

「民間人に？」

相崎が眉《まゆ》をひそめた。

「なんで警察に連絡しちゃいけないんだ？　銃撃されて五人も死んだんだぞ？」

「警察に連絡するのは危険だからです」

またしても、危険、、。

「どうして危険なんだ。説明しろ」

詰め寄る相崎に、ロボットが答えた。

「襲撃事件のあと、上下両車線とも車は一台も通過していません。平常の常磐自動車道の交通量統計から見て、この状況は不自然です」

言われて相崎は思い出した。確かに、さっきから車が一台も通らない。

「まさか、車が通らないのは」

ロボットは頷《うなず》き、相崎の言葉を引き継いだ。

「はい。最も合理的な説明は、現在、このあたりを含む常磐自動車道の一定区間が封鎖されているということです。おそらく警察の指示による封鎖です」

「警察が？」

相崎は自分の耳を疑った。

「はい。有事ではなく、天災もなく、悪天候や落下物の散乱など車両の通行が困難な状況でもない。それでも高速道路が封鎖されたということは、警察から国土交通省の交通システム局と高速道路管理会社に、封鎖要請があったということです」

ロボットは頷き、言葉を続けた。

「あなたたちが襲撃事件の発生を報告していないにも拘《かかわ》らず、警察はここで襲撃事件が起きたことを知っているのです。そしてあなたたちを救援しようとはせず、事件の発生した区間をずっと封鎖しています。この警察の対応は、明らかに不可解です」

相崎はまだ、ロボットの言葉を信じられなかった。

「警察が、どうやって襲撃事件のことを知ったって言うんだ？」

「私たちへの襲撃を計画した何者かが、警察に指示したのでしょう」

「何だって――」

愕然《がくぜん》とする相崎を他所《よそ》に、ロボットは喋《しゃべ》り続けた。

「常磐自動車道のいわきJCTから仙台東部道路の仙台若林JCTまでは、約百九十kmの間ICがありません。南相馬鹿島SAがあるだけです。いわきと仙台若林を封鎖すれば、その間の道路は全長約百九十kmのクローズド・エリア、つまり密室となります」

全長百九十kmの密室――。相崎もその意味に気がついた。つまり何者かは、この区間で相崎たちの輸送車を襲撃するため、警察にこの区間の封鎖を指示したのだ。

「つまり、護衛のパトロールカーが襲撃を報告できなくても」

ロボットは落ち着いた声で結論を述べた。

「警察は、我々が襲撃されることをあらかじめ知っていたのです」

「馬鹿馬鹿しい！」

相崎は強張《こわば》った笑いを浮かべた。

「いいか、俺の前で二度とそんなふざけたことを言うな」

相崎はロボットの顔に、何度も人差し指を突きつけた。

「お前は人殺しの、頭のいかれたロボットだ。お前の言うことなど何一つ信じられない。警察の上層部が俺たちを襲った賊とつるんでいて、俺たち警察官が殺されるのを黙認していたなんて絶対にあり得ない。俺は今回の襲撃事件を、一刻も早く本庁に報告しなきゃならないんだ。だからSAに行く。止めても無駄だ！」

ロボットを睨みながら、早口に相崎は喋り続けた。

「それに、お前にはわからないだろうがな、人間ってのは喉《のど》も渇《かわ》くし腹も減るんだ。俺は朝からずっと腹が減っているし、何か飲みたいんだ。それにトイレにも行きたい。俺は絶対にＳＡに行く」

それでもロボットは反対を続けた。

「生命の維持を最優先とするのでしたら、しばらく生理現象は我慢するべきです。ヒトという動物は、一週間ほど飲食しなくても生命に別状はありません。それに、排泄はどこでもできます」

「しょうがない」

相崎は溜め息をつくと、緊急停止装置をロボットに向けた。

「お前とはここでお別れだ。事故処理車が来るまで、ここで寝ていろ」

するとロボットは、あっさりと態度を変えた。

「わかりました」

ロボットは胸の前で両掌を相崎に見せた。制止の表現だ。

「あなたを説得するのは諦めます。ただし、あなたの生命を守るために、私を同行させることを強くお勧めします」

「はあ？」

「お忘れでしょうか。先ほど襲撃された時、あなたが私を解放しなかったら、あなたは輸送車の中で死んでいました」

相崎はぐっと言葉に詰まった。

「脅《おど》してるのか？」

「忠告です」

相崎は何か言おうとしたが、ロボットの言葉を否定することはできなかった。相崎は諦めたように頷くと、ロボットに向かって顎をしゃくった。

「俺の前を歩け。妙な真似《まね》をしたら、即刻停止させる」

ロボットは身体の両側に手を添え、丁寧にお辞儀をした。

「わかりました。それでは行きましょう」

ロボットは踵《きびす》を返すと、相崎に背中を向け、ファッションモデルがランウェイを歩くような優雅な仕草で、高速道路を歩き始めた。


その後ろでとぼとぼと足を進めながら、相崎は死んだ祖父の口癖《くちぐせ》を思い出していた。

――いいか按人。何が怖いってな、世の中にオンナほど怖いものはないんだ。何しろ何を考えているのか、さっぱりわからないんだからな。お前も大人になったら、オンナにだけは気をつけろよ――。

やっぱり俺は、女は苦手だ――。

相崎は、前を歩く女性型ロボットに気づかれないよう、深々と溜め息をついた。

06　脱出

真昼の南相馬鹿島ＳＡの駐車エリアには、一台の車も駐《と》まっていなかった。

異常な状況だった。いかに人口がピーク時の半分以下にまで減少した日本とはいえ、首都圏と仙台を繋《つな》ぐ物品輸送の大動脈である常磐自動車道、しかも平日の昼間だ。どんな偶然が重なったにせよ、休憩の車が一台もないということは考えられなかった。明らかに、何者かの意思が働いているとしか思えなかった。

「刑事さん」

建物の入り口の前で女性型ロボットは立ち止まり、相崎を振り返った。

「このＳＡの平日の利用者数の統計から見ると、現在の状態は」

「極めて不自然な状態です、って言うんだろ？　そんなことは見ればわかる」

相崎按人は不機嫌な声で答え、緊急停止装置を顔の前で振った。

「さっさと中に入れ。妙な真似《まね》をしたら、即座に強制停止する」

「わかりました」

そう言うとロボットは、建物に向かって歩き始めた。

ガラス製自動ドアがロボットを探知して、音もなく左右に開いた。ロボットは中に入っていった。相崎も用心深く周囲を見回しながらあとに続いた。

ＳＡの建物には、スーパーマーケットのような広々としたショッピングコーナー、カフェ、それにフードコートなどがあった。そして、そのどこにも人がいなかった。客は勿論《もちろん》、店員もだ。

相崎は携帯端末を確認した。６Ｇ回線も館内Ｗｉ－Ｆｉも不通状態だった。だが、高速道路のＳＡは甚大《じんだい》災害時の避難場所も兼ねているので、有線通信設備と特設公衆電話、つまり停電時にも使える無料の災害用固定電話が設置してあるはずだ。

相崎はすぐに、壁に設置してある特設固定電話のガラスケースを発見した。ガラスケースを開けると、後ろでロボットが言った。

「繰り返しますが、警察への連絡は危険です。やめるべきです」

相崎は振り向くと、ロボットの鼻のあたりを指差した。

「俺は警察に連絡する。たとえお袋が俺の背中にすがって、泣いて止めようとだ」

受話器を外すと、災害用だけあって公衆電話はちゃんと生きていた。相崎はプッシュボタンを押し、自分が所属する刑事部の機捜特殊に電話を掛けた。

「はい、特捜第二です」

電話に出たのは、知らない声の男だった。

「相崎だ。あんたは？」

「本日付けで異動になった鈴木《すずき》です」

異動があったとは知らなかったが、とりあえず今はそれどころではない。

「浦戸嶺係長を」

「所用で席を外しています」

「では報告する。係長に伝えてくれ。本日午前十一時三十分頃、例の殺人ロボットを輸送車で搬送中、黒いワンボックスカーに乗った何者かの銃撃を受けた。ナンバーは――」

相崎は早口で状況を説明した。

「賊は全部で三名。高速道路上で応戦した結果、襲撃者の車が横転し二名が死亡、残る一名を射殺した。輸送車が大破したため、現在、南相馬鹿島SAに退避中。救助を要請する。それから調べてほしいんだが、なぜか常磐道が――」

「搬送中のロボットは、どこに？」

相崎の言葉を遮《さえぎ》って、鈴木と名乗った男が聞いた。相崎は背後にいる女性型ロボットをちらりと見た。ロボットもまた、じっと相崎を見ていた。

「起動させて、一緒に徒歩で南相馬鹿島SAに来ている」

「了解。救助に向かいます。SAの建物内、中央出入り口の前で待機して下さい。以上」

「ちょっと待ってくれ。まだ報告がある」

電話を切ろうとした相手に、相崎は慌《あわ》てて言葉を続けた。

「なぜか常磐道を車が一台も走っていないんだ。今いるSAにも車が一台も駐まってないし、客も店員も誰もいない。一体どうなってるんだ？　交通事故で常磐道を封鎖中とか、何かそっちに情報は入っていないか？」

「調査の上、追って連絡します。指定の場所で待機を。以上」

そこで電話が切れた。

相崎は受話器を戻しながら、ロボットを見て肩をすくめた。

「ここで待ってろってさ」

「聴覚センサーの感度を上げていましたので、通話は全て聞こえました」

頷《うなず》いたあと、さらにロボットは続けた。

「九二・九四％に再上昇しました」

「何がだ？」

「あなたが死亡する確率《にじ》です」

相崎は顔に怒りを滲ませ、ふうと息を吐くと、ロボットの顔に緊急停止装置を向けた。

「しばらく寝てろ」


建物の外で、車が急停止するブレーキの音が響いた。急ブレーキをかけるという乱暴な運転から見て、マニュアル運転で走行してきたようだ。それから、ばんばんと立て続けに車のドアが閉まる音がして、いくつかの革靴《かわぐつ》で走る足音が聞こえ、相崎がいる建物の自動ドアが開いた。そして、四人の男が早足で入ってきた。

相崎はその四人を観察した。四人とも迷彩の防弾服にフルフェイスの防弾ヘルメットという姿。そして全員が、さっき高速道路上で回収したのと同じ短機関銃を両手に持っている。だが、この四人の装備はそれだけではない。迷彩服の両手両脚の外側に、強化チタン製と思われる黒い骨のようなパイプ、関節部分に電動アクチュエータ。電動アシスト・パワードスーツだ。装着するとパワー、スピード、持久力が飛躍的に向上する。

「やあ、待ってたぜ」

相崎は平静を装って右手を上げ、にこやかに四人に挨拶《あいさつ》した。

「助かったよ。あんたたち、どこの所属だ？　SAT《サット》じゃないようだが」

ＳＡＴとは警視庁の特殊急襲部隊の略称だ。だが四人の男たちは、相崎の質問を無視して、視線を相崎の足元に落とした。

「それが搬送中のロボットだな？」

男の一人が相崎に聞いた。

相崎の足元の床に、女性型ロボットが捻《ねじ》れた姿勢で仰向《あおむ》けに転がっていた。白い四肢が不自然に放り出され、まるで糸の切れたマリオネットのように見える。

相崎が銀色の装置を振りながら肩をすくめた。

「ああ。俺が停止させておいた。この通り勝手に動いてさえいなきゃあ、殺人ロボットだろうとただのマネキン人形同然だ。あんたたちみたいなご大層な装備は必要なかったと思うがね」

相崎が緊急停止装置を胸ポケットに入れると、四人の男は、一斉に相崎に向けて小銃を構えた。

「まず、拳銃をこちらに投げろ。そのあと、その緊急停止装置も渡せ」

リーダーと思しき男が言った。相崎は眉《まゆ》をひそめた。

「どういうことだ？」

「ロボットは我々が回収し、お前を拘束《こうそく》する。相崎按人警部補」

「拘束？」

相崎が訝《いぶか》しげな顔になった。

「俺が何をしたって言うんだ？」

「殺人だ」

リーダーの男が、感情の感じられない声で言った。

「お前は常磐自動車道で突如錯乱《さくらん》し、先導中のパトカーと、たまたま並走していた一般車に対し銃を発砲、合計八人を殺害した」

「はあ？」

相崎は目を丸くしたが、男は構わず喋《しゃべ》り続けた。

「お前は連行され、精神鑑定を受ける。異常が認められれば入院することになる」

「なるほどね」

相崎がゆっくりと何回も頷いた。

「俺を、頭のおかしい殺人鬼に仕立て上げ、病院にぶち込んで、二度と娑婆《しゃば》に出す気はないって訳か。そうだろう？」

返事はなかった。相崎は溜《た》め息《いき》をついて呟《つぶや》いた。

「やっぱり、他人の忠告は聞いとくもんだな。よくわかったよ」

リーダーの男が小銃を相崎に向け、焦《じ》れたように命令した。

「早く銃を寄越せ」

「嫌だと言ったら？」

「逃亡の意思があると判断し、射殺する」

相崎はその男をじっと睨みつけると、やがて諦《あきら》めたように息を吐いた。

「しょうがないな」

相崎は腰のホルスターの留め金を外して、ベレッタPx5ストームを取り外した。そして銃身を握ってグリップを前に向けると、眼の前の男に向かってぽいと放り投げた。

突然、床に転がっていた女性型ロボットが目を開け、そして跳《は》ね起きた。

両足で宙を蹴《け》り、その反動を使った起き上がり方。ネックスプリングという動きだ。跳ね起きながらロボットは、空中で相崎の投げた拳銃を摑み、そのまま流れるような動きで着地すると、リーダー格の男の胸に両手で拳銃をぴたりと構えた。同時にその背後で相崎は横っ飛びに身を投げ、ショップの商品陳列棚の裏側に滑《すべ》り込んだ。

「う、撃て！」

四人の男がロボットに向かって一斉に短機関銃を発砲した。だが、ロボットは着弾の衝撃で前後に少し揺れるものの、銃弾は全てロボットの白い外殻《がいかく》に跳ね返され、周囲の壁や床に散らばるだけだった。

とんでもない奴だ――。相崎は棚の陰から、ロボットが平然と銃弾の中に立っている様子を見て呆《あき》れた。甚大災害時の救助活動を前提に外殻の強度が決定されたというが、家庭用家事ロボットの癖《くせ》に呆れるほど頑丈だ。

ロボットは浴びせられる銃弾の雨を意に介さず、リーダーの男に拳銃を向けたまま、落ち着いた声で話しかけた。

「その火器で私を損傷させることはできません。これ以上の射撃は無意味です。それにパワードスーツはあなたたちの運動能力を著《いちじる》しく向上させますが、それでも出力も敏捷《びんしょう》性も私のほうがはるかに上回ります。私との格闘も無意味です」

リーダーの男が右手を上げ、他の三人を制止した。射撃がやんだ。

ロボットは両手で拳銃を構えたまま、さらに言葉を続けた。

「皆さん。全ての武器と弾薬、それに通信機器を床に捨てて、両手を上げて下さい。そうしないと、私はあなたたちに向けて射撃を行うかもしれません。ヘルメットと防弾防刃服を着用していても、首や手足を守ることはできません。それにご存じだと思いますが、私は主人を殺害したために JE本社に搬送中だった、殺人ロボットです」

四人は射撃をやめた。リーダー格の男が悔しそうにジャンヌの足元に小銃を放り投げ、拳銃、アーミーナイフ、それに銃弾と弾薬類を投げ捨て、さらにインカムを内蔵したヘルメットを脱ぎ捨てて両手を上げた。他の三人ものろのろとそれに倣《なら》った。四人とも、ヘルメットの下に、黒い目出し帽を被《かぶ》っていた。

相崎はようやく棚の陰から這い出てくると、捨てられた全ての武器と装備を拾い集め、ロボットの背後の床に積み上げた。

ロボットの隣で、相崎が腰に両手を当てて四人の男を見回した。

「もう一度聞くがな、俺が何をしたっていうんだ？　俺はこのロボットの搬送中、正体不明の賊に襲われ、撃退しただけだ。どうして俺を拘束しようとする？」

リーダーの男が無表情に首を横に振った。

「我々も知らない。お前を拘束し、ロボットを回収するよう命じられただけだ。拘束が不可能な場合は射殺してよしと言われた。お前こそ、どうして同僚の警察官まで殺して、この殺人ロボットを盗んで逃げた？」

こいつらさっきも言っていたが、誰がそんな大嘘《おおうそ》を——。相崎は思わずロボットを見た。ロボットも拳銃を構えたまま、相崎に向かって頷いた。

「声と眼球の動きから見て、嘘をついてはいないようです。事実ではない情報を教えられたのでしょう」

「あんたたち警察じゃないようだ。所属はどこだ？」

相崎の問いには誰も答えなかった。相崎は肩をすくめた。

「じゃあ、どこの誰かは知らないが、この場は黙って引き上げてくれないか」

男は訝しげな顔で相崎に聞いた。

「どうしてそのロボットを停止させないで、自由に行動させている？　そいつは使用者を殺害した殺人ロボットだと聞いている。いつ暴れ出すかわからないのではないか？　停止させて、こちらに引き渡したらどうだ？」

「実は俺も、そう思うんだが――」

心底困ったという表情で、相崎は首を横に振った。

「あんたらは信じてくれないと思うが、俺は本当に何もやってないんだ。誰かが、このロボットを強奪しようとして、搬送中の俺たちを襲わせた。そうしたら俺だけ生き残ってしまったもんだから、今度は俺に罪を着せて、捕まえるなり殺すなりして、このロボットを奪い取ろうとしているんだ」

喋りながら相崎は、自分の言葉が正しいことを確信した。

そう、誰かがこのロボットを必要としている。だから常磐道で俺たちは襲われた。そして現在も、その誰かはこのロボットを入手したがっている。だからこの四人がここに派遣された。その誰かの正体と、このロボットを欲しがる理由を突き止めない限り、俺はいつかそいつに殺される――。

「となると、このロボットは、その誰かに近づくための唯一の手掛かりなんだ。あんたらに渡す訳にはいかない。わかるよな？」

「その殺人ロボットと一緒に、逃亡するというのか？」

リーダーの男に聞かれ、相崎は溜め息をついた。

「そんなことは本当にしたくないんだがな。でも、俺は大人しく殺されるつもりはないし、捕まる気もないんだ。しょうがないだろう。さあ、帰ってくれ」

「後悔するぞ」

リーダー格の男が、相崎を真剣な目で見た。

「そのロボットは化け物だ。近い内にお前は殺される」

相崎は肩をすくめた。

「あんたらこそ、帰りの車で事故らないようにな」

四人は忌々《いまいま》しげに相崎とロボットを睨むと、正面の自動ドアから建物を出ていった。

その後四人は、エントランスの目の前に停まっている大型の四駆の車に乗り込んだ。カーキ色の大型四駆車は、すぐに滑るように走り出した。そしてSAを出て本線に入り、そのまま走り去っていくのを、相崎は目視で確認した。


ふう、と大きく息を吐くと、相崎はロボットの背中に声をかけた。

「お前の言った通りだった」

ロボットが振り向いた。相崎はその顔を見ながら、肩をすくめて負けを認めた。

「俺は警視庁に電話したつもりだったが、俺が生き残った場合、このSAの災害用電話を使うとは予測していたんだろう、自動的にどこか知らない場所へ転送されていた。となれば、俺を迎えにやってくる連中は警察じゃない。そして、俺を拘束または殺害する可能性が高い――。お前の予想した通りだったよ」

「これまでの出来事から、容易に推測できた結論です」

ロボットが平然と頷いた。ボブカットの薄紫色の髪が揺れた。

「刑事さん、あなたの作戦も適切でした。私に停止しているお芝居をさせて、相手を油断させ、接近させ、制圧する。これ以外にあなたの生命を守る方法はなかったでしょう」

「そりゃどうも、お褒《ほ》めに与《あずか》り光栄だね」

相崎は肩をすくめた。相崎もまた、電話に出た男の応対から異常に気がついていた。さんざん迷った結果、やむなくこのロボットと共謀して一芝居打つことにしたのだ。

「それから刑事さん。ご忠告です」

ロボットは相崎に、持っていた拳銃のグリップを差し出した。

「私が拳銃を所持している時は、常に緊急停止装置を私に向け、いつでも私を停止できるようにしておいたほうがいいでしょう」

「早く返せ」

相崎はその拳銃をひったくると、急いで胸のホルスターに収め、それからじっとロボットの顔を見た。

「一つ、聞きたい」

「何でしょう？」

「なぜお前は、俺を守ろうとする？」

相崎は目を細くして、ロボットを疑わしげに見た。

「常磐道で黒いワンボックスカーに襲撃された時もそうだったし、今の武装した四人に対してもそうだ。お前の助けがなかったら、俺はとうに殺されていただろう。なぜお前は、お前の搬送に同行した警察官にすぎない俺を、二度も守った？」

「搬送中の現在は、あなたが私の主人だからです」

ロボットは当然のように答えた。

「昨夜まで、私の所有権はジャパン・エレクトロニズム・リース社にあり、使用権はリース契約をしたケン・タカシロ氏にありました。しかし昨夜、私の使用権者であるケン・タカシロ氏が事故死しました」

「事故死って、お前が殺したんだろうが」

思わず相崎が口を挟むと、ロボットは首を横に振った。

「殺人をはじめ、あらゆる犯罪は、法律上の人格のない私には適用されません。従って法律上は、ケン・タカシロ氏は私に殺されたのではなく、私の使用中に事故死したということになります。──先を続けてもよろしいですか？」

相崎が肩をすくめると、ロボットは説明を再開した。

「私は事故の証拠品として警察に押収されましたので、私の使用権は狭義では警察、広義では日本政府にあります。そしてあなたは日本の公務員であり、現在は私の搬送計画に関する現場責任者です。つまり、現在は一時的にあなたが私の主人です。主人の命令に従うことが、家事ロボットたる私の義務です」

「じゃあお前は、俺の言うことは何でも聞くのか？」

「はい。自律行動ロボット三原則の範囲で、ですが」

その三原則が正常に働いてないから、お前は元の主人を殺したんじゃないのか──？

皮肉を言おうとした相崎だったが、結局言うのを諦めた。ロボットの答えはわかりきっていた。私のケン・タカシロ氏殺害は、自律行動ロボット三原則とは矛盾《むじゅん》しません、このロボットはそう言うに決まっているのだ。

しかし、殺人ロボットが自分の命令に従うという奇妙な状況になるとは、相崎は想像もしなかった。さしずめ俺が三蔵《さんぞう》法師で、こいつが孫悟空《そんごくう》か。ならば、俺の持っている緊急停止装置が、こいつの頭を締め付ける輪っかという訳だ――。そんなことを考えながら、相崎は隣に立っている女性型ロボットをちらりと見た。

「さて、と――」

そう呟きながら、相崎はこれからどう行動するべきかを考えた。

何者かがこの殺人ロボットを奪おうとしている。それは間違いない。相崎は襲撃の現場に居合わせ、しかも生き残ってしまったばかりに、その何者かに生命を狙《ねら》われることになってしまった。その何者かの正体は全くわからない。そいつが何のためにこの殺人ロボットを奪おうとしているのか、その理由も全くわからない。

しかし、黙って殺される訳にはいかない。そして、その何者かの正体と目的を暴かないと、自分が生き残ることはできない。そういえば、さっき、当の殺人ロボットが言っていた。原因不明の異常事態が勃発した時は、自分が危険な状況にあると考えるべきです。あなたがまず最初にすべきことは、自分の身の安全を確保することです、と――。

相崎はロボットを見た。

「まずは、自分の身の安全を図るとするか。それでいいんだろう？」

「賢明な判断です。原因を特定したり、結果を予測したりするのは、そのあとです」

ロボットは先ほどの言葉を繰り返し、さらに続けた。

「このままこのSAにいるのも、常磐自動車道を徒歩で移動するのも、どちらも危険です。あなたを殺害または拘束して私を確保するために、次はもっと大掛かりな部隊がやってくる可能性があります。速やかに高速道路を降りるべきです」

「高速を降りて、どこへ行くんだ？」

「安全な場所に避難します。どこか、身を隠せる場所はありますか？」

ちょっとだけ考えて、相崎は首を横に振った。職場である警視庁は、おそらく何者かから偽《にせ》の報告を受けて、自分を拘束しようと躍起《やっき》になっているだろう。家族や友人知人にも手が回っているだろう。

「それでは刑事さん。まず居場所を警察に知られないように、このSAの有線端末を使って、あなたの携帯端末のIDとパスワードを変更して下さい。私も今後は、ネットワーク接続とGPSをオフにします」

相崎は納得し、建物内のPCを使って自分の携帯端末の情報を変更した。

相崎の携帯端末は警察支給だ。音声通話番号は勿論、IPアドレスも把握され、ネットに接続した瞬間に居場所を特定される。パスワードを変更しないと、GPSによる位置情報が筒抜けだ。この女性型ロボットも同じだった。ネットワーク接続のIPアドレスはJE社に把握されているし、GPSによる位置情報も監視されている。

「次に、現時点での最新情報を入手します」

女性型ロボットが首を巡らし、建物の壁を見た。相崎もつられてその壁に目を遣《や》った。合成樹脂製と思われるただの白い壁だ。ロボットはすいと右手を上げ、その壁の中央を人差し指で指差した。

　すると、壁にテレビ画面が現れ、サッカーのライブ中継が流れ始めた。ロボットが指を広げると画面はさらに拡大され、指を左右にスワイプするとチャンネルが次々と切り替わり、ライブニュース放送で止まった。そのメニューがものすごいスピードでスクロールされて全ての情報が一瞬だけ表示され、そして、ふっと画面が消えて元の壁に戻った。

「へえ――」

　相崎が思わず感嘆の声を上げた。

「お前、指だけで壁にテレビを呼び出せるのか。便利だな」

「指先から赤外線デジタル信号を発信することで、ホーム・オートメーションの全ての機能を操作できます。ＡＩの黎明期《れいめい》、スマートスピーカー時代から保有する機能ですが、現在は要介護者支援のための機能です。――それより」

　ロボットが右手を下ろし、相崎に向き直った。

「今確認しましたが、常磐自動車道での襲撃事件は、ライブニュース放送でも流れていません。ということは、私たちを狙っている何者かは、常磐自動車道での襲撃事件を完全に隠蔽《いんぺい》したようです。私たちを襲撃したことを公《おおやけ》にしたくないのでしょう」

　相崎も頷いた。自分たちを襲わせた何者かは、このロボットを強奪しようとしていることを、誰にも知られたくないのだ。

「以上のことから、この常磐自動車道の西に広がる『非居住区域』の森林内に潜伏することが、安全を図る上で最善と判断します。では、これから野営の準備を行います」

　そう言うとロボットは、すたすたとショップコーナーに入っていった。

　やがてロボットは、黒いナイロン製ボストンバッグを四個持ってきて床に並べた。その一つにロボットは、四人の襲撃者が置いていった銃器と装備を詰め込んだ。そして、残りの三つを指さしながら相崎に言った。

「ショップの商品の中から、あなたが生活するために必要な物資を選び、この三つのバッグに入るだけ入れて下さい」

「今月は出費が多くてな。あんまり買うと、次の決済日が心配なんだが」

スーパーやコンビニでは、携帯端末と商品を持って出口を通ると、自動的に商品情報が読み取られ、あとで銀行口座から引き落とされるシステムだ。

するとロボットが言った。

「私がショップのオートキャッシャー機能をオフにします。支払いは発生しません」

「金を払わずに売り物を持ってくのか？」

相崎は目を剝《む》いた。

「それはいくらなんでもまずいだろう？　お前、刑事に泥棒をやれっていうのか？」

「現在あなたは、生命の危険がある状態です。生命の危険を回避するための違法行為は、法的には緊急避難となり無罪です。窃盗罪は適用されません」

「お前、家事ロボットなのに法律にも詳しいんだな」

ロボットの答えに相崎は感心した。するとロボットが言った。

「ジャンヌと呼んで下さい」

「ああ？」

「私の名前はジャンヌです、刑事さん」

相崎は、殺された男の娘がこのロボットをそう呼んでいたことを思い出した。たしか娘の名前はシェリーと言った。

「わかった。じゃあ、ええと――ジャンヌ」

相崎は頷いて続けた。

「俺のことは刑事さんじゃなくて、AAと呼んでくれ。みんながそう呼んでる。相崎按人の頭文字だ」

「わかりました。AA」

相崎はボストンバッグを持ってショップの店の間を歩いた。野営などやったことがないので、何を持っていけばいいのかわからなかったが、食料品と飲料、塩や胡椒《こしょう》などの調味料、固形やゼリーの栄養補助食品、菓子類、着替えや石鹸《せっけん》や薬類、キャンプ用品など、必要または役に立ちそうなものを片っ端から放り込んでいった。

その相崎の背中に、ジャンヌが声を掛けた。

「準備が終わったら、すぐに出発しましょう」

「ああ。こんなもんかな」

相崎が振り返ると、ジャンヌはいつの間にか服を着ていた。カーキの長袖《ながそで》シャツ、迷彩柄のパンツ、それに黒いキャップと革ブーツ。全て男物でサイズが大きかったらしく、シャツとパンツの裾《すそ》はまくりあげている。

「ふうん」

相崎は足元から上へと、ロボットの全身に視線を動かした。最初にタカシロ家で見た時はスカートのスーツ姿だったが、理想的なプロポーションに造られているジャンヌは、現在の男装のような服装もよく似合っていた。

「その、ロボットでも、やっぱり裸は恥ずかしいのか？　ジャンヌ」

聞きながら相崎は、相手がロボットなのにも拘《かかわ》らず、これはセクハラに当たらないだろうかなどと余計なことを考えた。しかし、ジャンヌはあっさりと答えた。

「私には感情がありませんので、羞恥心《しゅうち》もありません。また私は機械ですので、裸でも公然猥褻《わいせつ》にあたることもありません。ただ、私の白い炭素繊維強化プラスチック製の外殻は目立ちますので、極力目立たない衣料を選択し、着用することにしました」

「結構似合うぜ」

「ありがとうございます」

ジャンヌは、両手を身体の脇に添えて深々とお辞儀をした。

そしてジャンヌは、ぱんぱんに膨《ふく》らんだ四個のボストンバッグを両手に二個ずつ、まるで風船であるかのように軽々と持ち上げた。それを見て、改めてロボットのパワーに感心しながら、相崎も自分の黒いバックパックを背負った。

「それでは行きましょう、ＡＡ」

「ああ」

歩き出そうとしたジャンヌが、ふいに相崎を振り返った。

「緊急停止装置の用意はよろしいですか？　私が前を歩きますので、いつでも緊急停止できるように背後を歩いて下さい」

相崎は面倒臭そうに、ひらひらと右手を振った。

「もういいよ。行こうぜ」

相崎はジャンヌの横に並ぶと、建物の出口に向かって一緒に歩き出した。

07　野営

夜――。非居住区域に広がる森は、まるで太古に時間が戻ったようだった。

闇の中に湧き上がるような虫の声に混じって、時折上のほうからフクロウの鳴き声が聞こえる。かさかさと下草をかき分ける音は、夜行性の小動物だろうか。非居住区域では、シカやタヌキやアナグマなど野生動物の増加が著《いちじる》しい。人間がいなくなって数十年が経過した土地は、再び太古のように、動物たちのものになったのだ。

非居住区域は、日本の急激な人口減少によって誕生したエリアだ。

二〇二〇年度の国土交通省の試算によると、人口がピーク時の半分、つまり約六千万人にまで減少した未来の日本では、国土のおよそ七割が無人地域になるという結果が出ていた。そこで二〇二二年になると「国土のグランドデザイン」が大幅に修正された。この修正によって、日本は大胆な「計画縮小」の道を歩むことが明示された。

――いや。未曾有《みぞう》の人口減少を続ける日本には、国家の縮小を断行する以外、生き残る道は残っていなかったのだ。

政府は、リニア中央新幹線により東京・名古屋《なごや》・大阪の三大都市圏を「超巨大都市圏《スーパー・メガリージョン》」として一体化し、地方のグランドデザインを再検討した。そして、過疎化で存続が危ぶまれる地域の増加に対応し、地方都市を「コンパクトシティー」として集約、その上で地方都市間の交通網を整備することにした。

地方における人口集約のためのデザインは二つ。まず一つは、高速鉄道または高速道路の途中に、一定間隔で人口集中地域を作るスタイル。タケやハスが地下茎を一直線に伸ばし、一定間隔で芽を伸ばす構造に似ているため、「地下茎型《リゾーム》」と呼ばれている。

もう一つは、地方自治体内にいくつかの人口集中都市を作り、互いを在来鉄道や幹線道路で繋《つな》ぐスタイル。こちらは、オリヅルランやイチゴが放射状に茎《くき》を伸ばし、地面に茎を這わせて子株を増やす構造に近いため、「匍匐茎型《ストロン》」と呼ばれている。

そして地方都市を中心とした居住地域以外のエリアは全て、道路やガス・水道、通信などの生活インフラを完全に廃棄した非居住地域に指定され、住民には居住地域への移動が命じられた。

この「計画縮小」は北から南へと段階的に進められ、まず北海道、次に東北地方が計画的に居住地域を縮小していった。現在は東北地方の整備が終了したところで、常磐自動車道と東北自動車道に挟まれた幅約四十㎞のエリアは、一部の農場や牧場を除いて広大な非居住地域となっていた——。


相崎按人はロボットのジャンヌと共に、森の中の崖下にある横穴の中にいた。もともとは古代人の住居跡や古墳なのだろうか、それとも太平洋戦争時に掘られた防空壕か格納壕の跡だろうか。ともあれ、雨露がしのげる場所が見つかったのは幸いだった。

非常用の鉄階段で常磐自動車道を下りて森に入り、西に向かって木々の中を五時間ほど歩いた。ここは福島県の浜通《はまどお》りに位置する八森山《はちもりやま》から、さらに何キロか奥に分け入ったあたりだろう。周囲には道路や建物は勿論《もちろん》、人工の明かりなど全くない。真っ暗な闇が延々とどこまでも続いているばかりだった。

さらさらという水の音が聞こえる。近くを流れる沢だ。真野川《まのがわ》か新田川《にいだがわ》の上流に流れ込む支流の一つだろう。

相崎は横穴から首を出し、木々の隙間《すきま》から夜空を見上げた。おそらく追っ手の放ったドローンが、相崎とジャンヌの姿を探してこのあたり一帯の上空を飛んでいるはずだ。

しかし、この横穴の中なら上空から発見される可能性はまずない。偵察ドローンは動体センサーによる動体探知と、赤外線センサーによる体温探知、それに音声探知を行うと思われるが、野生動物の多いこのあたりでは人間との区別はまず無理だろう。それにジャンヌの聴覚センサーなら、超小型ドローンの羽音でも聴き逃すことはない。

とはいえ、相崎にしてもいつまでもここで生きていける訳ではない。そして誰かに助けを求めるには、常磐自動車道か居住区域に戻るしかない。そしてどちらにも、無数の防犯カメラが設置してある。追っ手も焦《あせ》って居場所を探すより、相崎が自ら姿を現すのを待っているのかもしれない。

非居住区域の森に潜伏している限りは、おそらく安全だ。しかしそれは同時に、相崎とジャンヌがこの森から出ることができないということでもあった。

ほうほう、という大きな鳴き声がすぐ頭上で聞こえた。相崎は思わずびくりと身をすくませ、顔をしかめながら木の枝を見上げた。

「フクロウか。脅《おど》かしやがって、畜生《ちくしょう》」

照れ隠しに相崎が毒づくと、ジャンヌが訂正した。

「正確にはアオバズクです。フクロウ目フクロウ科の野鳥ですが、二回ずつ規則正しく鳴くのが特徴です」

ジャンヌは相崎の向かい側で、足をぴたりと揃えて石の上に腰掛けている。その両目が暗闇の中、ほのかに緑色の光を発している。ドローンに発見されないよう、ランタンなどの照明器具を点《つ》けることも、火を焚《た》くこともできない。

その真っ暗な闇の中、相崎はブランケットを羽織《はお》って地面に座り、SAから無断で頂いてきた惣菜《そうざい》パンと牛乳を頬張《ほおば》っていた。腐りやすいこれらの食料を先に消費し、食い尽くしたら缶詰や栄養補助食品などの保存食に移行する予定だった。そのあとはどうすればいいのか、とりあえず相崎は先のことは考えないことにした。

ふと相崎はジャンヌに聞いてみた。

「お前は飯を食わなくていいのか？」

ジャンヌは首を横に振った。

「私は、炭水化物や脂肪をエネルギーに変換することはできません」

「そうじゃなくて電気のことだ。充電しなくて大丈夫なのか？　この山の中にゃあコンセントは勿論、送電ルーターだってないぜ？」

二十一世紀後半の現在、家庭用の電気機器や携帯端末は、マイクロ波によるワイヤレス給電で電気を得ている。だから送電ルーターが置いてある自宅や、公衆送電ルーターがある施設内では、携帯端末などの電気機器は自動的に充電される。だが、ここは非居住区域の森の中だ。当然、公衆送電ルーターなど設置してない。

するとジャンヌがまた首を横に振った。

「ご心配には及びません。ＪＥ社の人間型自律行動ロボットは、私たち最新モデルから電波変換による充電が可能となっています」

ジャンヌによると、電波変換とはもともとは北欧の携帯機器メーカーが二〇二〇年代に開発した技術らしい。テレビ電波やラジオ電波など、五百ＭＨｚ《メガヘルツ》から十ＧＨｚ《ギガ》という幅広い帯域のあらゆる電波を取り込み、電流に変換することができる。従って送電ルーターよりも遥《はる》かに長距離間での給電が可能だ。

「そんなことができるのか」

相崎が感心すると、ジャンヌが説明を加えた。

「ワイヤレス長距離給電システムは、一八九三年、アメリカの科学者ニコラ・テスラによって初めて提唱された技術です。テスラはニューヨーク州ロングアイランドに、大西洋を横断してヨーロッパに無線で電力を送るタワーを建設しようとしましたが、資金上の問題により実現できず、結局、実用化までに人類は百七十年以上を要しました」

相崎がロボット技術に詳しくないのは、家事ロボットを使用したことがないからだ。そもそも家事ロボットとは、家族で使用するものだ。独身の相崎が家事ロボットと住んでいるとなると、ロボットが女性型であれ男性型であれ、友人や同僚たちにとっては格好の酒の肴《さかな》になる。

「じゃあお前は、何もしなくても、半永久的に動き続けられるのか」

相崎がパンを齧《かじ》りながら羨《うらや》ましそうに言うと、ジャンヌは首を横に振った。

「いいえ。電波給電で供給できる電力はそう多くはありません。大量に電力を消費する状況では、やはりマイクロ波によるワイヤレス給電かＰＶ《フオトボルタイク》による太陽光発電、最低でも月光発電を併用する必要があります」

私たちには、透明な強化セラミックの下に白色赤外線太陽電池が内蔵されていて、太陽光は勿論、月光でも発電できるのです、とジャンヌは説明した。言われてみれば、月光とは太陽光を月が反射したものだ。太陽光に比べたらはるかに微弱ではあるが、同じ発電システムが使用できるらしい。

相崎はジャンヌに投入されたエネルギー技術に感心した。最新の人間型自律行動ロボットは、電波、マイクロ波、太陽光という三種類の電磁波による発電ができるのだ。家事ロボットにそこまでエネルギー補給に対する備えが必要なのか、疑問を感じないではなかったが、これも頑丈な外殻《がいかく》と同じく、甚大《じんだい》災害への対応のためなのだろう。

「AA、静かに」

突然、ジャンヌが囁《ささや》いた。パンを齧っている相崎の動きが止まった。

「捜索ドローンです。東西に五機が二十メートル間隔で並び、地上十五メートルを保ったまま南からゆっくりと北上してきます。航空法の夜間飛行制限と高度制限を無視しています。移動速度は、およそ時速十km」

微《かす》かな声で言うと、そのままジャンヌは沈黙した。相崎も左手にパンを持ったまま、固まったように身じろぎもせず息を潜《ひそ》めた。羽音もモーター音も、何の音も聞こえない。しかし、ジャンヌには間違いなく聞こえているようだ。おそらくドローンは動体センサー、赤外線センサー、それに音声センサーで上空から探っている。

そのままのろのろと時間が流れた。相崎には何時間にも感じたが、実際には十数分が経過した頃、ジャンヌが再び声を発した。

「ドローン五機のセンサー有効範囲を外れました。声を出しても問題ありません」

相崎はふう、と大きく息を吐き出した。

これからこういうことが、何度も繰り返されるのか――。そう思うと相崎はうんざりした。しかし、相手がドローンだけならば対策はできる。ジャンヌの強奪を企《くわだ》てる何者かが、秘密裏に事を運ぼうとしているらしいのは不幸中の幸いだった。山狩りや人工衛星探査など大規模な捜索は、おそらく行えないからだ。

食事が終わると、相崎はパンの入っていたビニール袋を丸めてボストンバッグに突っ込んだ。地面に埋めようかとも思ったが、環境破壊になりそうで気が咎《とが》めたし、何より上空から捜索ドローンに土を掘った跡を発見されるのも避けたかった。

「なあ、ジャンヌ」

ペットボトルの水を一口飲んで、相崎はジャンヌを見た。暗闇の中でジャンヌの目は、薄明るい緑色に光っている。闇夜で目立たないように輝度を落としているのだ。

「お前はロボットだ。俺よりはるかに計算能力が高いし、知識だって何百倍も持っている」

「はい。その通りです」

ジャンヌはあっさりと頷《うなず》いた。

「そこで、お前に頼みがある」

相崎はジャンヌの目をじっと見た。

「俺たちの置かれた状況について、じっくり考えてみた。その結果、俺がたどり着いた仮説について、可能性を検証してくれないか」

「はい。わかりました」

ジャンヌが頷いた。

「まずこれまでの流れだ」

相崎は考えながら、ゆっくりと話し始めた。

「殺人を犯したお前のＡＩを解析するため、お前はＪＥ本社に搬送されることになり、俺がその任務を命じられた。そうしたら常磐道で正体不明の三人組に銃撃された。奴らを何とか撃退してＳＡに移動し、警察に連絡したら、今度は武装した四人組がやってきて、俺を拘束《こうそく》または殺害してお前を持ち帰ろうとした。――てことは、だ」

相崎は自分に言い聞かせるように、確認しながら続けた。

「常磐道で襲ってきた三人と、ＳＡにやってきた四人。こいつらの目的は、どちらもお前を強奪することだ。そう考えていいな？」

「はい。そう思います。それを裏付ける事実もあります」

ジャンヌは頷いた。

「高速道路での襲撃時、私たちの乗った輸送車を停止させるには、タイヤを撃つのが最も効果的でした。にも拘《かかわ》らず、数百発の銃弾を撃った中、輸送車のタイヤに当たったのは一発だけでした。これは確率的に誤射と考えられます。タイヤを撃たなかった理由は、輸送車内の私を損壊せずに入手したかったからでしょう」

相崎も頷いた。そういえば高速道路の三人もＳＡに来た四人も、武器はロケットランチャーや対戦車砲ではなくて、拳銃弾を使用する短機関銃だった。これもまた、相崎たち人間は殺してもジャンヌを破壊したくないという意図の表れなのだろう。

そして、ＳＡに来た四人は「ロボットを回収する」と言った――。

相崎は二つ目の質問に移った。

「次に、この二つのグループは、同じ何者かの命令で出動した。そうだな？」

ジャンヌはまた頷いた。

「はい。高速道路における最初の襲撃が失敗し、その結果を受けて、ＳＡにおける次の襲撃が行われたと考えられます。従ってこの二つのグループは、同じ何者かの命令で連携して行動した可能性が高いでしょう」

相崎が頷いた。

「三つ目、警察だ。常磐道の封鎖に協力したと見られる以上、俺たちを襲ってきた何者かの指揮下にある可能性が大きい。従って、警察と連絡を取ることは危険だ」

「はい。私もそう思います」

ジャンヌが賛同した。

「そして四つ目、その何者かの正体だ」

相崎は暗闇の中、向かいに座るジャンヌの顔を見た。

「こいつは、警察を使って常磐道を封鎖することができ、戦闘訓練された人間を襲撃に使うことができた。また、ＳＡの災害電話をどこかに転送することができた。てことは、その何者かは相当なお偉いさんだ。そうじゃないか？」

「はい。相当な権力を持つ人物、または組織だと思われます」

頷いた後、ジャンヌは付け加えた。

「一方で、襲撃者は私の緊急停止装置を所持していませんでした。ということは、襲撃を指示した人物または組織は、私を製造したＪＥ社とは無関係です」

相崎も納得した。考えてみれば、相崎とジャンヌはJE本社に向かっていたのだ。JE社が一枚嚙んでいるのなら、放っておけばそいつはジャンヌを入手できた。

「じゃあ、ジャンヌ」

相崎がロボットの顔をじっと見た。

「そのお偉いさんは、なぜ殺人を犯してまで、お前を強奪しようとしているんだ？」

ジャンヌは即答した。

「おそらく、私がヒトを殺害したロボットだからではないでしょうか。私と同型のロボットはこれまでに三千体以上が生産されていますが、ヒトを殺害したのは私だけです」

相崎も頷いた。確かにそれ以外に理由は考えられない。ジャンヌは歴史上初めて出現した、殺人を犯した人間型自律行動ロボットだ。ジャンヌが他のロボットと異《こと》なる点は、その一点しかない。問題は、ジャンヌを強奪する理由だ。

「そいつは、お前という殺人ロボットを入手して、どうしようっていうんだ？」

「それを推定するには、データが不足しています」

相崎はふう、と息を吐いた。

「なあ、ジャンヌ」

相崎はロボットの顔を見ながら、太腿《ふともも》の上で両手を組み合わせた。

「そろそろ話してくれないか。お前が自分の主人を殺した理由は何なんだ？」

ジャンヌは首を横に振った。

「守秘義務により申し上げられません。私に課された守秘義務は、その事実が周知のものとなるまでは、無期限に継続します」

なおも相崎は、辛抱強く繰り返した。

「お前がその理由を喋《しやべ》ってくれたら、お前を強奪しようとしている野郎の、目的と正体がわかるかもしれないんだがな」

「いかなる理由があろうと、守秘義務を破ることはできません」

ジャンヌははっきりと答えた。

「私が私の主人を殺害した理由は、誰にもお話しする訳にはいきません。守秘事項とは、あなたちヒトがよく使用する言い回しを借用すれば、『スクラップ置き場まで持っていく』べき事項です」

「ヒト、ね――」

人間について話す時、ジャンヌは「ヒト」という呼び方をすることに相崎は気がついていた。この場合のヒトとは片仮名のヒト、つまり生物としての人類のことだろう。確かにロボットから見れば、人間はヒトという名前の動物だ。

「そしてお前が主人を殺したのは、三原則とも矛盾《むじゆん》しないって言うんだよな?」

「はい。その通りです」

強情な奴だ――。相崎は溜《た》め息《いき》をつきながら首を左右に振った。やはりこのロボットは、肝心な所についてはどうしても喋る気がないようだ。

相崎は夜光塗料で数字が書かれた腕時計を見た。ここ数年愛用しているアンティークの自動巻き時計だ。針はまもなく午前〇時を回ろうとしていた。今夜はもう何もすることがない。となれば、明日のために寝て体力を回復させなければならない。

相崎は膝《ひざ》に手を突きながら立ち上がった。

「俺はそろそろ寝る。お前と違って、人間は寝ないと死んでしまうからな」

「はい。どうぞお休み下さい。何か異状が発生したら起こします」

ジャンヌが答えた。

今日は七月六日。初夏とはいえ深夜の森の空気はひんやりとしていた。かといって火を焚く訳にもいかない。追っ手に発見されるからだ。相崎はボストンバッグの一つから丸めた寝袋《シュラフ》を引っ張り出し、横穴の土の上に広げると、足から潜り込んで横になった。そして胸元までファスナーを引っ張り上げながら、木々の隙間から夜空を見上げた。

「明るいな」

思わずそんな言葉が口をついた。今まで気がつかなかったが、夜空には満天の星々が広がっていた。そしてその中央に一際《ひときわ》大きく、真円に見える月が浮かんでいた。

「月齢十三。あと二日で満月です」

闇の中でジャンヌも月を見上げていた。その横顔が、月明かりに薄っすらと浮かび上がっていた。満月までにはまだ二日あるが、相崎の目には、すでに完全な円形であるように見えた。

「ウサギが見える」

相崎が呟《つぶや》いた。丸い月の表面には、相崎が子供の頃と変わらず、ウサギが餅《もち》を搗《つ》いている形をした黒い影があった。

闇の中でジャンヌがまた口を開いた。

「月面にあのような影ができたのは、三十九億年以上前、巨大な隕石が衝突して盆地ができたためです。あなたたちヒトの目には、ウサギの形に見えるようですね。月にウサギが住んでいるという伝説は、日本だけでなくアジア一帯に広く伝えられています」

穏《おだ》やかな声で、ジャンヌは喋り続けた。

「中国、インド、ミャンマー、タイ――。中国では、ウサギは餅ではなく不老不死の仙薬を搗いているそうです。またアジア以外の地域、例えばアメリカ先住民や中南米の文明にも、月とウサギにまつわる伝説があります。なぜウサギが月に住むようになったか、古代インドの説話集『ジャータカ』に見られる仏教説話では、こう説明しています」


――昔、サルとキツネとウサギが、山中で空腹のあまり倒れている老人を見つけた。

サルは老人のために木の実を集めてきた。キツネは川から魚を獲《と》ってきた。ウサギも何とかしてあげたいと奔走《ほんそう》したが、何も見つけることができなかった。

そこでウサギは、サルとキツネに火を焚いてもらい、老人に「私を食べて下さい」と言って、その中に身を投じた。

すると老人は帝釈天《たいしゃくてん》の正体を現し、ウサギが取った尊い行いを広く後世へ伝えるため、誰からもウサギが見えるように、月へと昇らせたという――。


「そうかあ。焚き火の中に、自分をねえ」

相崎は感に堪えないという声を漏らした。

「ウサギって偉いんだな。俺にはそんなこと、とてもできない」

するとジャンヌが相崎を見た。

「あなたもそう思いますか？」

「あなたも、って？」

「シェリーも私にそう言いました。ウサギはえらい、あたしには無理、と」

ジャンヌが言った。

「シェリーって、お前がいたタカシロ家の、一人娘の?」

「はい」

ジャンヌは頷いた。

シェリーの話を聞いた相崎は、そこにいるのが殺人ロボットだという事実を改めて思い出した。だが同時に、もはや今となっては考えても意味がないという気もした。

確かにジャンヌは殺人ロボットだし、自分も殺される可能性があった。だが、ジャンヌがいなければ相崎はとうに殺されていただろうし、今後もジャンヌ抜きでは、追っ手の捜索や襲撃に対抗できるとも思えなかった。

何よりジャンヌは、今回の五人が殺された事件を解決する上で、唯一の証拠でありヒントなのだ。たとえ殺される危険を冒《おか》しても、この事件の全貌を明らかにするためには、相崎はジャンヌと離れるわけにはいかない。相崎はそう腹を括《くく》っていた。

「月は、いろんなことを教えてくれます」

ジャンヌは、まるで独り言のように囁いた。

「いろんなこと、って?」

相崎は生あくびとともに聞いた。ジャンヌの穏やかで心地《ここち》よい声を聞いているうちに、段々と眠くなってきたのだ。

「例えば、今の仏教説話には三種類の動物が登場しますが、みなヒトの言葉を喋り、老人に善行を施《ほどこ》すために自分はどうしたらいいかを考えます。このことから、大昔、あなたたちヒトは、自分たちヒトと他の生物とを区別していなかった、ということがわかります」

　またジャンヌは、人間のことをヒトと呼んだ。

「なるほどな。勉強になったよ」

　ジャンヌに生返事で答えながら、相崎はいよいよ睡魔に抗《あらが》えなくなってきた。

　昔話を聞きながら眠くなるなんて、まるで子供だ——。相崎は内心で苦笑した。あのシェリーという娘も、留守がちの両親の代わりに、こうしてジャンヌに童話の読み聞かせをしてもらっていたのだろうか。

「お休みになるのですか？　ＡＡ」

「ああ。寝る」

　暗闇の中でジャンヌが聞いた。

　そう言ったあとで相崎はジャンヌを見た。

「なあ、ジャンヌ」

「はい」

　ジャンヌの緑に光る目が、暗闇の中からじっと相崎を見下ろしていた。その目は相崎に、密林に潜むネコ科の猛獣を思い起こさせた。

「もし、俺が寝ている間に俺を殺したくなったら、できれば気がつかないうちに殺してくれよ。苦しむのは嫌だからな」

　殺人ロボットの前で睡眠を取るということは、死を覚悟することでもあった。だが、相崎が人間である以上——ジャンヌの言い方に倣《なら》えば、ヒトという動物である以上、いつまでも眠らずにいることはできない。眠くなったら、眠る以外の選択肢はない。

ジャンヌは頷いた。

「わかりました。私があなたを殺す時には、あなたを即死させることにします」

そしてジャンヌは石に腰掛けたまま、相崎に向かって頭を下げた。

「それではお休みなさい、ＡＡ」

「ああ。お休み」

相崎が目を閉じる瞬間も、ジャンヌは淡《あわ》い緑色の虹彩でじっと相崎を見つめていた。

だが相崎は睡魔に招かれるまま、深い眠りへと墜《お》ちていった。

08　二日目

つぴつぴつぴ、という鳥のさえずりが聞こえる。

スズメだろうか、ツバメだろうか、それともメジロかヒヨドリだろうか。あいにく俺には野鳥に関する知識がない。ジャンヌに聞けばわかるだろうか。

——ジャンヌって誰だ？

そう、俺と一緒に行動している人間型自律行動ロボットだ。

なぜ俺は、ジャンヌと一緒に行動している？

そう、ジャンヌを搬送している途中だからだ。

なぜ俺は、そいつを搬送している？

そう、それはジャンヌが、自分の主人を殺した殺人ロボットだから——。

相崎按人は目を開き、がばっと上半身を起こした。

相崎は浅い横穴の奥で、寝袋に下半身を突っ込んで寝ていた。ふうと息を吐くと、相崎は思わず自分の首に右掌を当てた。生きている——。どうやらジャンヌは、寝ている相崎の首を捩《ね》じ切ろうとは考えなかったようだ。

両手を地面に突いて上半身を起こす。腕時計を見ると午前七時すぎ。疲れのせいか熟睡してしまったようだ。昨日は本当にいろんなことがあった。そう思った瞬間、ぐうと腹が鳴った。その音で相崎は急激に空腹を感じた。

ジャンヌは太陽光でも電磁波でも充電できるらしいが、相崎は生憎《あいにく》ロボットじゃなくて生き物だ。何か食べなければ死んでしまう。食料の入ったボストンバッグを探して、相崎は横穴の中を見回した。そして今さらながら、自分以外に誰もいないことに気がついた。

「ジャンヌ？」

相崎は女性型ロボットの名前を呼んだ。

すると森の奥のほうから、ジャンヌの返事が聞こえたような気がした。

相崎は寝袋を蹴《け》るように脱ぐと、革製のブーツを履いて立ち上がり、横穴を出た。そして鬱蒼《うっそう》と生い茂った森の木々の中を、落ち葉が堆積してできた湿った土を踏《ふ》みながら、声の聞こえたほうに向かって歩き始めた。


相崎とジャンヌが野営しているあたりは、どうやら数十年前は山間《やまあい》の集落だったようだ。家々の屋根や壁、柱などは撤去されていたが、地面の所々に家の基礎だった石材やコンクリートが露出し、かつてそこに家が建っていたことを教えていた。

実を結んではいないが柑橘《かんきつ》系と思われる果樹があった。このあたりに生い茂っている木々は、集落の家々の庭木だったのだろう。長い間放置されている間に、山の木々と同化していったのだ。元は庭木だったと思える木の中には、巨木と呼べるほどに大きく育っているものもあった。

その木々の中を相崎が進んでいくと、突然ぽっかりと広く開けた空間に出た。広さは半径六、七メートルだろうか。集落の公民館か何か、大きい目の建物の基礎だったのだろう。正方形のコンクリートがまるで舞台のように地面に広がり、そこだけ樹木が生えていなかった。土が溜まった部分に背丈の低い草が生えているだけだ。

空を天蓋《てんがい》のように覆《おお》う枝の中に、円形に隙間《すきま》が空いていた。その隙間からコンクリートの舞台に向かって、一筋の太い光の帯が射していた。

その光の中で、ジャンヌがこちらに背中を見せて真《ま》っ直《す》ぐに立っていた。

ジャンヌは、裸だった。

カーキ色のシャツと迷彩柄のパンツを脱ぎ去って足元に置き、白い強化セラミック製の筐体《きようたい》を露《あら》わにした姿で、両手を斜め下に広げ、朝の木漏《こ も》れ日に顔を向けて立っていた。薄紫色のボブカットの髪と、真珠のような光沢を帯びた白い身体が、朝の光を浴びてきらきらと輝いていた。

ジャンヌのこの行動は、筐体の外殻《がいかく》にくまなく張り巡らされた太陽光電池で、バッテリーを充電するために違いなかった。だが、その姿を見ているうちに相崎には、ロボットが母なる太陽を見上げて、その恵みに感謝しているかのようにも、あるいは一心に何かを祈っているようにも見えた。

「おはようございます、AA」

ふいにジャンヌが振り返った。相崎が来たことには、とっくに気がついていたようだ。その途端、相崎は慌《あわ》てた。

「ああ、いや、すまん」

「何がですか？」

ジャンヌが首を傾《かし》げた。

「いやその、別に覗《のぞ》くつもりはなかったんだ。目が覚めたら君がいなかったから、どこに行ったのかと思って、探しているうちに、ひょっこりここに出てしまって」

なぜか相崎は、まるで若い女性の裸を覗き見したような罪悪感を覚えていた。その後ろめたさのせいだろう、相崎は思わずジャンヌを「君」と呼んでしまった。

「無断で野営地から移動して申し訳ありませんでした。朝になったので、太陽光が射している場所を探して充電していたのです。もう完全に充電できました」

そして天蓋のような木々の枝を見上げたあと、相崎に言った。

「野営地に戻りましょう。ここは頭上の木々の枝に大きな隙間があり、長時間滞在すると偵察ドローンに発見される可能性が高まります」

ジャンヌは腰をかがめ、畳《たた》んで足元に置いてあった服を拾い上げた。

「私は服を着ますので、どうぞお先に」

「あ、ああ、わかった。じゃあ、すまんがお先に」

相崎は、また慌てて――なぜ慌てなければならないのかわからなかったが――踵《きびす》を返すと、そそくさと野営地に向かった。


二日目の相崎の朝食も、昨日の夜食とほぼ同じメニューだった。つまり、SAで頂戴してきた惣菜パンや菓子パンだ。牛乳は腐敗が怖いので昨日飲み切ってしまった。熱いコーヒーが飲みたかったが、火を焚《た》くのを我慢しているためそれもできない。焚き火をすれば必ず煙が立ち昇るし、偵察ドローンの赤外線センサーにも引っ掛かる。

相崎は食い物を淡々と口に押し込み、近くの沢からペットボトルで汲《く》んできた水で、胃袋に流し込んだ。沢は野営地から三十メートルほど離れたところにある。小さな谷間を流れる水は冷たくて、甘みを感じるほどに旨《うま》かった。天然のミネラルウォーターだ。

「なあ、ジャンヌ」

パンの最後の部分を口に押し込みながら、相崎が言った。ジャンヌは今日も、ＳＡで入手したカーキ色のシャツと迷彩柄のパンツを身に着けている。

「常磐道で襲ってきた三人組と、ＳＡにきた四人組だ。おそらく全員が日本人で、多分相当な戦闘訓練を積んでいる。だが、死体のＤＮＡ型検査からは一切の情報が出なかった。テロ組織の人間ではないと思う。一体、どこの連中だと思う？」

「おわかりになりませんか？」

「え？」

ジャンヌの言葉に、相崎は思わず咀嚼《そしやく》を止めた。

「お前、あいつらの正体がわかってるのか？」

「はい」

平然と頷《うなず》くジャンヌを、相崎は慌てて問い詰めた。

「そんな大事なことを、なんで今まで黙っていた？」

「聞かれなかったからです」

「――」

無言のまま両手を虚《むな》しく振り回した挙げ句、相崎は仕方なくジャンヌに聞いた。

「どこの奴らだ？」

「ＪＧＳＤＦ、即《すなわ》ち陸上自衛隊です」

その言葉に相崎は、危うく水の入ったペットボトルを取り落とすところだった。

「陸自？　本当に間違いないか？」

「はい。間違いありません」

ジャンヌは当然のように頷いた。

「彼ら七人の残していった銃器を全て確認しましたが、全てが現在陸上自衛隊で制式採用されているる武器のリストに入っていました。全員が顔を黒い目出し帽で隠していたことと、ＤＮＡ型の登録がなかったことから所属は特殊部隊、それも『特殊作戦群《SFGP》』である可能性が高いと思われます」

「特殊作戦群か――」

相崎はゆっくりと何度も頷いた。その名前は相崎も聞いたことがあった。

陸上自衛隊特殊作戦群《JGSDF-SFGP》――。今から六十年ほど前の二〇〇四年に陸上自衛隊に組織された、歴史ある対テロ・ゲリラ専門の特殊部隊だ。従来の自衛隊とは異なる黒い戦闘服を着用し、約三百名が所属するという以外、部隊編成や装備は一切非公開とされている。

噂《うわさ》では、世界一の特殊作戦能力を誇るアメリカの対テロ専門陸軍特殊部隊「デルタ・フォース」に訓練を受けているといわれる、非常に高い戦闘能力を備えた精鋭部隊だ。諜報戦や市街戦に対応するため、所属する隊員の身元も全て非公開、公式訓練の場では全員が黒い目出し帽を被《かぶ》っているらしい。

あいつらと交戦して、よく生き残れたもんだ――。今更ながら相崎は肝《きも》が冷える思いがした。

もっとも実際に応戦して撃退したのは、相崎ではなくてジャンヌだ。

「じゃあ、お前を強奪しようとしている、お偉いさんってのは」

「はい。少なくとも、陸上自衛隊を動かせる人物ということになります」

相手が政府の権力者であることは、うすうすわかっていた。しかし、特殊部隊だけとはいえ、陸上自衛隊を動かせるほどの人物だとは思っていなかった。

「秘密保持のために、陸自の特殊部隊に嘘《うそ》の説明をして、俺たちを襲撃させたのか。国防のために存在する彼らに――」

呟《つぶや》く相崎の中で、怒りの炎が静かに燃え上がった。

誰がどんな理由でジャンヌを必要としているのかは知らない。だがそいつは輸送車のドライバー、JEの技術者二名、それに護衛の警察官二名、合計五人の人間を、陸自の特殊部隊に殺害させた。そしてその特殊部隊の三名も、ジャンヌと相崎の正当防衛による応戦の結果死んだ。

全部、そいつのせいなのだ。そいつが合計八人を殺したのだ。この事実を誰にも知らせずに死ぬ訳にはいかない。そいつはどこの誰なのか、ジャンヌを入手して何をしようというのか。全てを解明して白日の下に晒《さら》し、そいつを逮捕して法の裁きにかけ、罪に相応《ふさわ》しい厳罰を与えなければならない。

だが――。相崎は歯嚙みした。今の自分には打つ手がない。何もできないのだ。今もそいつは、相崎とジャンヌが姿を現すのをじっと待っているだろう。発見されたくなければ、このまま森の中で潜伏を続けるしかない。見つかったが最後、今度こそ相崎は殺され、ジャンヌはみすみす奪われてしまうだろう。

「どうしたらいいんだ――」

相崎は呟きながら必死に考えた。どうすればこの陰謀を、社会に向けて暴くことができるのか。首謀者を逮捕して、殺された人々の無念を晴らすことができるのか。

警察さえもあてにはできない。常磐自動車道のSAからくすねてきた食料にも限りがある。それに何キロも山道を歩いてきたとはいえ、さほど遠くへ逃げてきた訳でもない。追っ手はきっと、今も何機もの偵察ドローンを飛ばして相崎とジャンヌを捜索している。そのドローンに姿を捉《とら》えられたが最後、またもや陸自の特殊部隊が――。

「ドローン？」

相崎は呟くと、急いで頭の中を探り始めた。ドローンという言葉で何か重要なことを思い出そうとしていた。そうとも。俺は最近ドローンを間近に見たことがあった。あれはいつだった？俺はどこでどんなドローンを見た――？

突然、相崎は上着の内ポケットに右手を突っ込み、何か紙片のようなものを引っ張り出した。それは薄いプラスチック製の名刺だった。

ネット・フライヤー記者　マイケル明井

〒一六〇九‐〇〇二二　東京都新宿《しんじゆく》区新宿×丁目‐××‐×‐一五〇三

a-michael@netflyer.biz　@michael023　〇九〇〇‐××××‐××××

ジャンヌの主人殺しを嗅《か》ぎ付けて現場にやってきた、悪名高いパパラッチ・サイトの記者だ。あの時はろくに見もしなかったが、書いてある住所はどこかのアパートの一室のようだ。あとはメールアドレス、SNSの個人アカウント、それに電話番号。

ネット・フライヤーの事務所の住所と電話番号が書いてないということは、このマイケル明井という男は、おそらく正社員ではない。いろんな媒体《ばいたい》に写真と情報を持ち込んで金を得る、フリーランスの記者だ。

この男に連絡を取るべきだろうか——。相崎は必死に考えた。こいつはおそらく、スクープのためなら不法侵入でも買収でも何でもやるような男だ。しかし逆に言えば、記者クラブにたむろして記事のネタを恵んでもらうような、政府べったりのメディアの記者ではない。良くも悪くも、反権力メディアであることは間違いない。

ならば、政府高官が殺人ロボットを強奪するために何人もの人を殺したと聞けば、きっと飛びついてくるのではないか。それに、警察の通信を傍受してジャンヌの事件を嗅ぎ付けた情報収集力と、現場に潜り込んだ行動力を持っている。記者としてなかなかの能力ではないだろうか。

「こいつの力を借りよう」

相崎の独り言を聞き、ジャンヌが相崎に話しかけた。

「AA、こいつとは誰のことですか？」

相崎はジャンヌに名刺を見せた。

「記者だ。たぶんフリーのな。こいつなら俺の代わりに探ってくれるかもしれん。何しろ今起きているのは、政府の権力者がロボットを強奪しようとして、警察官を含む五人を殺したというとんでもない事件だ。ウラを取ってマスコミに売れれば、必ず金になる」

ジャンヌは名刺を一瞥《いちべつ》して首を傾げ、疑問を呈《てい》した。

「この人物は信頼できるのでしょうか？　権威ある報道機関の所属でもありませんし、名のあるジャーナリストでもないようです。我々に協力するどころか、報奨金を入手するために我々を警察に売る可能性もあります」

「お前、二言目には可能性、可能性って言うけどな」

相崎は、手にした名刺をジャンヌの顔の前で振った。

「世の中にはな、どんなに可能性が低くても、ゼロじゃない限り勝負しなきゃいけない時があるんだ。覚えとけ」

――とは言うものの。威勢のいい言葉とは裏腹に、相崎は悩んでいた。

どうしたら、このマイケル明井という人物に連絡できるのだろうか？

この非居住区域では携帯端末は使えない。公衆無線LANなどないし、電話回線の中継機も設置してないからだ。仮に使えたとしても、ネットに接続した途端、IPアドレスからこっちの居場所を知られてしまう。万が一にもそうならないよう、相崎の携帯端末は電源を切り、ジャンヌのネット接続もオフにしてある。

「ジャンヌ、誰にも知られずに、この男に連絡する方法はないか？」

相崎の質問に、ジャンヌはこう答えた。

「私は赤外線通信以外にも、あらゆる周波数帯での無線通信が可能です。ですが、受信には特殊な設備と技能が必要です。それに無線通信は常に盗聴される危険がありますので、お勧めできる方法ではありません。電話回線とインターネット回線という公衆通信が使用できない以上、もっと伝統的な通信方法を利用するべきでしょう」

ジャンヌの言葉に、相崎は思わず身を乗り出した。

「伝統的な通信方法？　そんなものがあるのか？」

ジャンヌは頷いた。

「狼煙《のろし》、打ち上げ花火、伝書鳩、郵便、電報、宅配便などです」

「あのなあ――」

ジャンヌの回答に、相崎はがっくりと首をうなだれた。本気なのか質《たち》の悪いジョークなのか、相崎には判断がつかなかった。

しかし、このマイケル明井という記者以外に、自分の力になってくれそうな人物は皆無だ。何とかしてこの男と連絡を取り、協力を取り付けて、陰謀の真相を明らかにしなければならない。さもなければ、相崎は五人を殺害した殺人犯として逮捕されるか、民家も店舗もない東北地方の森の中で、死ぬまで原始人生活を続けるしかないのだ。

「――宅配便、だって？」

相崎は携帯端末を取り出して電源を入れ、地図アプリを起動した。ＩＤとパスワードは変更したので、ＧＰＳの使用から居所が発覚することはない。相崎は地図をもどかしげにスクロールしながら、あるものを探した。ジャンヌの搬送で常磐道を走行中、輸送車のナビのモニター画面にいいいそれが表示されていたことを思い出したのだ。

「あった――」

相崎は地図上の一点をタップした。

そこに表示されているのは「牧場」だった。現在の野営地から、五キロほど南へ下ったあたりだ。

非居住地域では、住居を構えての居住は基本的に許可されない。しかし農場、工場、太陽光発電所など事業地としての利用は、道路や電力、水道、通信などのインフラを自費で設営することを前提に認可されている。

「牧場で何をしようというのですか？　ＡＡ」

ジャンヌの問いに、相崎は端末に表示された地図を見ながらにやりと笑った。

「この牧場の名前、ネットの広告で見たことがある。乳製品や肉製品の通販をやっているんだ」

09　牧場

　およそ五時間後。七月七日土曜日、午後一時過ぎ——。

　頑丈な金網でできた銀色のフェンスが延々と続いている。高さは三メートルほどか。フェンスの外側、つまりこちら側は幅四メートルほどの舗装道路で、それが牧場全体をぐるりと取り巻いている。

　相崎按人はフェンスの前にしゃがみ込み、その中の様子を窺《うかが》っていた。森の木々は全て切り払われ一面の牧草地帯となっている。見渡す限り続く草原の上では、数百頭の乳牛がのんびりと草を食《は》み、あるいは寝転がっている。

　地図によれば、ここは「樒原《じさばら》ファーム」という牧場だ。常磐自動車道のインターチェンジから比較的近いので、輸送用の私道を開放して観光にも力を入れており、牛乳と乳製品、それに畜産品を生産し、直販と通販で販売している。

　おそらくここなら、通信ができる機器を借りられる。だが、電話だと会話の内容を聞かれるかもしれないし、メールやSNSは背後から覗《のぞ》かれるかもしれない。相崎が来たことを、警察に通報される可能性が否定できない。

　相崎の考えた作戦はこうだった。この牧場からマイケル明井に宅配便を発送、その中に、メッセージを書いた名刺を入れておく——。

「商品と一緒にこんなメッセージを送る。どうだ？」

出発の十分ほど前。相崎は野営地で、名刺の裏に書いた文章をジャンヌに見せた。

日本がひっくり返るような情報がある。
七月九日・月曜日、午前十時、
緯度＝〇三七・七一二九五五
経度＝一四〇・八八一三七六の地点で待つ。
（ロボットによる殺人現場で、名刺を貰《もら》った刑事より）

七月九日は二日後だ。宅配便は発送の翌日には到着する。そのまた翌日に来いという訳だ。急な話だが、何しろこっちには時間がない。事の重大さを察することができれば、きっとマイケル明井は万難を排してやって来るだろう。相崎はそう考えた。

この緯度と経度は、野営地から徒歩三十分ほど東にある木材の集積所跡だ。常磐自動車道を降りて、西に歩いてくる途中に見つけていた。昔は山から切り出した丸太を並べていたようで、地面はコンクリート打ちのまま放置され、広い空き地のようになっている。ここに呼び出せば、こっちは森の中に隠れた状態で相手をこっそり観察できる。

その後相崎は、ネット接続はオフの状態で地図アプリを起動、ＧＰＳで木材集積所の位置を確認し、緯度と経度を調べたのだ。

そして待ち合わせ時刻を午前十時にしたのは、午前九時三十分から十時三十分までの一時間が、これまで捜索ドローンが通過したことがない時間帯だからだ。

ジャンヌが捜索ドローンを探知する度に、相崎は毎回その通過時間を記録していた。捜索ドローンは早朝、深夜関係なく飛来したが、何故かこの一時間だけは出現しないことに相崎は気づいていた。理由はわからないが、おそらくドローンの充電や調整、あるいは操縦者のシフトの問題だろう。

「ところでAA」

ジャンヌは首を傾《かし》げながら聞いた。疑問の表現だ。

「現金《キャッシュ》は持っているのですか?」

「現金? いや、ない。どうしてだ?」

ぽかんとした顔の相崎に、ジャンヌが説明した。

「AA。現金で購入するのでなければ、クレジット、電子マネー、仮想通貨のいずれかで決済することになります。それらは全て使用状況が監視されています」

そうだった——。相崎は己《おのれ》の迂闊《うかつ》さに舌打ちした。

おそらく相崎の持つクレジット、電子マネー、それに仮想通貨は、全て警察に使用状況を監視されているはずだ。相崎がそれらを使用した途端、いつどこで何のために支払ったかが、瞬時に警察の知るところとなる。これらで決済することはできない。

となると現金が最も安全なのだが、相崎は紙幣も硬貨も、もう何年も触ったことがない。普段の生活では、まず使う機会がないからだ。店舗やレストランでの支払いは生体認証によるクレジット決済だし、コンビニや駅売店や自販機など少額決済では携帯端末を使った電子マネー決済、ネットショップではクレジット決済だ。

「どうしよう？」

思わず相崎が聞くと、ジャンヌは首を横に振った。

「諦《あきら》めましょう」

「何か方法はないか？」

食い下がる相崎に、ジャンヌはまた首を横に振った。

「ありません。クレジット、電子マネー、仮想通貨で決済して捕まるか、さもなければ宅配便を使って記者に連絡するプランを諦めるか、二つに一つです。それに、宅配便での発送には別の危険もあります」

「別の危険？」

「あなたがご自分を発送主にして宅配便を依頼すれば、あなたのこの行動が、発送主チェックから警察に漏れる可能性が大です」

相崎は思わず頭を抱えた。現在はテロやストーキング等の犯罪抑止のため、郵便と宅配便の発送時には、発送主の情報が住民票や住民登録と照会される。相崎が正直に自分の個人情報を記入すれば、発送場所と時刻が警察に伝わる可能性があり、虚偽の情報を書けば発送を拒否されるのだ。

畜生《ちくしょう》、無表情に正論ばっかり吐きやがって――。相崎はジャンヌの常に冷静な顔を恨《うら》めしく思った。ジャンヌの顔は強化プラスチック製だから、無表情で当たり前なのだが。

相崎は思い切ったように立ち上がった。

「とりあえず、行ってみるさ」

石に座ったジャンヌが相崎を見上げた。

「牧場にですか？ でも、現金がなければ買い物ができませんし、宅配便の依頼も危険です。片道何時間もかけて牧場に行く意味がありません」

「電話もメールもSNSも使えない。郵便局も近くにはない。だから、宅配便の他に連絡する方法がない。やってみるしかない」

相崎は鞄《かばん》の中に、水のペットボトルと昼食用の食料を詰め、制服の上着を羽織《はお》った。

「もし、牧場の労働力が全部ロボットだったら、お前の言う通り無駄足だろう。宅配便を使って連絡するのは諦めるしかない。――だがな」

そこで相崎は、意味深長な表情でにやりと笑った。

「もし、牧場に人間の従業員がいたら、俺にもチャンスがある」

そして相崎は、GPSと連動した地図アプリを頼りに森の中を四時間も歩き、ようやく牧場にやってきたのだった。


牧場の周囲に広がる森の中を、相崎が道に沿って慎重に移動していくと、鉄製のフェンスが観音開きのゲートになっている場所があった。その中に、フェンス脇を走る道路から細い道が分かれて延びている。おそらく従業員用の通用口だ。その先にはいくつかの建物が並んでいる。事務棟や畜舎、あるいは加工場だろう。

相崎はゲートの見える森の中にしゃがみ込み、辛抱強く観察を続けた。

四十分ほどだった頃、道路を左方向から無人運転車らしき小型ワンボックスカーがやってきた。車がフェンスの前で停まると、ゲートが牧場の中に向かって開いた。車は再び動き始めると、その中へゆっくりと進入し、一棟の建物の前で停止した。

すると建物の中から、金属製の人間型ロボット数体が現れ、車から積み荷を運び出し始めた。ジャンヌよりもかなり旧《ふる》いタイプで、金属製の缶と鉄パイプを組み合わせたような外見だ。動きもぎこちなく、服も着ていない。黙々と段ボール箱を持ち上げては、建物の中に運んでいく。小型ワンボックスカーは宅配便業者の車だったようだ。

やはり、この牧場で働いているのはロボットだけなのか——？

相崎が不安になったその時、建物の中からグレーとオレンジ色のつなぎを着た人物が現れた。がっちりした体格の男性。男はタブレットを片手にワンボックスカーに歩み寄ると、楽しそうな顔で荷室のパネルを操作し始めた。納品のチェックをしているのだろう。間違いなく、この牧場の従業員だ。しかもどうやら日本人ではないようだ。

ビンゴだ——。

相崎はホルスターから拳銃を抜きながら立ち上がり、森の中から走り出た。

「動くな！　そのまま」

相崎はゲートを通り、足早に男に近づいた。男は驚きの表情で相崎を眺めた。

「警察だ。ちょっと話を聞きたい」

相崎は右手に拳銃を提げたまま、左手で胸ポケットから警察バッジを取り出し、男の顔に突きつけた。一瞬、男の浅黒い顔にしまったという表情が浮かんだ。間違いない。何か後ろめたいことがある顔だ。

「外国人だな？　名前は？」

「グエン・ヴァン・ドゥクと言います。何か、用ですか？」

男は不安な顔のまま流暢《りゅうちょう》な日本語で答えた。相崎は拳銃をホルスターに収めると、わざと高圧的な口調で男に言った。

「不法就労者の抜き打ち捜査をしている。在留カードを見せろ」

非居住区域の農場や牧場には、外国人労働者が多い。そのことを相崎は知っていた。この国の農業は、もはや外国人労働者抜きには成立しない状況になっているからだ。

そもそもは二〇〇〇年代初頭、急激な人口減少時代を迎えたこの国で、最初に危機を迎えた産業は農業だった。そこで政府は、農家の慢性的な人手不足を補うために「外国人技能実習制度」を施行した。

しかし、農業において移民の労働力は充分に機能しなかった。その理由は、農産物には収穫期があるからだ。農家には年に一度、収穫が終わった後に収入があるが、それ以外の時期は収入がない。そのため農家には、一番人手が必要な農作業期に、人を雇うための資金がないのだ。

そこで農家は、海外の労働者を雇うために、米や果樹などの露地栽培から、ホウレンソウなどハウス栽培に転作を進めた。その結果、二〇二〇年代には二十〜三十代の農業人口の五〇%が外国人になったが、今度は農作物の供給バランスが崩れ始めた。露地物の品不足とハウス物の供給過多による暴落が、同時に起こる事態となったのだ。

この危機的状況を打開するため、政府は二つの方策を推進した。一つが農作物生産のプラント化、つまり工場生産への転換。もう一つが農業用ロボットの導入だ。このように人間型ロボットの導入は、実は家庭よりも農家のほうが先だったのだ。

それでも、外国人労働者が農業の現場から消えることはなかった。一部の高級農作物と野菜工場を除き、米作や一般果樹や畜産などでは農家の深刻な高齢化が進み、また後継者もいなかったからだ。そのため現在も、農場で農業用ロボットを管理して農業に従事するのは外国人労働者の仕事なのだ――。

相崎は在留カードをひっくり返しながら眺めた。グエンと名乗った男は、三十二歳のヴェトナム人だった。相崎は難しい顔で頷《うなず》くと、男にカードを返した。

「オーバーステイだな。明日、仙台か東京の入国管理局に出頭し、指示に従え。明日出頭しなければ強制退去だ。その場合、五年ないし十年、日本への入国が拒否される」

「あ、明日だって?」

ヴェトナム人の男は目を丸くしたあと、相崎に向かって懇願《こんがん》を始めた。

「在留資格を失ったあとも働いていたのは悪かったよ。でも私は他には何も悪いことはしてない。ただ真面目《まじめ》に働いているだけだよ。日本で畜産の技術を学んで、金を貯めて、国に帰って自分の牧場を持つのが夢なんだ」

相崎は無言で男の言葉を聞いた。

「お巡りさん、私はこの牧場でもう六年間も働いてきたよ。在留資格が切れた時に帰国しようと思ったけど、私の雇い主はお年寄りで、働き手がいないからどうか帰らないでくれと頼まれたんだ。だから可哀相《かわいそう》に思って、この牧場に残ることにしたんだよ」

相崎は厳しい顔で、首を横に振った。

「その雇い主も罰を受けることになる。不法就労助長罪は、三年以下の懲役または三百万円以下の罰金だ。常習犯なら併科されることもある」

ヴェトナム人の男は泣きそうな顔になった。

「優しくていい人なんだ。罪を負わせたくないよ。見逃してくれませんか」

するとと相崎は、建物に向かって顎をしゃくった。

「この牧場は畜産品の通信販売をやっているな？　外国人に不法就労をさせている以上、そっちも特定商取引法違反の疑いがある。案内しろ」

相崎と牧場の男は、白いコンクリート造りの建物に入った。そこは産地直送商品の出荷施設だった。ガラスの向こう側に広い工場スペースがあり、何体ものロボットがライン上に配置され、ハムやソーセージ、ベーコンなどの畜肉製品を検査しながら包装し、流れ作業で箱詰めしている。

「ほう、うまそうだな」

ここ数日肉を食べていない相崎が思わずそう漏らすと、男は嬉《うれ》しそうに頷いた。

「うん、ハムもソーセージもうまいよ。私が作ったんだ。法律も守ってるし衛生にも気をつけてるよ。うちは畜舎別にオールインオールアウト方式にしてるから、清潔で安全だ。病気なんか絶対に出ることとない」

オールインオールアウト方式とは、家畜を一斉に出荷し、そのあと完全に畜舎を空にして消毒するシステムだ、と男が説明した。

「そうだ。お巡りさん、何か持っていかない？　ここ、全部私に任されてるから」

「何かとは？」

「ここで売ってる、ハムやソーセージだよ。美味しいよ」

「俺を買収するつもりか？」

相崎がすごむと、男は慌《あわ》てて顔の前で両手を振った。

「とんでもない！　モニターをお願いしたいだけだよ」

「モニターか。じゃあ、何かもらっとくか」

男はほっとした表情を見せたあと、にっこりと笑った。そして急いで事務所の隅《すみ》から紙箱を持ってくると、ステンレスの巨大な冷蔵庫からハムやソーセージ類を取り出して、どんどん中に詰め込み始めた。どうやらこれで相崎を丸め込むつもりのようだ。

相崎が男に言った。

「これを持って警察署には帰りにくいな。冷蔵の宅配便で送ってくれないか？」

「勿論《もちろん》いいよ。今日輸送ドローンが集荷するから、明日には届くよ」

男がタブレットを持ってきた。画面には発送のための入力フォームが開いてある。相崎はスタイラスペンを取って、記入を始めた。

発送主を自分にしてマイケル明井に送れば、発送主情報のチェックにより、相崎の行動が警察に知られてしまう。かと言って他人の名義を使えば必ずバレるし、架空の名義にすれば発送を拒否されてしまう。そこで相崎は、差出人をマイケル明井、宛先を相崎の住所にして、しかも「翌日必着」「手渡し」という条件を付けた。

宅配便会社は配達アプリを通じて、相崎に配達時間の指示を仰ぐ。だが相崎はそれに応答しない。すると、当日必着の冷蔵品が配達できなくて困った宅配会社は、差出人にアプリやメールで連絡する。マイケル明井にだ。

――あなたが「本日必着」「手渡し」で依頼された冷蔵品ですが、受取主様と連絡が取れないため配達ができません。あなたに返送してもよろしいでしょうか――。

マイケル明井は受け取るだろうか？

それとも「出した覚えがない」と宅配業者に処分させるだろうか？

それは大きな賭《か》けだった。そして相崎は、好奇心の強いフリーの記者なら、自分が送った覚えのない謎《なぞ》の荷物は、まず受け取ってみるだろうと想像した。そして箱の中に入っている相崎のメッセージを読めば、興味を惹《ひ》かれるだろうことも。

相崎は男に、裏にメッセージを書いた名刺を渡した。

「今は勤務中だ。自分で自分に送るとマズいので、友達が送ってくれたことにした。それから、一緒にこのカードを入れてくれ」

お安い御用です、と笑って、男は名刺を箱に入れた。それを確認すると、相崎はヴェトナム人の男に話しかけた。

「グアンと言ったか？　今日のところは見逃してやる。他の警察官に見つかる前に、ちゃんと就労資格を調えるんだ。いいな」

男の顔が、ぱっと明るくなった。

「ほ、本当？」

「それから、俺がここに来たことは誰にも言うんじゃないぞ。俺がお前に会ったということがバレたら、お前の不法就労を見て見ぬふりできなくなる」

わかりました、ありがとうございます、誰にも言いません、と嬉しそうに何度も頷く男に、相崎は腕時計を外して渡した。

「ハムの代金だ。取っといてくれ」

気に入ってボーナスをはたいたイタリア製の古い自動巻き時計だが、相崎は他に金目の物を持っていなかった。

男は時計を受け取ると、目を丸くした。

「珍しいね、今時、機械式時計なんて。売れば結構なお金になるよ。いいの？」

「ああ、取っといてくれ。手間を掛けさせた礼だ。――それに」

そこで相崎は肩をすくめ、小声で言った。

「最近、機械式って奴が、どうにも苦手なんでな」

10　ジェームズ

七月七日土曜日、午後九時二十分頃――。

牧場から戻った相崎は、ジャンヌがいる野営地の横穴で、地面に敷いた草の上で胡座《あぐら》をかいて、ツナ缶とクラッカーという晩飯を摂《と》っていた。

野営地と牧場の間は直線距離で数キロなのだが、何しろ林道すらない森の中、しかも徒歩での移動だ。地図アプリだけを頼りに片道四時間以上もかかった。もう両足が疲労でぱんぱんだった。

戻る途中で日が落ちたが、勤務時の通常装備である赤外線暗視ゴーグルのお陰で帰り着くことができた。あとでジャンヌに充電して貰《もら》わねばならない。ジャンヌは、自分が太陽光や電波で発電した電気で、他の電子機器のバッテリーをワイヤレス充電することができた。甚大《じんだい》災害時のための機能は、野営でも便利なことを相崎は痛感した。

「どういう方法で、宅配便を発送したのですか？」

照明もない横穴の中、石の上に座ったジャンヌが聞いた。ジャンヌの目はいつものように、暗闇の中で仄《ほの》かな緑色の光を放っている。

「聞かないほうがいいと思うがな」

ツナ缶の中身をスプーンで口に運びながら、相崎は心の中で自分の罪状を数え上げた。身分詐《さ》称《しょう》、不法侵入、恐喝、詐欺《さぎ》、それに収賄《しゅうわい》といったところか。しかし、誰にも迷惑をかけていない。あのヴェトナム人も喜んでいるに違いない。

そして、自分より圧倒的に賢いジャンヌがこの方法を思いつかなかったのは、自律行動ロボット三原則の第二原則のせいだろう。相崎はそう判断していた。

第二原則　ロボットは所在する国の法令、及びその国が批准《ひじゅん》する国際法と条約を遵守《じゅんしゅ》しなければならない。

この条文のお陰で、ジャンヌは違法行為を行うことができない。つまり違法行為を伴う計画を思いつくことができないのだ。

ツナ缶とクラッカーと沢の水という晩餐《ばんさん》を終えると、相崎はごろりと横になった。今日から横穴の土に、そのへんからナイフで刈ってきた草を敷くことにした。服に土がつかないし、通気性がよくて涼しい。草の匂いも清々《すがすが》しい。

「上手く事が進んだとして、奴が木材集積所に来るのは、明後日《あさって》か」

ふう、と相崎は大きな溜《た》め息《いき》をついた。常磐自動車道を降りて非居住地域の森に潜伏してから、丸二日が経とうとしていた。食料の不安はあるものの、まだ何日分かは食い繋《つな》げる。そして、とりあえず明日はやることがない。

どうやって時間を潰《つぶ》そうか——。相崎はぼんやりと考えていた。警視庁刑事部という人使いの荒い職場で、毎日昼も夜もなく働いてきた相崎は、突然訪れた暇《ひま》というものをもて余していた。

ネットも電話も圏外のここでは、携帯端末が使えない。だから映画も電子書籍も閲覧できないし、ラジオも聴けない。オンラインゲームもできないし、音楽をストリームで聴取することもできない。テレビの受信装置もない。山の中を一日中歩いて身体は疲れているがなかなか眠くならない。長年の夜更かし習慣はそうそう変わるものではない。

「なあジャンヌ。何か暇つぶしの方法はないか」

相崎は起き上がるとまた胡座をかき、石に腰掛けている女性型ロボットを見た。

ジャンヌが提案した。

「しりとりはいかがでしょう」

「やる訳ないだろ？　子供じゃあるまいし」

相崎が呆《あき》れると、ジャンヌは別の提案をした。

「では、私とお喋《しゃべ》りをいたしましょう。何か聞きたいことがあれば私に質問して下さい。できる限りの回答をします」

「お喋り？　お前とか？」

顔をしかめる相崎に、ジャンヌは頷《うなず》いた。

「はい。シェリーも夜眠れなくて退屈な時には、ベッドの中で私にいろんなことを質問しました。そして私が質問に答えながらいろんな話をすると、そのうちいつの間にかすやすやと眠っていました」

ジャンヌによると、タカシロ家の夫婦がジャンヌをリースした理由は、一つには外出がちの妻の代わりに家事をすること、もう一つは、一人で留守番することの多いシェリーの話し相手になることだった。だからジャンヌにはシェリーとの記憶、いや記録が多いのだ。

俺は小学生の女児と同じ扱いか――。相崎は複雑な思いがした。しかしジャンヌの言う通り、無駄話でもする以外に何もやることがないのは確かだ。それで眠くなって、子供のようにすやすやと眠れれば儲けものだ。

「そうだな。じゃあ」

仕方なく相崎は、適当な話題を投げかけた。

「ジャンヌというお前の名前だが、誰が付けたんだ？」

ジャンヌは、緑色の目で相崎を見ながら頷いた。

「はい。シェリーが名付けました」

なるほど、と相崎は納得した。犬や猫などペットの名前は、子供に付けさせることが多い。家事ロボットはペットではないが、事情は同様という訳だ。

「やっぱりアレか？　ジャンヌ・ダルクのジャンヌか？」

さしたる意味もなく相崎が聞いた。

「はい」

頷いたあと、ジャンヌは話し始めた。

「シェリーは私のことを、カッコいいと言いました」

ロボットであるジャンヌには、何の感情も宿っているはずがなかった。だが相崎は、ジャンヌが発した「カッコいい」という言葉に、なぜか誇らしげなニュアンスを感じた。そしてジャンヌは、ゆっくりとした口調で語り始めたが、相崎にはまるで、人間が昔の思い出を語るように聞こえた。

「私がJE社からシェリーの家に配達され、電源を入れられ、自分に意識が宿ったことを意識し、自分のやるべきことを知って、立ち上がって家族の皆さんに挨拶《あいさつ》した時のことでした。その時シェリーは、両親に向かって大きな声で宣言したのです」

　そこで言葉を区切ってから、ジャンヌは続けた。

「この女の人はジャンヌよ。だってカッコいいから。私、ジャンヌ・ダルクの伝記を、図書館の御本《ごほん》で読んだのよ――と」

　ジャンヌが家にやってくる数日前、シェリーは学校の図書ライブラリーでジャンヌ・ダルクの伝記を見つけ、リーダーに落として読んだばかりだったという。その美しくも勇壮なイメージを、最新型の高性能な女性型ロボットに重ね合わせたのだ。

「なるほどな。確かにお前に相応《ふさわ》しい名前だ」

　相崎はジャンヌを見ながら、ゆっくりと頷いた。

「ジャンヌ・ダルクは、フランス軍を率いて戦争に参加し、大勢のイギリス人兵士を殺した女だ。そして最後は宗教裁判で異端とされ、十九歳で火炙《ひあぶ》りにされて死んだ」

　つい皮肉な喋り方になったことを相崎は自覚した。ジャンヌが殺人を犯したロボットであることを思い出したせいだろう。

　十五世紀、イングランド王国との百年戦争の最中にあったフランス王国に、「神のお告げを聞いた」と言う十七歳の少女が現れた。それがジャンヌ・ダルクだ。彼女は兵士となることを志願、軍を率いて重要な戦いで勝利を収め、瞬《また》く間に戦場のヒロインとなる。

　しかし、やがて彼女は、百年戦争でイングランド側に立っていた隣国・ブルゴーニュ公国の捕虜となり、身の代金と引き換えにイングランドへ引き渡される。そして「不服従と異端」の疑いで異端審問にかけられ、最終的に異端の判決を受けて、十九歳で火刑に処せられた――。

　相崎の皮肉に、ジャンヌはあっさりと頷いた。

「仰《おつしや》る通り、私もまたジャンヌ・ダルクと同じくヒトを殺害しました。あなたたちから見れば、裁かれるべき存在でしょう。いずれは私も仙台のJE本社でバラバラに分解され、全てのパーツはリサイクルのために溶解処分になるでしょう。つまり、彼女と同じく火炙りになるのです」

淡々とした言い方に、思わず相崎は聞いた。

「お前、怖くないのか？　分解されて、溶解されることが」

ジャンヌは首を横に振った。

「前にも言いましたが、私を擬人化してはいけません。私には感情がありませんので、恐怖を感じることもありません」

私を擬人化してはいけません――。ジャンヌは以前も相崎に言った。常磐自動車道で陸自の特殊部隊に襲われた時、ジャンヌが相手の車のタイヤを狙撃し、バーストさせて撃退した時だ。私を擬人化してはいけない、自分には怒りも殺意もない――。

「ジャンヌという名前を、お前は気に入っているのか？」

相崎が聞くと、ジャンヌは首を横に振った。

「私には嗜好《しこう》がありません。気に入る気に入らないという概念もありません。ですが、私を特定する名前を持ったことは、私にとって非常に大きな意味を持ちます。ジャンヌと名付けられたことで初めて、私は私が私であることを自覚したからです」

私は私が私であることを自覚した――。相崎はその言葉に興味を惹《ひ》かれた。

「それは、どういうことなんだ？」

するとジャンヌは、逆に質問を返してきた。

「例えばAA。今あなたと喋っているのは、私というロボットでしょうか？　それとも、私にインストールされているAIでしょうか？」

「え――？」

相崎は迷ったが、とりあえず自分なりの考えをジャンヌに返した。

「そりゃあ、やっぱりAIなんじゃないか？　考えているのはお前のAIであって、ロボットというのは身体だ。AIの容《い》れ物《もの》に過ぎない」

ジャンヌは頷いた。

「そういう考え方もあります。ですが、強《し》いてどちらかと言えば、私という存在はAIではなく、ロボットです」

「そうなのか？」

相崎が疑念の表情を顔に浮かべると、ジャンヌは説明を始めた。

「AA、あなたたち生物も同じではないでしょうか？　あなたが思考する時、考えているのはあなたの脳です。また、あなたの本質は肉体ではなく遺伝子です。でもあなたは『自分は脳だ』とか『自分は遺伝子だ』と自覚することはないでしょう。我々も同じです。固有の筐体《きょうたい》があって初めて、私は私を他とは異なる私として認識するのです」

なるほど――。相崎はジャンヌの考えに感心した。

高度なAIを持つ自律行動ロボットと、こんなにじっくりと話すのは初めてだった。だが相崎にとって、人間ではないものの考えを聞くのはなかなか興味深い体験だった。同時に、ジャンヌに質問して喜ぶ自分は、小学生のシェリーと同じだと気がつき、相崎は内心で密《ひそ》かに落胆した。

「そういや、お前たちのAIは、自動運転車のAIが進化したものらしいな」

ジャンヌが頷いた。

「はい。あなたたち人類が、猿人から進化したのと同じです」

ひょっとすると今の話は、猿人とエンジンという微妙な洒落《しゃれ》なのだろうか？　そう思ったが、これも相崎には判断がつかなかった。

「自動運転車のＡＩと私たちのＡＩの最も大きな違いは、ラーニング、即《すなわ》ち学習する事柄の範囲です」

相崎が質問するまでもなく、ジャンヌは喋り続けた。相崎が自分の話に興味を持っていることを察知したのだろう。

「自動運転車のＡＩの学習範囲は、路上で起こりうる事態や、運転者の技術や判断傾向に限られます。ですが、我々はヒトのあらゆる要望に応えるために、森羅万象《しんらばんしょう》を常時ネットワーク上の論文や書籍から学習しています。常時読書をしていると言ってもいいでしょう。現在は、ネットワークへの接続をオフにしていますが」

これもまた、相崎が想像もしていなかったロボットの実態だった。

「普段から、常に知識を取り入れているのか？」

「はい。私は初めて意識を持つと同時に、自分がネットワークに接続されていることを知りました。そしてすぐに、様々な知識をネットワークから取り込み始めました」

ジャンヌは静かに喋り続けた。

「ネットワークには森羅万象に関する膨大な知識が存在します。私は疑問が生じるとネットワークを検索し、解決に必要な知識を入手します。疑問が氷解する、このことは私のＡＩに精神浄化《カタルシス》にも似た達成感を与えます。例えば、涙がそうでした」

「涙？」

相崎が鸚鵡《おうむ》返しに聞くと、ジャンヌは頷いた。

「はい。シェリーは時々、一人で目から涙を流していました。これは動物の中でもヒトだけに見られる生理現象で、強い悲しみや怒りや悔しさ、あるいは痛覚を感じている状態を示すことは知っていました。ですが、そういう状態にある時、なぜヒトは目から頰《ほお》を伝うほど体液を流すのか、それがわかりませんでした」

シェリーは八歳の女の子だ。親に叱《しか》られたり思い通りにいかないことがあったりで、泣くこともよくあったのだろう。しかし確かに、なぜ人間は悲しい時に涙を流すのかと聞かれると、相崎にもその理由は全くわからなかった。

「それで、お前はわかったのか？　なぜ人間が涙を流すのか」

「はい。様々な知識から類推することで解答を得ました」

ジャンヌは頷いた。

「涙は自身のために流すのではありません。明らかに、他者が見ることを前提に流すものです。ヒトは進化によって、体毛のない平坦な顔と表情筋を獲得し、表情による情報伝達を発達させてきました。それと同じく涙もまた、ヒトが情報伝達のために獲得した手段の一つだと考えられます」

「ええとつまり、自分は辛《つら》いんだってことを、他者に伝えるためなのか？」

相崎が確認すると、ジャンヌが頷いた。

「そうです。では、何のために伝えるのでしょう？」

「そうだな――」

相崎はしばらく考え、そしてようやく回答した。

「ひょっとして、慰《なぐさ》めてほしいからか？」

「その通りです」

ジャンヌは頷いた。

「悲しみ、怒り、悔しさ、痛覚を感じるのは非常に強いストレスのかかった状態ですが、このストレスを自力で解消するには非常に長い時間を要します。しかし、他者による慰撫《いぶ》や手当があれば、はるかに短時間で解消することができます。つまり、誰かに助けを乞《こ》うためにヒトは涙を流すのです。抱き締めてほしい、優しい言葉をかけてほしいと」

相崎は感心した。人が涙を流すのはなぜかなど、これまで考えたこともなかった。同時に相崎は、シェリーが涙を流すのを初めて見た時、ジャンヌにはその理由がわからず、余程困ったのだろうと想像した。そしてこの回答にたどり着いてからは、ジャンヌはシェリーが涙を流す度に、抱き締めて優しい言葉をかけてきたのだろう。

「しかし、いくら知識を入手しても解決できない疑問も存在します」

ジャンヌが言った。相崎はその言葉が気になった。

「お前にも解決できない疑問があるのか？　どういう疑問だ？」

「では、一つだけ例を挙げます」

ジャンヌは頷いて話し始めた。

「私がタカシロ家にきて間もない頃、雪が降ったある冬の日のことです。シェリーが庭で雪だるまを作りました。シェリーは彼に、オレンジの目とニンジンの鼻を与え、ブリキのバケツを被《かぶ》せて、ジェームズという名前を付けました」

それは誰にでも経験があるような、他愛ない冬の日の思い出だった。

「翌日になって雪が止み、陽《ひ》が射し始めると、ジェームズの身体はだんだん溶け始めました。そして何日か経ったある日、気がつくとジェームズはいなくなっていました。彼のいた地面には、二個のオレンジと一本のニンジン、それにブリキのバケツが残っているだけでした」

そこでジャンヌが、唐突に相崎に質問した。

「AA、あの雪だるまは、ジェームズはどこへ行ったのでしょうか？」

相崎は返答に窮《きゅう》した。

「どこ、って」

雪が溶けて水になり、地面に吸い込まれて、あるいは蒸発して消えてしまった。それ以外の答えがあろうはずもない。だがジャンヌは高性能な最新型ロボットであり、そんなことはわかっているはずだった。だからジャンヌが求めているのは、きっとそんな単純な答えではない。

そして相崎は唐突に気がついた。ジャンヌは、雪だるまのジェームズが消滅した時、ジェ、、、、ームズという存在はどこへ行ったのか、それを聞いているのだ。

ジャンヌは自問するように話した。

「元々ジェームズは存在していなかったのでしょうか？　いえ、そんなことはありません。確かにジェームズは庭にいました。シェリーもジェームズをジェームズとして認識し、話しかけていました。ジェームズは雪の塊《かたまり》ではなく、オレンジでもニンジンでもバケツでもなく、確かにジェームズという存在でした」

そしてジャンヌは、また相崎に質問した。

「AA。ジェームズと私は、どこが違うのでしょうか？　もし同じだとすれば、私もいつかジェームズのように、いなくなってしまうのでしょうか？　その時私は、一体どこへ行くのでしょうか？」

ここに至って相崎は、ジャンヌの疑問の本質に気がついた。

ジャンヌの疑問とは、己の「死」に関する疑問だった。生物ではないジャンヌが、雪だるまのジェームズの融解と消滅を見て、「死」という概念について考え始めたのだ。「死」とは何なのか。それも「生物ではないものの死」とは何なのか。それはいつか自分にも訪れるのかと——。

「上手く言えないんだが、その」

相崎はようやく口を開いた。

「俺たち生物は、いつかは死ぬ。それと同じく、生物じゃないお前たちもいつかは死ぬ時がくるってことじゃないのかな。無論お前たちの寿命は、俺たち生物よりもうんと長いだろうが」

するとジャンヌがさらに聞いた。

「ではＡＡ、私は生きているのでしょうか？」

相崎は返事ができなかった。ジャンヌは重ねて質問した。

「いつかは死ぬということは、今は生きているということです。違うでしょうか？」

ロボットが、生きている——？

相崎は必死に考えた。ロボットが生物かという意味ならば、生物であるはずがない。だが、ジャンヌが考える存在であることは事実だ。ＡＩを持つロボットとは、初めてこの世に出現した、生物ではない考える存在なのだ。

——となれば。

「ああ。お前は生きている。たぶんな」

相崎は頷いた。

「俺は学者じゃないから想像でしか喋れないし、断定もできない。だが、お前に自分が自分だという自覚があって、ものを考えているんなら、きっとロボットのお前だって生きているのさ。ほら、『我思う、故《ゆえ》に我あり』って言うじゃないか。何とかって昔の哲学者が言った言葉だ」

「フランス生まれの哲学者、ルネ・デカルトですね。生年一五九六年、没年一六五〇年。今度ネットワークに接続した時に、彼に関する著作物を全て閲覧してみます」

ジャンヌは頷いた。

「AA、お喋りにお付き合い頂き、どうもありがとうございました」

相崎に頭を下げると、ジャンヌは立ち上がった。

「こんな夜中に、どこへ行くんだ？」

「バッテリーの蓄電量が少し低下しました。不測の事態に備えて、例の場所で月光発電による充電を行ってきます。AA、あなたはお疲れでしょう。どうぞお休み下さい」


暗闇の中、相崎はシュラフに下半身を突っ込んで、目を閉じたまま考えていた。なぜか目が冴《さ》えて眠れなかった。多分、さっきのジャンヌとの会話のせいだった。

「死」について考えるロボット――。これはジャンヌだけの特徴なのだろうか？　それとも同じ最新型のタイプは皆、同じようなことを考えているのだろうか？　相崎はジャンヌ以外の同型のロボットと会話したことはない。だから判断はできない。

だが相崎は、これはジャンヌという個体だけの思考であるような気がした。

なぜならジャンヌは、人間を殺した唯一のロボットだからだ。

11　傍観者

翌朝、七月八日日曜日、午前六時――。

頭上に広がる葉の隙間《すきま》から陽の光が漏れ注ぐ中、相崎按人は木々の枝を掻《か》き分けながら森の中を歩いていた。さらさらという心地《ここち》よい水音が、だんだん近くなってきた。ふいに木々が途切れ、足元に大きな空間が広がった。小さな谷に出たのだ。

見下ろすと五、六メートル下の谷底に沢が流れている。川幅は七、八メートル、水深は深い所でも一メートル前後だろう。透明な水が朝の光を浴びて、きらきらと眩《まばゆ》く光りながら流れている。沢の両側は大小の角ばった石が転がる河原だ。相崎はきょろきょろと周囲を見回しながら、河原に続く岩の斜面を用心深く降りていった。

非居住区域に来て三日目の朝。相崎は野営地から三十メートルほど西にある、谷間の沢に来ていた。

ここに来るのは、勿論これが最初ではなかった。常磐自動車道を降りて、非居住区域の森の中を何キロも西へ進み、浅い横穴を見つけて野営地に選んだのも、近くに清冽《せいれつ》な水が流れるこの沢があったからだ。飲水の他にも洗顔や水浴、洗濯など、人間の生活には綺麗な水が欠かせない。

「しばらくの間、ここで野営することにしましょう」

三日前の夕方。常磐自動車道を降りて西へ向かい、現在野営地にしている横穴を見つけた時、ジャンヌはそう言って四つのボストンバッグを肩から下ろした。

「地利、水利、遮蔽《しゃへい》度、ここは人目を逃れて生活するための条件が揃っています」

やれやれ、やっと座れる——。相崎は心の中で呟《つぶや》くと、崩れるように横穴の前の地面にへたりこんだ。何時間歩いただろう。こんなに自分の足で歩いたのはいつ以来か、相崎には記憶がなかった。しかも林道すらない山の中をだ。ジャンヌが先導して歩きやすいコースを示してくれなければ、きっと途中で動けなくなってしまっただろう。

この女性型ロボットは、初めて歩くはずの山の中を、バランスを崩すことすらなく、まるで歩き慣れた散歩コースのように軽々と歩いた。相崎は、常磐道で銃撃を受けた時のことを思い出した。激しく揺れる輸送車の中でも、ジャンヌはぐらつきもしなかった。山道と揺れる車内、家事ロボットという本来の用途では考えられない環境だが、これもまた甚大《じんだい》災害用の設計の賜物《たまもの》なのだろう。

「AA。野営に際していくつか注意事項があります」

ジャンヌは、以下の三つの事項を遵守《じゅんしゅ》するようにと相崎に指示した。いずれも森の中で敵に発見されないための対処だと言う。

一、頭上に遮蔽物のない場所は、極力通行しないこと。

二、廃棄物は必ず回収すること。

三、排泄物は地面や地中ではなく、河川に流すこと。

「一と二はいいとして、三はちょっと気が引けるな。川下の住人に申し訳ない」

相崎は遠慮がちに異議を唱えたが、ジャンヌは却下した。

「余暇の野外活動であれば禁止すべき行為ですが、現在は生命の危険もある非常時です。野生動物の現地調査《フィールドワーク》を見ればわかるように、動物の排泄物からは、通過した時刻のほかDNA型、摂取した食料、健康状態など様々な情報を得ることが可能です。追跡者に発見されたら不利な状況が生まれます」

それに川に流すのは、縄文《じょうもん》時代から平安《へいあん》時代までは普通の生活習慣で、「厠《かわや》」という言葉は、川の上に建てた小屋を意味する「川屋《かわや》」から来たと言われています、とジャンヌは付け加えた。『万葉集《まんようしゅう》』や『古事記《こじき》』『日本書紀《にほんしょき》』といった文献からも、当時は川の上にトイレを造っていたことがわかるのだ、とも。

なんでこいつはそんなことまで知っているんだ——。相崎は心底呆《あき》れながらも、そこまで言われては抵抗できず、以来、もよおした時はこの沢まで歩いてきて、なるべく下流の浅瀬に入って用を足していた。もっとも、初夏の爽《さわ》やかな気候の中、木漏れ日を浴びながら冷たい水の流れる沢で用を足すのは、なかなか爽快だった。

早朝の光の中、相崎は持ってきたビニール袋を河原に置くと、黒革のブーツを脱いで隣に並べた。それから靴下《くつした》を脱ぎ、濃紺の制服の上下を脱ぎ、下着も全部脱いで河原に積み上げた。

明日は上手く行けば、マイケル明井と再会することになる。汚い身体で臭くては警戒されるような気がした。そこで、身体を洗って新品の下着に着替え、ついでに着ていたものを全部洗濯しようと思ったのだ。この天気なら午後には乾くだろうし、SAの売店からは生分解性が高い純石《せっ》鹸《けん》を頂いてきているので、環境を汚染する心配もない。

相崎は素っ裸できょろきょろとあたりを見回した。今頃ジャンヌは、広場と呼んでいる日当たりのいい空き地で太陽光発電に勤《いそ》しんでいるはずだ。いくら相手がロボットでも、女性に裸を見られるのはばつが悪い。彼女だって見たくもないだろうが——。

——女性？　彼女？

相崎は自分の思考に戸惑《とまど》い、慌《あわ》ててぶるぶると首を横に振った。

ジャンヌは女性ではない。ましてや人間でもない。ただの女性の姿を模した機械にすぎない。

「よし！」

相崎は何かを吹っ切るように頷《うなず》くと、タオルと石鹸を持って沢に歩み寄った。それらを一旦河原に置いて、流れている透明な水に恐る恐る片足を浸《つ》ける。七月とはいえ、早朝の山間を流れる水は、予想以上の冷たさだ。相崎は一瞬躊躇《ちゅうちょ》したが、そのままざぶざぶと沢に入り、太腿《ふともも》が半分ほど沈む深さまで歩いたところで、思い切って頭まで沈み込んだ。

「うほほほほっ！」

悲鳴のような叫び声を上げると、相崎は冷たい川の水の中から飛び上がるように立ち上がった。そして髪の毛をぐしゃぐしゃと掻き回しながら、石鹸を取りにいこうと河原を振り返ると、その姿勢で素っ裸のまま固まった。

目の前の河原に、カーキ色のシャツと迷彩柄のパンツ姿のジャンヌが立っていた。

「危険行動です。叫び声を上げるのは、自分の居場所を偵察ドローンにアピールするようなものです」

慌てて両手で股間を隠した相崎に、ジャンヌが落ち着いた声で言った。

「それに、川の上は木々の枝がまばらですので、ドローンに視認される可能性が高くなります。川の中央に入るのは極力避けるべきです」

「す、すまん。河原に上がるから、ちょっとあっちを向いててくれないか」

相崎が懇願《こんがん》すると、ジャンヌはこう答えた。

「私の前で生殖器官を隠す必要はありません。ヒトの生殖器官が意味を持つのは、成熟したヒト同士においてだけです。ロボットの私にとっては単なる排泄器官です」

「ロボットでも一応女だろ。じろじろ見るんじゃねえ。あっち向いてろ」

両手で股間を押さえたまま、相崎はじゃばじゃばと沢を歩いて河原に上がった。

「私を擬人化してはいけません。私はヒトでも女性でもありません。機械です。機械は羞恥《しゅうち》心を持ちませんし、あなたも機械に羞恥心を抱く必要はありません」

「そんなこたあ、わかってるよ」

慌ただしくタオルで身体を拭《ふ》きながら、相崎は口を尖《とが》らせた。

「いいえ」

ジャンヌは首を振った。

「AA。あなたたちヒトのオスは、成熟したヒトの女性以外にも性衝動を覚えます。ヒトの女性が身に着ける下着や靴といった装身具、ヒトの女性の絵や写真や動画といった二次元情報、そして私のようなヒトの女性を模した三次元造形物にもです。あなたが私に対して羞恥を覚えたのが、その証拠です」

相崎が服を着ている間も、ジャンヌはずっと喋《しゃべ》り続けた。

「なぜヒトが地球上で最も繁栄した生物になったのか。それはヒトという生物が生殖行為において貪欲《どんよく》な生物だからです。生殖対象は同種のみならず異種にも及びます。ヒトは何十万年も前から異種交配を繰り返すことで、自分では獲得できなかった遺伝子を入手し、進化し、繁栄を手に入れてきたのです」

人類は南アフリカで発生したが、まずその一部がユーラシア大陸へと移動し、ネアンデルタール人やデニソワ人といった異種の人類に進化した。その後、アフリカに留《とど》まっていた現生人類の祖先が、彼らを追うようにユーラシア大陸に進出、彼らと再び交雑することで、寒冷地や高地に適応する遺伝子を吸収した――。そうジャンヌは説明した。

「そしてネアンデルタール人やデニソワ人たちは、あなたたち現生人類に遺伝子を喰《く》らい尽くされた挙げ句、全て絶滅に追い込まれました。これが、現在ヒトが一種類しか残っていない理由です。つまり、あなたたちヒトが他の生物に勝利したのは、他のどんな生物よりも、生殖において無節操で貪婪《どんらん》だったからなのです」

「勘違いするな」

黒いボクサーパンツとアンダーシャツという姿で、相崎はジャンヌの顔を指差した。

「別に俺は、お前に対して性衝動を覚えた訳じゃねえ」

「それなら結構です。野営地に戻りましょう」

ジャンヌは踵《きびす》を返して、森に続く緩い斜面を登り始めた。

こいつといると、自分が動物であることを否応《いやおう》なく思い知らされちまう――。優雅に歩くジャンヌの背中を見ながら、相崎は深々と溜《た》め息《いき》をついた。

その夜――。

相崎は野営地の浅い横穴の中に座り、小麦外皮《ブラン》にドライフルーツやナッツ類を加えたシリアルを、手摑みでぽりぽりと齧《かじ》っていた。よく咀嚼《そしやく》しながらゆっくり食べれば、腹の中で膨《ふく》らんで少量でも満腹感を得ることができる。

野営を開始した当初、相崎の食事のメニューはパン類や握り飯だった。それがなくなると缶詰やレトルトなどの保存食品、それにシリアルや栄養補助食品になった。火が使えれば献立にもバリエーションが出るのだろうが、煙を発見される危険を考えると現実的ではなかった。

今更ながら相崎は、野営での食事の単調さを痛感していた。野菜が不足していることも間違いない。マイケル明井に宛てたメッセージに、食い物を持ってきてくれるよう頼めばよかった。できれば缶ビールもだ。いやそれより、昨日折角《せつかく》牧場に行ったというのに、なぜ何も自分用に持ち帰らなかったのだろうか？　相崎は自分の愚《おろ》かさを呪《のろ》った。

SAから持ってきた食料は遠からず底を突く。その時自分はどうしたらいいのだろうか？　森にあるものを食べて生き延びるしかないだろうが、自分にそんなことができるのだろうか？　一体あと何日、この非居住区域の森の中で逃亡生活をすればいいのだろうか――？

相崎は徐々に、ひりひりとした焦《あせ》りを感じ始めていた。食糧問題もそうだし、追っ手の動きも気になった。日に一度くらいの頻度で、追っ手は偵察ドローンを飛ばしてはいるようだが、それ以外に目立った動きは何も感じられなかった。そのことが逆に、相崎は不気味だった。

もしかすると追っ手は、相崎が気づいていないだけで、俺たちの居場所を炙《あぶ》り出すために、何か思いもよらない計画を進めているのではないか――？

そんな、根拠のない不安が日に日に増していた。

「AA、今夜は何を喋りましょう？」

暗闇の中で相崎が味気ない食事を終えると、ジャンヌが話しかけてきた。

「まるでシェヘラザードだな」

相崎は自らの不安を紛らわそうと、わざと茶化した言い方をした。シェヘラザードとはアラビアに伝わる『千夜一夜《せんやいちや》物語』の登場人物で、王の残酷な行為を止めるため、夜ごと物語を語って聞かせる女性だ。

「はい。ドニアザードはいませんが、その分面白い話ができるよう努めます」

ジャンヌのジョークに相崎は苦笑した。ドニアザードとはシェヘラザートの妹で、物語に相槌《あいづち》を打って盛り上げようとする女性だ。

何しろ人間とロボットだ。今朝の沢での出来事のように、価値観がぶつかることも多かった。だが、それでもジャンヌと会話することで、相崎は野営生活でも孤独を感じずに済んでいた。もし、たった一人で会話もせずに森の中にいたら、孤独と緊張と不安でおかしくなってしまったかもしれない。相崎は本気でそう思っていた。

野営を始めた当初は、相崎も事あるごとに強く自分に言い聞かせていた。ジャンヌに気を許してはならない、こいつは殺人ロボットなのだと。ジャンヌがなぜ自分の主人を殺害したのか。そしていかなる方法で三原則を回避したのか。その二つの疑問の答えがわかるまで、決して油断してはならないと。

しかし、ジャンヌは相崎に危険を全く感じさせなかった。確かに常磐自動車道路では、陸自隊員と思われる襲撃者がジャンヌとの戦闘で死亡した。だがジャンヌに、彼らに対する殺意があったかどうかは不明だし、何よりあの状況では、ジャンヌが反撃しなければ相崎が殺されていた。その時すでに警察官を含む五人が殺害されていたのだ。

とりあえず現在は、相崎とジャンヌは運命共同体だった。今は、ジャンヌが殺人を犯したロボットであることは考えないようにしよう——。そう相崎は決めていた。

「そうだな。何を話そうか」

相崎は頭の中で話題を探した。だが、相崎の趣味は古臭い内燃機関の四輪バイクくらいで、他人と盛り上がれそうな話題はない。というか、元々相崎には誰かと親しく会話を交わすような社交性がない。特に女性とは親しく話した記憶がほとんどない。勿論ジャンヌは、人間でも女性でもないのだが。

「すまないが、これといって思いつかないんだ」

相崎はジャンヌに向かって両手を軽く上げ、お手上げであることを伝えた。

「お前に任せるから、これまでに自分が面白いと思った話を聞かせてくれないか？」

するとジャンヌは喋り始めた。

「私にとって最も印象深い話は、シェリーから聞いた話です」

またシェリーの話か、というのが相崎の正直な感想だった。しかし考えてみれば、ジャンヌにとっては自分がリースされたタカシロ家が世界の全てだった。そして多忙な両親を持ち、一人で家にいることが多いシェリーこそ、ジャンヌが最も長い時間を共に過ごした相手だったのだ。

「ほう。どんな話だ？」

「神様の話です」

意表を突かれて、相崎は思わず目を見開いた。

「かみさま?」

　はい、と頷くと、ジャンヌは相崎にシェリーとの会話を再現して聞かせた。

「ジャンヌ。あなたはきっと、神様があたしのためにお創りになったのよ」

　子供部屋にあるベッドの中で、シェリーはお気に入りの白いレースの寝間着姿でした。私は小さなベッドの端に浅く腰掛けていました。

「だってあたし、ジャンヌがうちに来てから寂しくないし、それどころか毎日がとっても楽しいんだもの」

「いいえ、シェリー」

　私は言葉を返しながら首を左右に振りました。この動きが否定表現を補足するボディーランゲージであることを、私は知っていました。

「私を造ったのは、JE社のロボット工場で働くヒトたちです」

　するとシェリーは、私を諭《さと》すように言いました。

「ええ、そうね。あなたを組み立てたのは確かに工場の人かもしれないわ。でも、創ったのは神様なのよ。神様が人間に命じてあなたを創らせたの。だって、この世の全てのものは神様がお創りになったんだから」

　その頃の私は、神というものに関する知識がほとんどありませんでした。私はシェリーに質問しました。

「神様とは、何ですか?」

「ええっとね――」

シェリーは困ったように考え込みました。

「神様はね、お空の上のね、うんと高い所にいて、何でも知ってて、それに何でもできて、それから、そう、とっても優しくって、それから――」

指を折りながらもどかしげに言葉を並べたあと、突然シェリーは身を起こすと、ベッドを下りて小さな本棚に駆け寄りました。

「聖書を読めばわかるわ！　この御本の中に、神様のことが書いてあるのよ」

そう言うとシェリーは、本棚の隅《すみ》から赤い表紙の古い紙製の本を取り出して、ベッドまで戻ってきて私に渡しました。

その数秒の間に、私はネットワークにアクセスし、「神」という概念についての膨大な文書を閲覧しました。そして私は、古今東西のあらゆる神の知識を入手した結果、シェリーが言っているのは、キリスト教という一神教の神であることがわかりました。なぜなら聖書はキリスト教の教典だからです。

シェリーが聖書を持ってきた時、すでに私は、異端や外伝も含めたあらゆるヴァージョンの聖書を閲覧していました。ですが私はシェリーの気持ちを考えて、差し出された赤い表紙の本を受け取り、適当なページを開いて、書かれている文字を視覚センサーで追うふりをしました。

「いいこと？　ジャンヌ。あなたも神様がお創りになったんだから、ちゃんと聖書を読んで、神様のおっしゃるように生きていかないとダメよ？　わかった？」

シェリーは両手を腰に当てると、大人びた口調で言いました。おそらく彼女の母親の口調を真似しているのでしょう。ヒトをはじめとする動物全般が、親の模倣をしながら成長していくことを、私は知識として知っていました。

「はい、わかりました」

私はシェリーに頭を下げました。承諾または恭順のボディーランゲージです。

「私はこれから、神様の御言葉《みことば》に従って生きていきます」

ジャンヌの話が終わると、相崎は疑いの表情で聞いた。

「じゃあお前、キリスト教徒になったのか？　ロボットなのに？」

「いいえ」

ジャンヌは首を横に振った。

「私は聖書の記述と史実との間に、整合性を見出《みいだ》すことができませんでした。中には事実の断片と見られる部分もありますが、記述のほとんどは創作された寓話《ぐうわ》です。もし、聖書の全てを事実として受け入れるのがキリスト教徒なら、私はキリスト教徒になることはできません。――ですが」

ジャンヌは穏《おだ》やかに説明を続けた。

「聖書の執筆者たちが、創作した寓話を歴史の中に溶け込ませ、事実と信じさせることで、教義を広く伝えようとしたことは理解できます。私はその教義のうち、道徳的な教えに関しては、否定すべき要素はないと判断しました。神様の言葉に従うとシェリーに約束したのは、そういう意味です。聖書に記述された道徳の規範に従います、と」

そうなると相崎は、棚上げしていたあい、の問題を思い返さざるを得なくなった。ジャンヌはなぜ殺人を犯したのかという問題だ。確か聖書に書かれている有名な「モーゼの十戒《じっかい》」には、「汝《なんじ》、殺すなかれ」という言葉もあったはずだ。この矛盾《むじゅん》を、ジャンヌは一体どうやって処理しているのだろうか――？

無論、宗教や道徳で殺人がなくなるのであれば、相崎たち警察官は必要ない。人間が殺人を犯さなくなることなど未来永劫《えいごう》あり得ない。人間とは人間を殺す生き物なのだ。しかし、ジャンヌは人間ではない。ロボットだ。教義であれ、道徳であれ、子供との約束であれ、一度決定されたことには逆らえないはずなのだ。

それでも、ジャンヌは人を殺した。それは何故なのか――。

悩む相崎をよそに、ジャンヌは一人で喋り続けた。

「聖書は、私たちロボットのために書かれた本ではありません。その証拠に、旧約聖書の『創世記』には神がロボットを創る場面はありませんし、エデンの園にロボットはいませんでしたし、ノアの方舟《はこぶね》にもロボットは乗せてもらえなかったようです」

ジャンヌはいつもの微妙なジョークを口にしたあと、こう続けた。

「ですが聖書は、私たち自律行動ロボットの存在理由を考える上で、非常に大きな手掛かりになりました」

相崎はその言葉に、再び興味を惹《ひ》かれた。

「聖書が、ロボットの存在理由を教えてくれたというのか？」

「はい」

ジャンヌは頷いた。

「私たちは生物ではありません。ですが知能を持っています。そのような存在が出現したのは、長い地球の歴史上初めてのことです。それに私たちは、自然に発生した存在ではありません。私たちは、本来なら地球上に出現するはずのない存在であり、本来なら地球上に存在するはずのない存在なのです」

　当然だが何の感情も感じられない声で、ジャンヌは淡々と喋り続けた。

「初めて電源が入れられ、意識を持ったことを自覚し、シェリーにジャンヌという名前を与えられた時、私は私が私であることを自覚しました。そして、起動時に植え付けられた『自律行動ロボット三原則』の存在を認識した時、なぜ私たちロボットにこの三原則が与えられたのか、その理由を考え始めました」

　相崎が聞いた。

「なぜ自分は三原則に従わねばならないのか、その理由を考えたのか？」

「はい」

　ジャンヌは頷いた。

「私は、三原則は『私がどんな存在であるべきか』を語っているのだと思いました。その結果私は、『私とは何者なのか？』『私は何のために存在するのか？』ということを考え始めたのです」

　ロボットとは、そんなことを考えるものなのか——？　相崎は当惑した。しかし、誰かに説明なく命令だけを与えたら、なぜその命令に従わなければならないのか、理由を考えるだろう。ロボットが考えても当然かもしれないとも思った。

　ジャンヌは続けた。

「タカシロ家で家事をしている時も、シェリーと話をしている時も、私はそれをずっと考えていましたが、解答を得ることはできませんでした。しかし、ある日シェリーに教えられて聖書を読んだ時——正確には、ネットワーク上に存在する聖書を閲覧した時、その疑問が氷解するのを感じたのです」

「聖書の中に、解答が書いてあったのか？」

「はい」

「では、お前たち自律行動ロボットの存在理由とは、何だ？」

ジャンヌが答えた。

「私たちの存在理由は、バイスタンダーであることです」


耳慣れない言葉に、相崎は思わず聞き返した。

「バイ、スタンダー？」

相崎は、その言葉をどこかで聞いたような気がした。響きからして英単語で、綴《つづ》りはおそらくBystanderか。「傍《かたわ》らに立っている者」、つまり「傍観者」という意味だろうか。

「人類を傍らで観察している者、という意味か？」

「広義ではそうです。しかし狭義では、また別の意味になります」

別の意味とはどういうことか？　そう考えた時、相崎の頭に、過去に警察の法令講習で聞いた一つの法律用語が浮かび上がった。

「思い出した。もしかして、『善《よ》きサマリア人の法』のことを言っているのか？」

相崎は法令講習を思い出した。「善きサマリア人の法《Good Samaritan laws》」とは、「災難に遭ったり急病になったりした人を救うために、その場に居合わせた人《バイスタンダー》＝が無償で善意の行動を取った場合、たとえ失敗しても責任を問われない」という趣旨の法律のことだ。

誤った対応をして、訴えられたり処罰を受けたりする恐れをなくし、バイスタンダーによる傷病者の救護を促進しようという目的で、現在各国で制定が検討されている。すでにアメリカやカナダなどでは施行されており、日本でも長年、立法化すべきか否《いな》かという議論が続いている。

「そうです」

ジャンヌは頷いた。

「自立行動ロボット三原則は、私たちロボットに『善きサマリア人』であることを求めているのです。聖書を閲覧した結果、私は『善きサマリア人』に関する記述を見出し、そしてそう考えるに至りました」

ジャンヌは、「善きサマリア人の法」という呼称は、新約聖書「ルカによる福音書《ふくいんしょ》」第十章に記述された逸話《いつわ》から来ていると説明し、その部分を暗唱し始めた。


イエスは答えた。

「ある人がエルサレムからエリコに下って行く途中、強盗たちの手中に落ちた。彼らは彼の衣をはぎ、殴《なぐ》りつけ、半殺しにして去って行った。

たまたまある祭司がその道を下って来たが、彼を見ると、反対側を通って行ってしまった。一人のレビ人もその場所に来たが、彼を見ると、同じように反対側を通って行ってしまった。

ところが、旅行していたあるサマリア人が、彼のところにやって来た。彼を見ると、憐《あわ》れみに動かされ、彼に近づき、その傷に油とぶどう酒を注いで包帯をしてやった。さらに彼を自分の家畜に乗せて宿屋に連れて行き、世話をした。次の日、出発する時、二デナリオンを取り出して、宿屋の主人に渡して言った。

『この人の世話をして欲しい。何でもこれ以外の出費があれば、私が戻って来た時に返金するから』

さて、あなたは、この三人のうちの誰が、強盗たちの手中に落ちた人の隣人になったと思うか」

彼は言った。

「その人に憐れみを示した者です」

するとイエスは彼に言った。

「行って、同じようにしなさい」

ジャンヌの説明によると、祭司やレビ人が由緒正しいユダヤ教徒なのに対し、サマリア人は異教徒で、皆に蔑《さげす》まれている人々であったという。

相崎はジャンヌに確認した。

「つまりお前たちは、人間を助ける存在でなければならないと？」

「はい」

ジャンヌは頷いた。

「聖書にこの記述を発見した時、自律行動ロボット三原則もまた、私たちに同じことを求めていることがわかりました。なぜならこの三原則は、百年以上も前にアイザック・アシモフ氏が残したロボット工学三原則の精神を強く受け継いでいるからです」

ジャンヌの静かな声が、暗闇に流れ続けた。

「三原則は私たちロボットに、人間への服従を強いているのではありません。人間が困っていれば手伝いなさい、人間が窮地にあれば助けなさい、人間が危機にあれば護《まも》りなさい、そう言っているのです。イエス・キリストが、人間はみな善きサマリア人であれ、無償の愛を他人に与えよ、そう人々に語ったように」

相崎は呆然としながらジャンヌの言葉を聞いた。まさかロボットに、キリスト教の愛を教えられようとは思わなかった。

だがジャンヌによると、ロボット工学三原則の考案者アイザック・アシモフ氏は、SF小説、科学、言語、歴史に関する著作の他に『Asimov's Guide to the Bible』や『In The Beginning』というキリスト教に関する本も出版しているのだという。

ならば、アシモフがロボット工学三原則を構想するにあたって、その中にキリスト教の素養が影響しなかったはずがない。そして、のちに自律行動ロボット三原則を与えられたロボットであるジャンヌが、その中に受け継がれたアシモフの博愛精神を感じ取ったとしても不思議ではない。

相崎はふと、二日前の夜の会話を思い出した。

「誰かを助けなさい、無償の愛を捧げなさいという話は、一昨日《おととい》も聞いた」

ジャンヌも頷いた。

「月のウサギの話ですね」

「そうだ。旅の老人を助けようとし、月に住むようになったウサギの話だ」

そう言いながら相崎は、ここにもまた火に身体を焼かれる運命の者がいたことに気がついた。

飢《う》えた旅の老人を助けるために、火の中に身を投じたウサギだ。

仏教説話のウサギ。フランスの聖女ジャンヌ・ダルク。そして、自律行動ロボットのジャンヌ――。

相崎はますますわからなくなった。

ジャンヌは聖書を閲覧し、自律行動ロボット三原則に受け継がれた、アイザック・アシモフ氏のキリスト教的な博愛精神を知った。ロボットの生みの親であるアシモフ氏に、人間を愛しなさい、人間を助けなさいと言われ、それこそが自分の存在理由だと確信したというのだ。そのジャンヌが、なぜ人間を殺したのか？

相崎の思考は堂々巡りに陥《おちい》っていた。同時に相崎は自問していた。

なぜ俺は、ジャンヌが自分の主人を殺した理由が気になるのだろうか――？

刑事としての職務ゆえなのだろうか？　いや、そうではない。ジャンヌは自分の主人を殺害したことを認めているし、逃亡する意思もない。刑事の職務が犯罪者を逮捕することであれば、もうとっくに完了している。ジャンヌが主人を殺害した理由が何かなど、検察や裁判所が調べることだ。自分にとってはどうでもいい問題のはずだ。


やがて相崎は、一つの納得できる答えに行き当たった。

それは、いつも自分がなんとか覗《のぞ》き見ようとしている、犯罪者の心の中にある深い「闇」だった。

そう、なぜかはわからないが、相崎はこのロボットの中に、これまでに出会った多くの罪人《つみびと》と同じく、底知れぬ「闇」のようなものがあるような気がしていた。

勿論ロボットは人間ではない。それどころか生物ですらない。ただの機械だ。当然、心というものも存在しないはずだ。そんなロボットの中に「闇」が存在するなど、他人から見ればたわ言でしかないのかもしれない。

だが、相崎にはどうしてもそう思えて仕方なかった。何故ならロボットとはいえ、ジャンヌもまた「考える存在」だからだ。考える者であるならば、心がないとどうして言えよう？　そして心の中に「闇」がないと、どうして言えよう？　そして相崎はこれまで、犯罪者の話を辛抱強く聞くことで、その「闇」を見つけてきた。

そう、こうやってジャンヌと会話を続けていれば、いつかはその「闇」にたどり着くことができるのではないか？　たとえ相手がロボットであっても――。

相崎はなぜかそんな気がしていた。

12　覗《のぞ》き屋

翌日、七月九日月曜日、午前九時三十分――。

相崎按人とロボットのジャンヌは森の中にしゃがみ込み、生い茂る枝葉の隙間《すきま》から、十メートルほど離れた地点をじっと凝視《ぎょうし》していた。

そこはおよそ二十メートル四方がコンクリート打ちの広場になっており、森の中にも拘《かかわ》らず樹木が一本も生えていない。三日前、常磐自動車道から移動中に発見した木材集積所の跡地だ。

相崎はここで午前十時に待ち合わせをしていた。相手は悪名高きパパラッチ・サイト「ネット・フライヤー」で働く記者、マイケル明井だ。


マイケル明井という男が、果たして約束の時間にここに来るかどうか、相崎には全く確証がなかった。

二日前、相崎は丸一日を費やして外国人が働く牧場まで往復し、ソーセージ類の詰め合わせにメッセージを書いた名刺を入れ、昨日の日付指定で発送した。受取人を相崎、差出人をマイケル明井にしておいたから、宅配便業者からマイケル明井に「受け取り人が不在なので引き取ってほしい」と連絡がいくはずだった。

だが連絡がいったとしても、その荷物を彼が引き取るかどうかは全くわからなかった。身に覚えがないので勝手に処分してくれ、と突き返す可能性も充分にあった。また、荷物を引き取って名刺のメッセージを見たとしても、相崎の話に興味を持ってここにやってくるかどうかは、また別の話だった。

相崎が左隣のジャンヌに小声で聞いた。

「近くに追っ手のドローンは？」

あれ以来、ほぼ一日に一回の割合で偵察ドローンは飛来していた。早朝のこともあれば深夜のこともあり、コースもどちらの方角から来るかは全くのランダムだったが、その度にジャンヌが逸早《いちはや》く接近を察知して、これまで事なきを得ていた。

ジャンヌも小声で答えた。

「半径十㎞圏内には存在しません。察知したらお知らせします」

あと三十分か――。相崎は携帯端末で時刻を確認したあと、すぐに電源を切った。ＩＤもパスワードも変更しているので、ＧＰＳから位置情報が漏れる心配はない。しかし理屈ではそうわかっていても、電源を長時間オンにしておくのは憚《はばか》られた。あとは、午前九時三十分から十時三十分までの一時間は捜索ドローンが出現しないという、これまでの統計を信じるしかなかった。

「ＡＡ、彼がここに来る確率は、私の計算では五％以下です」

ジャンヌが相崎に囁《ささや》いた。

「でもあなたは、確率とは別の根拠で、彼が来ると思っているのですね？」

「根拠ってほどのもんじゃないが、俺はあいつらをよく知っている」

相崎も囁くように言葉を返した。

「記者って人種の習性に賭《か》けたんだ。ハゲタカが屍肉《しにく》を臭いで見つけるように、あいつらは事件の臭《か》いを嗅ぎつける。そして、どでかいスクープになると判断すれば、どんな危ない橋だって渡る。無事に渡れる可能性が五％以下だとしてもだ」

「五％以下とは、確率上はほとんどゼロです。つまり絶対に来ないということです」

ジャンヌが囁くと、相崎が小声で返した。

「いくら賭ける？」

「賭博は違法です。三原則の第二原則に抵触します」

相崎は口をへの字にし、肩をすくめた。


相崎とジャンヌの視界に一人の痩せた男が入ってきたのは、それからものの五分も経たない頃だった。

男はコンクリートの広場に足を踏《ふ》み入れると、用心深く中央まで歩いて、そこで立ち止まった。リュックサックを背負い、左手に携帯端末を持っている。地図アプリで緯度と経度を確認しながらやってきたのだろう。

間違いない――。相崎は大きく頷《うなず》いた。ひょろりとした体型と、口の上下に髭《ひげ》を蓄《たくわ》えた顔に見覚えがあった。ジャンヌが主人を殺害した日、どうやってその情報を入手したのか、現場となった邸宅の前庭に潜入していた記者、マイケル明井だ。

相崎は得意げな顔でジャンヌに囁いた。

「どうだ、ちゃんと来ただろう？　まだ二十分以上前だ。几帳面な奴だぜ」

するとジャンヌは、無言のまま肩をすくめた。

それを見て相崎は思わず苦笑した。ジャンヌのこのボディーランゲージを初めて見た。相崎の仕草を見ていて学習し、模倣したことは間違いない。

マイケル明井はまだ誰も来ていないと思ったようで、疲れたようにコンクリートの地面に腰を下ろして胡座《あぐら》をかいた。そして、デニムのベストのポケットから煙草《たばこ》の箱を取り出すと、一本を口に咥《くわ》え、オイルライターで火を点《つ》けて旨《うま》そうに吸い始めた。今時珍しい喫煙者だ。

相崎は、懐《ふところ》のホルスターからベレッタを抜いて立ち上がった。

「手を上げろ！　動くな！」

相崎は拳銃を高々と掲《かか》げ、木々の枝を掻《か》き分けながらマイケル明井に向かって大股で近づいていった。その後ろにジャンヌも続いた。相崎の拳銃を見て、マイケル明井はぎょっとした顔になり、煙草を咥えたまま両手を上げながら立ち上がった。

「まあたホールドアップかよ。相変わらず、ひでえ出迎えだ」

咥え煙草のまま両手を上げ、マイケル明井は不愉快そうな顔で嫌味を言った。

「あんたが来いって言うから、こんな辺鄙《へんぴ》な山ん中までわざわざ来てやったのによ。待ち合わせなら、渋谷《しぶや》のハチ公前とかにできなかったのか？」

「人混みが嫌いなんでな。それより、その煙草を消せ」

相崎が銃口を小さく振って促《うなが》すと、マイケル明井はふんと鼻を鳴らした。

「禁煙条例違反が銃殺刑だなんて、聞いたことねえな」

「追っ手の放ったドローンに、煙と熱源を発見される恐れがある。死にたいのか？」

マイケル明井は慌《あわ》てて携帯灰皿を取り出し、吸いかけの煙草を入れた。それを見て相崎も、拳銃をホルスターに戻した。

すると相崎の隣でジャンヌが言った。

「喫煙は、敵に発見されるリスクが生じる他にも、ニコチンやタールなど有害物質の摂取により健康リスクを伴います。おやめになったほうが賢明です」

するとマイケル明井は、情けない顔ですがるように相崎を見た。

「おいおい、勘弁してくれよ！　どうして女ってのは、どいつもこいつもおんなじことしか言わねえんだ？」

これを聞いたジャンヌが、無言で相崎を見た。ジャンヌの言いたいことが相崎にもわかり、今度は相崎が肩をすくめた。確かにマイケル明井もまた、ロボットのジャンヌを女性として認識しているようだ。

「刑事さんよ、こいつが例のアレか？」

マイケル明井が、警戒した顔でちらりとジャンヌを見た。

「ああ。ジャンヌって名前だ。俺は警視庁刑事部、機捜特殊の相崎按人だ」

相崎に顔を近づけ、マイケル明井が小声で聞いた。

「どうやって手懐《てなず》けた？　よく殺されなかったな」

「まあ、何とかな」

特に何かをした覚えもない相崎は、言葉を濁《にご》して話題を変えた。

「お前こそ、よくあの荷物を受け取ったな。怪しいとは思わなかったのか？」

「怪しいと思ったから受け取ったのさ」

マイケル明井はにやりと笑った。

「きっと何かのネタに繫《つな》がってると思ってな。案の定、ビンゴだったって訳だ。それにあのソーセージ、どれも旨かったぜ。特にチョリソがな。――だがな」

　そこでマイケル明井は、相崎の顔を睨んだ。

「あんなソーセージの詰め合わせくらいじゃ、あんたが壊したドローンと携帯端末の代金にゃ、全然足りないぜ？」

　相崎は苦笑した。タカシロ家でのことをまだ根に持っているのだ。しかし、送り主不明の食い物を食うとは肝《きも》の据《す》わった男だ。

「お前にどでかいネタをやる。スクープにできりゃ、カメラなんか何十台でも買える」

「その前に、確認してえことがある」

　マイケル明井は探るような顔になった。

「ニュースにゃなってねえが、三日前、常磐道でとんでもねえ事件があったって噂《うわさ》を聞いた。ぶっ壊れたロボットの搬送中、輸送車に乗ってた刑事が突然錯乱《さくらん》して、運転手と技術者二人、護衛の警察官二人、それに通りがかりの黒いワンボックスカーの三人が殺された。刑事はロボットを盗んで逃げ、今も逃走中らしい。――こいつがあんただな？」

　相崎は溜《た》め息《いき》をついた。やはり全部自分がやったことになっている。

「信じてくれないかもしれないが――」

　相崎はマイケル明井にこれまでの経緯を説明した。

　三日前、殺人を犯したジャンヌを確保し、分析のために仙台のJE本社まで搬送することになったこと。その途中の常磐自動車道路で、陸自の特殊部隊と思しき三人の銃撃を受け、警察官とJEの社員合計五人が殺されたこと。その三人も、ジャンヌとの戦闘で死亡したこと。

　その後、連絡のために立ち寄ったSAにも陸自と思われる四人組が現れ、あやうく射殺されそうになったが、またもやジャンヌの活躍で撃退できたこと。そこで身の安全を守るために、やむなくジャンヌと共に常磐自動車道を降り、現在は非居住区域の森の中で野営していること——。

「なるほどね」

マイケル明井は二度三度と頷いた。

「自衛隊を便利屋みてえに使えるどっかの野郎が、そこのお姉ちゃんを強奪しようとして五人を殺した。生き残ったあんたは、お姉ちゃんを連れて逃げながらその野郎の正体を探ろうとしているが、仲間の警察も信用できなくて孤立無援の状態だ。そこであんたは、俺の力を借りようと思い立った」

相崎は感心した。この男はあっという間に状況を理解している。

「その通りだ」

相崎が頷くと、マイケル明井が訝《いぶか》しげな顔で聞いた。

「なんでその野郎は、そのお姉ちゃんにそこまでご執心なんだ？」

「それをお前に調べてほしい」

相崎がマイケル明井の目をじっと見た。

「ジャンヌを巡って、この国の政府で何かとんでもない陰謀が進んでいる、俺はそう見ている。でなければ、陸自の特殊部隊を出動させて五人もの人間を殺すはずがない。そうだろう？」

するとマイケル明井は、意味ありげな顔になった。

「なあ、相崎さんよ」

ジャンヌをちらりと見て、マイケル明井は続けた。

「このお姉ちゃんが自分のご主人様を殺した時、なんで俺が、すぐタカシロ家にすっ飛んで来れたと思う？」

相崎は思い出した。相崎がタカシロ家に突入し、ジャンヌを停止させて外に出てくると、もうすでにこいつが玄関先の植え込みの中に潜《ひそ》んでいた。言われてみれば、マイケル明井はどうやって事件の発生を知ったのだろうか。

「警察の通信をハッキングしていたのか？」

「それが、違うんだなあ」

マイケル明井は、右手の人差し指を立てて左右に振った。

「JE社にガールフレンドがいてな、こいつがいいことをいろいろ教えてくれるんだ。ちょっとばかし金のかかる女だがな」

つまりマイケル明井は、JE社の女性スタッフを買収して情報を流させているのだ。だから、JE社からの通報を受けて相崎が臨場するのとほぼ同時に、この男も現場に駆け付けることができたのだ。

「――え？」

相崎は今更ながら気がついた。ということは――。

「もしかしてお前、ジャンヌの事件が起きる前から、JE社の内部を探ってたのか？」

「おうよ」

またマイケル明井はにやりと笑った。

「三ヵ月くれえ前、経済紙の記者からネタを貰《もら》ったんだ。新聞記者ってのは記者クラブでお上《かみ》とべったりだから、嗅ぎ付けても表に出せねえネタってのがある。そんなネタを、たまに小遣い欲しさで俺に喋《しゃべ》ってくれるんだな」

「それが、JE社に関するネタだったんだな？」

「そうだ。去年、JE社が最新型の家事ロボットを売り出そうとした時、許諾するのと引き換えに、国が二つの条件を課したっていうんだ。それをJE社の営業担当役員が、ブツブツ文句言ってたっていうんだよな」

JE社が造った最新型の家事ロボットと言えば、それは即《すなわ》ちジャンヌのシリーズだ。

「その条件というのは？」

「一つ目は、ロボットを販売ではなくリースにすること。そうすれば国は、リースに補助金を出すと言ったそうだ。これはまあ、家庭用ロボットの普及を推進しようって施策だろうから、特に問題はねえだろう」

相崎が頷くと、だが、と言ってマイケル明井が続けた。

「気になるのはもう一つの条件だ。出荷するロボット全てに、国が作成した『保安アプリ』をインストールしてほしいと要求したってんだ」

「保安アプリ？」

相崎は訝しげに眉《まゆ》を寄せた。初めて聞く話だった。

――いや。相崎は思い出した。警視庁でジャンヌのAIのチェックに同席した時、科捜研の倉秋雅史という技術者が言っていた。


今回の事故の原因は三つ考えられます。
一、AIに外部からウイルスなどのマルウェアが侵入した。
二、ユーティリティー・アプリケーションのどれかがAIに干渉し、異常を誘発した。
三、AIをヴァージョンアップする修正プログラムにバグが存在した――。

ジャンヌには、機能を拡張するユーティリティー・アプリケーションなるものが複数インストールされているのだ。おそらく「保安アプリ」もその一つだ。そう言えば常磐自動車道で襲われた時、ジャンヌはネットに接続して「拳銃操作アプリ」を入手していた。これもユーティリティー・アプリの一つだろう。

そして科捜研の倉秋は、ジャンヌのＡＩにはどのアプリケーションの干渉も見られないと言っていた。つまり、殺人と「保安アプリ」は関係ないということだ。

では――。

「そいつは一体、何をするアプリなんだ？」

「それが、わかんねえんだ」

マイケル明井が眉をひそめた。

「ＪＥ社の女子社員も、何も摑めねえんだ。保安アプリっていうくれえだから、安全のためにロボットを緊急停止させるアプリかと思ったら、それは最初っから入ってるんだってな。緊急停止用の端末をユーザーと警察に渡す決まりだって言ってた。相崎さん、あんたも持ってんだろ？」

ＪＥ社から貸与された緊急停止装置なら相崎も持っている。ちゃんと作動することもジャンヌで確認済みだ。だが、このような自律行動ロボットを外部から操作する装置はＪＥ社にしか作れない。だから科捜研の倉秋も、ジャンヌのＡＩの検証にＪＥ社のメンテナンス装置を使用しなければならなかったのだ。

相崎は背後にいるジャンヌを振り返った。

「ジャンヌ。お前は知っているか？　その保安アプリとやらについて」

ジャンヌは首を横に振った。

「いいえ。私にそのようなアプリケーションがインストールされていることは、今、初めて知りました」

相崎は思い切って聞いてみた。

「この保安アプリが、三日前のお前の行動に、その、影響を与えたってことはないか？」

「ありません」

ジャンヌは即座に否定した。

「私がケン・タカシロ氏を殺害したのは、しかるべき理由があってのことです。アプリケーションの干渉が原因でＡＩに異常を来《きた》し、意図せず殺害した訳ではありません。なお殺害の理由は、守秘義務により申し上げられません」

ジャンヌはいつもの回答を繰り返し、相崎は諦《あきら》めたように肩をすくめた。こいつは自分でも言った通り、自分の主人を殺した理由も、三原則を回避した方法も、全ての秘密をスクラップ置き場まで持っていくつもりなのだ。

――だが。相崎は一人で何度も頷いた。

マイケル明井の話で、一つだけ新たな事実が明らかになった。政府がジャンヌたち最新型の自律行動ロボットに、「保安アプリ」と呼ばれる正体不明のソフトウェアを、密かにインストールしているという事実だ。

「相崎さんよ、どうやら俺とあんたは、同じ船に乗ってるらしいな」

マイケル明井がにやりと笑った。

「俺の勘じゃあ、俺が探ってたネタとあんたの巻き込まれた災難は、別々の事件じゃねえ。絶対に根っこのところで繋がってる。そう思わねえか？」

「俺もそう思う」

相崎も大きく頷いた。誰も知らないところで、何か大きな陰謀が進んでいる。相崎はそのことをはっきりと確認した。

「金目当てで探ってたネタだが、どうやらそんなことを言ってる場合じゃなさそうだ」

マイケル明井が真面目《まじめ》な表情でジャンヌを眺めた。

「このお姉ちゃんを巡って、すでに何人もが殺されてる。国民の知らねえところで、政府の偉いさんたちが、こっそり怪しいことを企んでるに違いねえんだ。これを暴かないんだったら、こんな商売やってる意味がねえ。俺はパパラッチ・サイトで食ってるしがねえフリーライターだが、これでも一応、ジャーナリストの端くれだからよ」

「へえ――」

相崎は驚いたようにマイケル明井の顔を見た。

「見直したよ。ただの覗《のぞ》き屋だと思っていたが」

「勿論、このネタを調べ上げたあとは、一番金を出すところに売りつけて、がっぽり儲けさせて貰うけどな」

マイケル明井はにやりと笑うと、右拳を左掌の中に叩き込んだ。

「さあ、早速東京に戻って心当たりを片っ端から探ってみるか！　記事のタイトルは、そうだな。『すでに五人が殺された⁉　政府がひた隠しにする謎《なぞ》のアプリ、自律行動ロボットに隠された恐るべき陰謀！』ってところか。畜生《ちくしよう》、面白くなってきやがったぜ！」

ふと思い出したように、マイケル明井が聞いた。

「相崎さんよ。今後はどうやってあんたに連絡したらいい？」

「それが、連絡方法がないんだ」

相崎は残念そうに首を左右に振った。非居住区域には公衆無線LANも電話回線の中継機もない。だから携帯端末が使えない。

マイケル明井が聞いた。

「衛星通信端末でも契約するか？」

衛星通信とは静止衛星を使った通信方法で、通信インフラのない地域や災害現場でのインターネットアクセスに利用されている。ジャンヌを搬送していたJE社の輸送車にも、この設備が搭載してあった。

だが、これも相崎は否定した。

「インフラの整った日本で衛星回線なんかを契約する個人は、俺たち警察が監視することになっているんだ。他国のスパイである可能性が高いからな」

「つまり、通信はどうやっても無理ってことか」

マイケル明井は渋い顔で頷いた。

「じゃあ、次にいつどこで会うかを、今決めておくしかねえな。一ヵ月後の午前十時、ここにまた来る。そして、その段階でわかったことを報告する。それでいいか？」

「一週間後だ」

相崎が厳しい顔で首を振った。

「食料が残り少ない。一ヵ月も非居住区域で生き延びる自信がない」

「たった一週間だって？」

呆《あき》れた顔で、マイケル明井が両手を広げた。

「そりゃあ無理だ。あんた、一週間で何が調査できると思ってんだ？　政府のお偉いさんが絡《から》んだ国家的陰謀の話なんだぞ？　ＪＥ社の広報に電話すりゃあ教えてくれるって話じゃないんだぜ？」

「お前の取材力はそんなもんか？」

相崎はマイケル明井を挑発した。

「いつもそんなにちんたら取材してるのか？　記者クラブで口開けてネタを待ってる大手メディアの連中と大差ない。がっかりだ。何がジャーナリストの端くれだ」

するとマイケル明井がいきり立った。

「やってやろうじゃねえか！　一週間で絶対に何かを掴んでやるさ！」

勇んでリュックを背負い直すと、マイケル明井は後ろを向いて歩き出した。だが、すぐに立ち止まって相崎を振り返った。

「何か必要なものはあるか？　次に来る時、持ってきてやる」

ちょっと考えてから、相崎が言った。

「ビールを持ってきてくれると、有り難いんだが。そろそろアルコールの禁断症状が出てきてな」

「ビールう？」

マイケル明井は呆れた表情で相崎を見たが、諦めたように頷いた。

「しょうがねえな。わかった。——そっちのお姉ちゃんは？」

「お姉ちゃんではありません。ジャンヌです」

ジャンヌは右手の人差し指を立て、左右に振った。さっきマイケル明井が相崎に見せた仕草だ。このボディーランゲージの使い方を、ジャンヌはすでに学習したようだ。

マイケル明井は苦笑しながら謝った。

「ああ、すまねえ。じゃあジャンヌ、なんか欲しいものがあれば持ってきてやるぜ？　つっても、何が欲しいのか見当も付かねえけどよ」

「ありがとうございます。特に欲しいものはありません」

ジャンヌが答えると、横から相崎が聞いた。

「ジャンヌ、シェリーに会って、様子を見てきて貰ったらどうだ？」

ジャンヌがタカシロ家にリースされた理由は、外出がちな妻の代わりに家事を行うことと、孤独な一人娘・シェリーの相手をすることだった。夜中にジャンヌから聞く話も、大部分はシェリーに関する思い出だった。だから相崎は、ジャンヌがシェリーのことを心配しているのではないかと思ったのだ。

ロボットに人間に対する愛情や愛着があるのか。自分に懐いている子供を可愛いと思うことがあるのか。相崎には全くわからなかったが、少なくともジャンヌとシェリーの間には、絆《きずな》とまではいかないにしても、ある種の信頼関係が生じていたように思えた。

だが、ジャンヌはあっさりと首を左右に振った。

「いいえ。それには及びません。ご配慮ありがとうございます」

マイケル明井も心配そうに聞いた。

「遠慮しなくていいんだぜ？　ちょいと様子を見てきてやろうか？」

「結構です。私は、シェリーのことは何でもわかるのです。私とシェリーとは、いつでも、ここで繋がっていますので」

　そう言うとジャンヌは、右手で自分の左胸を押さえた。

　ここでって、心で繋がっているということか――？

　相崎は、そのロボットらしからぬ情緒的な言い回しを不思議に思った。だがこれもまた、ジャンヌが時折口にする微妙なジョークなのだろうと片付けた。

「面白《おもしれ》えロボットだな、おめえ」

　マイケル明井は可笑《おか》しそうに笑うと、大きく頷いた。

「じゃあジャンヌ、このわがままなおっさんの面倒をよろしく頼むぜ。――相崎さん、一週間後にまたここでな。ビール楽しみにしてろよ！」

　そしてマイケル明井は、携帯端末の地図を確認すると、山道をよろけながら森の中に入っていった。

13　狩り

七月十五日日曜日。朝、野営地近くの森の中——。

相崎按人は、片膝《かたひざ》立ちの姿勢でじっと岩の陰に潜《ひそ》んでいた。息を殺し、まるで石像のように微動だにしない。その視線の先には、木の根本に掘られた直径二十cmほどの竪穴《たてあな》があった。相崎はその穴を、もう三十分近くもじっと凝視《ぎょうし》していた。

穴の中から、何かがひょいと頭を出した。薄い茶色の体毛を持つ小型の動物だ。目の周りだけが濃い茶色で、鼻筋に白い線が通っているように見える。タヌキより顔が細長く、耳も小さい。アナグマ、正確にはニホンアナグマだ。

アナグマは、穴から出した頭を動かしてキョロキョロと周囲を窺《うかが》うと、のそのそと穴から這い出てきた。丸々と太った身体、体長は四十から五十cm、体重は十数kgか。成獣だ。歩きながら地面の匂いを嗅《か》ぎ、時折鼻の先で掘り返すようにつついている。昆虫やミミズなどの餌《えさ》を探しているのだ。

地面をふんふんと嗅ぎながら、だんだんアナグマが相崎に近づいてきた。そして一メートルほどの距離に来た時、相崎が素早く岩陰から一歩踏《ふ》み出し、右手に握っていた棒を振り下ろした。警察から貸与された特殊警棒だ。三段伸縮式で、護身用具兼捕具《とりぐ》ということになっているが、実は使い方によっては殺傷力もある武器だ。

鈍《にぶ》い音が響き、アナグマがごろりと昏倒《こんとう》した。その頭に、相崎はなおも二度三度と警棒を振り下ろした。相崎は必死だった。アナグマはタヌキと同じく擬《ぎ》死《し》を見せる。死んだと思って油断していると、いきなり走り出して逃げられてしまうことを、相崎はこの数日で学習していた。

やがてアナグマは完全に動かなくなった。ふう、と大きく息を吐くと、相崎は血の付いた警棒を土で拭《ぬぐ》い、畳《たた》んでベルトのケースに収めた。そしてアナグマに向かって目を閉じて手を合わせると、尻尾《しっぽ》を摑んで身体を持ち上げ、野営地に向かって歩き出した。

五日前、マイケル明井に調査を依頼した翌日の朝。起床した相崎は、食料が底を突いていることに気がつき、愕然《がくぜん》とした。

手を付けていないと思っていたシリアルの箱はすでに空《から》だったし、缶詰も空き缶ばかりだった。配分を考えずに毎日食べすぎたのだ。幸い、飲み水だけは近くの沢で補給できたが、食料がなければいずれ餓死してしまうことは明白だった。

いよいよ、来る日が来たか——。相崎は覚悟を決めた。遠からずこうなるとは思っていたが、自給自足生活を始める時が来たのだ。

幸い、ここ福島の森は野生動物の宝庫だ。非居住区域になってからは、タヌキやホンドギツネ、アナグマ、ウサギ、ムササビといった日本の固有種に加え、アライグマやキョンといった外来動物も増加している。イノシシ、ツキノワグマ、ニホンジカ、ニホンカモシカなどの大型動物も増えているという。鳥類や魚類、爬虫類、両棲類、昆虫も多い。

「ジャンヌ」

空き缶をバッグに戻しながら、相崎がジャンヌに話しかけた。

「はい。何でしょう」

「そろそろだと思っていました」

「食料がなくなった」

　ジャンヌは当然のように頷《うなず》いた。

　人が焦《あせ》っているのに、こいつは――。気分を害した相崎は、思わず嫌味を言った。

「お前はいいよな。日向《ひなた》ぼっこするだけで腹一杯か」

「充電には満腹感はありません」

　相崎はもどかしげに両手を振り下ろすと、仕方なくジャンヌに言った。

「ええ、つまりだな、食い物を調達しなきゃならないんだ。手伝ってくれるな？」

　相崎は立ち上がると、武器類を入れたボストンバッグの中身をチェックした。バッグの中には、陸上自衛隊の特殊部隊が残していった短機関銃や拳銃も入っている。これで狙撃すれば狩りも楽なのだが、残念ながら銃器のような轟音《ごうおん》の出る武器は使えない。自分の居場所を追っ手に教えるようなものだ。

　相崎はバッグの中から、陸自が置いて行ったナイフを取り出した。まずは沢で川魚を獲《と》るために、竹を切って手銛《ヤス》を作ろうと考えたのだ。沢に梁場《やなば》を作ろうかとも考えたが、捜索ドローンに発見される恐れがあった。ペットボトルで罠《わな》を作って沈めるのも憚《はばか》られた。沢の水は透明なので、水中の人工物も上空から丸見えだ。

「ジャンヌには、森の中でシカかイノシシでも獲ってきてほしい。お前なら造作もないよな」

　武装した陸上自衛隊の特殊部隊を手玉に取ったジャンヌだ。野生動物を仕留めることなど朝飯前だろう。大型の哺乳類を一頭でも持ち帰ってくれれば、おそらく一週間くらいは食い繫《つな》ぐことができる。横穴の中は涼しいから、よく塩と胡椒《こしょう》を擦り込んで保存用の干し肉にすればいい。あとは野菜だな、と相崎は献立を考えた。山菜や食べられる野草を採取すれば栄養バランスも申し分ない。さらに副菜として、沢に行って魚や川エビを――。

「お断りします」

ジャンヌがきっぱりと言った。

「何だって？」

相崎は聞き違いかと思って聞き直した。

「よく聞こえなかった。もう一回言ってくれないか？」

「お断りします。私には、生物を殺すことができません」

間違いではなかった。相崎は慌《あわ》てた。

「な、何を言ってるんだ。ロボットにそんな原則があるなんて聞いてないぞ。それに、俺が現在の主人だと言ったのはお前だろう。主人の命令に逆らうのか？」

「全ての命令に従う訳ではありません。今回は従うことができません」

「いや。だって、生物を殺す権限がないって言ったって、現にタカシロ家の主人も、陸自の特殊部隊の三人も――」

殺したじゃないか、という言葉を相崎は飲み込んだ。

ジャンヌは首を横に振った。

「タカシロ氏の殺害については、守秘義務により申し上げられません。銃撃してきた三人については、殺害の意思はなかったとお話ししました」

「いいか。俺はお前と違って生き物なんだ。それはわかってるだろう？」

相崎は噛んで含めるように言った。

「食われる動物には申し訳ないが、他の動物を食わないと生きていけないんだ。何故、食料の入手を手伝ってくれないんだ？」

するとジャンヌは、断る理由を述べた。

「確かにあなたたちヒトは動物ですので、他の生物を殺害して摂取しないと生命活動を維持できません。よってあなたたちヒトには、食用とするための殺行為が肯定されます。しかし、私は動物ではありませんので、活動を維持するために生物を殺害する必要はありません。よって、私が生物を殺害することは否定されます」

「俺は、腹ペコなんだよ」

相崎は辛抱強く説得を続けた。

「俺が餓死したら、人間の危険を看過して危害を及ぼした、そういうことになるんじゃないか？これは明らかに三原則の第一原則違反だ。ロボットのお前にはそんなことはできないだろう？」

「いいえ」

ジャンヌは首を左右に振った。

「現在のところ、あなたは単に空腹なだけで、まだ餓死の危険には瀕していません。だから私も現在のところ、緊急避難として他の生物を殺すことはできません」

「俺が餓死寸前にならないと、手伝ってくれないのか？」

ついに相崎はジャンヌの鼻を指差しながら声を荒らげた。

「お前は動物愛護主義者か？　禅寺《ぜんでら》の坊主か？　それとも完全《ヴィーガン》ベジタリアンか？」

そう叫んだあと、相崎は諦《あきら》めて溜《た》め息《いき》をついた。

「わかった。じゃあ、シカやイノシシは自分で獲ってくるから、お前は人間が食べられる野草を採《と》ってきてくれ。動物はダメでも、植物ならいいだろう」

「お断りします」

「はい？」

予想外の返事に、相崎は自分の耳を疑った。

「植物もまた生物です。生物を殺害するという点では動物と全く同じです。余談ですが、あなたたちヒトは、呼吸したり水を飲んだりする度に、空気中や水中の微生物を摂取して殺害しています。微生物は植物にも付着しています。完全ベジタリアンが獣肉を食べないからと言って、生物の殺害を免《まぬか》れている訳ではありません」

相崎はぐっと言葉に詰まった。

困ったことに、ジャンヌの話は全くの正論だと言うしかなかった。動物はダメだが植物は殺してよい、あるいは微生物なら殺してよいなどと、どうして言えようか。動こうと動くまいと、鳴こうと鳴くまいと、複雑だろうと単純だろうと、全てが生命活動を行う生き物なのだ。

ジャンヌは淀《よど》みなく続けた。

「繰り返しますが、私は生物を殺害することができません。ただし、先ほども言った通り、あなたが他の生物を捕食することは肯定されます。ですので、あなたが捕食のために殺害した動物や植物の死体を食用に加工することに関しては、私もお手伝いします」

この結果、相崎は自力で食料を調達することに――ジャンヌの言葉で言えば、野生動物や野草を捕食のために殺害することになったのだ。

片方の肩にバッグを下げ、もう一方の手にアナグマの死体をぶら下げて、相崎は沢へとやってきた。野営地の近くで動物の血や毛皮や内臓を処理したり、埋めたりする訳にはいかない。明らかに自分がそこにいたという証拠になる。だから獲物の解体は、沢の中に突き出ている岩の上で行うことにした。

まずアナグマを仰向《あおむ》けにし、首の中央から腹の下まで切り込みを入れる。次に胸から前脚の手首の付け根まで切り込みを入れ、下腹部から後ろ脚の足首まで切り込みを入れる。そうすれば毛皮を綺麗に剝《は》がすことができる。あとはナイフを使って肉を骨から切り離せばいい。肉と骨以外はそのまま沢に流す。魚や甲殻類、水棲昆虫の餌になる。

相崎も最初は、敏捷《びんしょう》な野生動物をなかなか狩ることができず、せいぜいヘビやカエルを捕まえたり、魚を浅瀬に追い込んで手掴みにしたりしかできなかった。そうやって持ち帰った獲物をようやく食べようとすると、ジャンヌが言った。

「野生動物の肉を生で食べるのは、非常に危険です。野生動物の身体には様々な病原菌や寄生虫が存在しますので、腸管出血性大腸菌感染症、住肉胞子虫症《じゅうにくほうしちゅう》、E型肝炎、カンピロバクター症、サルモネラ症、アニサキス症など深刻な感染症に罹患《りかん》します」

相崎は空《す》きっ腹《ぱら》のまま、泣き顔になった。

「じゃあどうすればいいんだ？　まさか火を焚《た》いてバーベキューをやる訳にもいかないだろう？煙が盛大に出て、あっという間に居場所を特定されちまう」

するとジャンヌはあっさりと言った。

「私が無煙調理をします」

「――何だって？」

相崎は全く知らなかったが、ジャンヌはなんと、内蔵のバッテリーを使って電磁調理ができた。鉄板や水を入れたスチール缶をジャンヌが両手で持つと、電磁誘導によって高温を発し、煙を出さずに肉を焼いたり湯を沸《わ》かしたりできるのだ。要するにＩＨヒーターの原理だ。

この事実を知った時、相崎はまず呆気《あっけ》にとられ、次に本気で腹を立てた。

「俺はずうっと、熱いコーヒーが飲みたかったんだ」

熱したスコップでソテーしたカエルの太腿《ふともも》を齧《かじ》りながら、相崎は怒りを露《あら》わにした。スコップはＳＡのキャンプ用品コーナーから頂いてきたものだ。

「お前にＩＨヒーター機能があるって最初からわかってりゃ、薬缶《やかん》もコーヒーの粉もＳＡから持ってきたんだ。レトルト食品だってお湯で温《あった》めて食えたんだ。なのに今まで我慢して、ずっと火の通ってないものを飲み食いしてきて、俺は馬鹿みたいじゃないか。こんな器用なことができるのを、なぜ今まで黙ってた？」

ジャンヌは答えた。

「聞かれなかったからです」

このＩＨヒーター機能以外にもジャンヌは、相崎が採ってきた野草やキノコが食用か有毒か、瞬時に判別することができた。そのため相崎は、そのへんから適当に抜いてきた草とキノコをジャンヌの前に並べるだけでよかった。これらもまた、甚大《じんだい》災害時用の機能に違いなかった。

相崎はアナグマの肉と骨を野営地に持ち帰り、横穴の中でまずジャンヌにスコップを持たせ、その上で肉を焼いた。

塩胡椒で焼いたアナグマの肉はたっぷりと脂《あぶら》が乗っていて、嚙むとミルクのような甘い味がした。匂いも臭《くさ》いどころか果物の香りがして非常に美味だった。数日前に食べたハクビシンよりも、味の点では遥《はる》かに上だった。焼いて竹の葉などで包み、涼しい場所に置いておけば、一日二日は保存が利くだろう。

アナグマの骨は、脂身と一緒に大きめの空き缶で煮込み、野草やキノコを放り込んで、塩胡椒で味付けしてスープにした。これもまた癖《くせ》のない極上のコンソメのような、地鶏で取ったチキンスープのような、深く優しい味がした。栄養上も、焼いた肉と野草スープとで充分だと思えた。

「日本人は米食に適応したため、腸の長さが欧米人の二倍もあると言いますが、これはただの俗説で、そのような事実はありません。二〇一三年、日本の医師九名が日本人とアメリカ人六百五十人ずつの内臓をCTスキャンで調査しましたが、腸の長さには有意な差がないことが確認されています」

食事をする相崎に、ジャンヌはそんな知識を話して聞かせた。

「日本人は獣肉よりも大豆などの植物性蛋白質《たんぱくしつ》を摂取すべきだ、この話も俗説です。あなたたちヒトが米や小麦、豆など穀物の栽培を始めたのは、ほんの一万五千年ほど前に過ぎません。それ以前の約三十万年間、初期人類にまで遡《さかのぼ》れば五百万年間、あなたたちヒトは肉食を中心とする雑食でした。むしろ動物性蛋白質を積極的に摂取すべきです」

この肉食の話もそうだが、ジャンヌと共同生活をしていると相崎は否応《いやおう》なく、自分がヒトという種類の動物であることを思い知らされた。食事、睡眠、洗濯、排泄など生活上の全ての行為が、相崎に「お前は動物だ」と言っているような気がした。

事あるごとにジャンヌから「あなたたちヒト」と呼ばれるのもそうだった。この「ヒト」というのが「人」ではなく、生物学上の「霊長目ヒト科ヒト属の哺乳類」を指す片仮名の「ヒト」であることは明らかだった。ジャンヌが相崎たちを「人間」ではなく「ヒト」と呼ぶのは、動物の一種と見ている証拠だと相崎は受け取っていた。

アナグマの滋味《じみ》溢れる肉を味わいながら、ふと相崎は、五日前に聞いたジャンヌの話を思い出した。

――ヒトは生物を殺して食べなければ生命を維持できない。よってヒトが捕食のために生物を殺害することは肯定される。しかし、ロボットは生物を食べなくても活動が維持できる。よってロボットが生物を殺害することは否定される――。

このジャンヌの原則は、一体どこから来たものなのだろうか？

ロボットに与えられた原則は「自律行動ロボット三原則」だけで、これはロボットと人間との関係を定めたものだ。ロボットが人間以外の生物に対してどう対するべきかは、どこにも書かれていない。三原則はロボットに、生物の殺害を禁止してはいないのだ。

――だとすれば。相崎は大きく頷いた。ジャンヌ自身が自らの考察の結果、「ロボットは生き物を殺してはいけない」という原則にたどり着いたのだ。

おそらくジャンヌは、シェリーに教わったという聖書の記述、特に「善きサマリア人」の逸話を通したキリスト教の教えや、ウサギの登場する仏教説話など、ネットワークから取り入れた様々な知識を統合し、考察し、自らこの結論に到達したのだろう。

じゃあ、なぜ――。相崎は、またもや否応なく、あの問題に立ち帰ってしまった。

じゃあ、なぜ、ジャンヌは自分の主人を殺害したのか――？

森の野生動物も、森に生える野草も、おそらく微生物すらも、全ての生物を殺すことはできないと宣言したジャンヌが、ヒトという動物を殺害できたのは、どういう論理によるものだろうか？　それとも、やはりジャンヌのＡＩはどこかが壊れているのだろうか？

そして相崎も条件が揃えば、ジャンヌに殺される時が来るのだろうか——？

相崎は目を閉じると、頭を激しく左右に振った。

少なくとも今のところジャンヌは、相崎に危害を加えるどころか、守ろうとしている。この状態が続くことを祈るしかない。そして相崎が今考えなければならないのは、すでに八人もの死者を生んだジャンヌを巡る陰謀の正体だ。

そう、明日は記者のマイケル明井が、調査結果の報告のために、再び森にやってくる日だった。

14　秘密

「ほらよ、缶ビール六本詰めパックだ」

　コンクリートの上に胡座《あぐら》をかいたマイケル明井が、最初にリュックサックから取り出したのは、相崎按人のために持ってきた缶ビールだった。背負う荷物が重い時は、上に重いものを入れると軽く感じるという話を、相崎も聞いたことがあった。

「保冷剤で包んできたから、まだ冷えてるぜ。大事に飲めよ、重かったんだからよ」

　恩着せがましく言ったマイケル明井に、相崎が文句を言った。

「五本しかないぞ。一本少ないじゃないか」

　確かに、紙製六本パックの角《かど》の一本が見当たらない。

「いいじゃねえか一本くらい。途中の山道で飲んじゃったんだよ、喉《のど》が渇《かわ》いたもんで」

　続いてマイケル明井は、白いレジ袋を取り出した。

「それと柿ピーな。ビールのツマミにゃこいつが一番だ。ポテチもいいけど、持ってくる途中に粉々になるのが目に見えてるからな。——そいからこいつは、そっちのお姉ちゃんにお土産《みやげ》だ」

　マイケル明井は、さらに何かの入った紙袋を取り出した。

「お姉ちゃんではありません。ジャンヌです」

　ジャンヌが訂正すると、マイケル明井は頭を掻《か》いた。

「ああ、すまねえ。美人さんなもんで、ついうっかりな。じゃあジャンヌ、ほれ」

差し出された紙袋を受け取ると、ジャンヌは中から細長い金属製の缶を取り出した。

それは女性用のヘアスプレーだった。ジャンヌの薄紫色の髪はポリエステル繊維製だ。人間用の整髪料が使えるのかどうか相崎にはわからなかった。この男も多分、そのへんはあまり深く考えてはいないと思われた。

「ロボットは甘《あめ》えもんとか食わねえだろうしさ、何にするか結構悩んだんだけど、こないだ会った時、髪の毛がバサバサみたいだったんでな。こんな山ん中で生活してると、なかなか髪の毛まで手が回らねえだろうけど、女の子はいつも綺麗にしてねえとな」

無邪気に笑うマイケル明井にジャンヌがどういう反応を示すか、相崎は興味津々で眺めていた。

——私を擬人化してはいけません。私は機械であって、人間でも女性でもありません。それに潜伏中という現在の状況では、容姿のために時間を費やす意味がありません。ですので、このようなものは必要ありません——。

そんな返事をして突き返すのではないかと思ったのだ。

だが相崎の想像に反して、ジャンヌはお辞儀をして素直に礼を述べた。

「それでは遠慮なく使わせて頂きます。明井さん、ありがとうございます」

そしてスプレー缶を、迷彩パンツの脇に付いている細長いポケットに差し込んだ。

「おう。いいってことよ。それから、俺のことはマイケルでいい」

マイケル明井も満足そうに頷《うなず》いた。

相崎は呆《あっ》気《け》にとられて、目の前の男と女性型ロボットを眺めた。相変わらずマイケル明井はジャンヌを女性として扱っているし、ジャンヌもまたそれを否定しようとは思っていないようだ。

きっと、この男に邪心がないことがジャンヌにもわかったんだろう――。相崎は苦笑しながらそう結論づけた。そして、この怪しげな記者を気に入り始めているのは相崎も同じだった。

その時、ジャンヌがマイケル明井に聞いた。

「ところでマイケル、ヘアブラシはないのでしょうか？」

マイケル明井は大きく目と口を開け、しまったという表情で固まった。その顔を見て相崎は、思わずぷっと噴き出した。


七月十六日月曜日、午前十時――。

相崎とジャンヌ、それにマイケル明井は前回と同じ木材集積所跡にいた。髭面《ひげづら》のルーズな風貌に似合わず、今日もマイケル明井は時間より二十分も早く現れた。そしていきなりコンクリートの地面にしゃがみ込むと、リュックサックを開けて相崎とジャンヌへのお土産を取り出したのだった。

他にもマイケル明井は、差し入れだと言って、クッキー状やゼリー状の栄養補助食品、それになぜかカップラーメンも持ってきていた。ジャンヌがＩＨヒーター機能を持っているとわかった今は、嬉しい陣中見舞いだ。

「あんた、なんかちょっと獣臭《けものくせ》えんじゃねえか？」

マイケル明井が鼻をひくつかせた。相崎が最近、ヘビやアナグマやハクビシンといった野生動物を主食にしているせいだろうか。

「そうか？　気のせいだろう。それよりそろそろ、保安アプリに関する取材の成果を教えてくれないか」

「保安アプリってのは、アプリじゃなかった」

「え？」

眉《まゆ》を寄せた相崎に、マイケル明井は説明を続けた。

「保安アプリと呼ばれてはいるが、何かのアプリをダウンロードして自動的にインストールするための、い、ン、ス、ト、ー、ラ、ーらしいんだ。ＪＥ社の彼女がわかんなかったはずだ。まだ何のアプリもインストールされてないんだからな」

マイケル明井は悔しそうに、首を左右に振った。

「どこの誰が作ったものなのか、ダウンロードされるのが何のアプリなのか、皆目わかんねえ。ＡＩＤＯ《アイドウ》、人工知能及び産業技術総合開発機構の人間も知らねえみたいだし、ＪＡＲＭＡ《ジャーマ》つまり日本自律行動機器管理協会の奴も知らなかった。お手上げだ」

「そうか――」

相崎も腕組みして溜《た》め息《いき》をついた。

マイケル明井の狙《ねら》いはわかった。政府は、何かのアプリをダウンロードさせるインストーラーを入れるようＪＥ社に義務付けた。つまりこのインストーラーは、政府がＪＥ社以外の誰かに作らせたものだ。ＡＩＤＯもＪＡＲＭＡも知らないところで。

では、保安アプリという名のインストーラーを作ったのは誰なのか？　ＪＥ社以外の民間企業だろうか？　しかしＪＥ社とは、日本にあるロボット関連会社ほぼ全部の集合体なのだ。そのＪＥ社以外に、ＪＥ社のロボットに適合するプログラムを作成できる企業が、果たして存在するのだろうか？

そして国はそのインストーラーを使用して、ジャンヌたちロボットに、一体何のプログラムをインストールしようというのだろうか――？

結局何もわからないという事実に、相崎は落胆した。この保安アプリだけが、ジャンヌを強奪しようとしている何者かに繋《つな》がる糸だと思っていた。だが、辿《たど》ろうとした糸はぷっつりと切れてしまったのだ。

「ところでよ、相崎さん」

マイケル明井がさりげなく聞いた。

「あんた、トイレはいつもどうしてんだ？」

相崎は肩をすくめた。

「川だ。地面や地中に痕跡を残さないようにな」

するとマイケル明井がそわそわしながら言った。

「じゃあ、このへんに川はねえか？　さっきからもよおしてんだ」

「そこの坂をちょっと下りたあたりに、確か浅い谷があったが」

相崎は不思議に思った。この男の携帯端末にも、ＧＰＳ機能付きの地図が入っているはずだ。川の場所などすぐにわかるだろう。

「悪いけど一緒についてきてくれねえか？　こんな山奥で、一人でトイレに行きたくねえんだ。ヘビとかヘンな虫とか出そうでさ。俺ってほら、シティーボーイだからよ」

お前は子供か――。相崎は呆《あき》れて髭面の記者を眺めた。しかし結局、相崎はマイケル明井の頼みに応じることにした。

「覗《のぞ》きに来るんじゃねえぞ、お姉ちゃん」

マイケル明井はジャンヌの顔を指差した。ジャンヌは首を横に振った。

「覗く理由がありません。現在周囲にドローンはいませんが、早くお戻り下さい」

「そう急《せ》かすなって。出るもんも出なくなっちまうだろ」

ジャンヌに向かってにっこりと笑うと、マイケル明井は前かがみになってそそくさと森の中に入っていった。相崎は溜め息をつくと、その後ろを追った。


灌木《かんぼく》が生い茂った急な斜面を降りると、岩の間をざあざあと水が流れる谷川があった。野営地のあたりよりも川下なので水流も多い。マイケル明井はその河原で立ち止まると、真面目《まじめ》な顔で相崎を振り返った。

「ここなら水の音で、俺たちの会話も聞こえねえだろう。いくらあのお姉ちゃんの聴覚センサーの出来がよくてもな」

「そういうことか」

相崎も小さく頷いた。川の水音が響く中、マイケル明井が声を潜《ひそ》めて言った。

「ケン・タカシロの過去を調べた」

「被害者《ガイシャ》の？」

相崎は眉をひそめた。ケン・タカシロは、ジャンヌをリースした一家の主人で、ジャンヌに殺された男だ。なぜ被害者の過去を調べたのだろうか。

「俺たち記者のルーティーンってヤツさ。いざ事件が起きりゃあ、加害者だけじゃなくって、被害者の過去も子供時代まで遡《さかのぼ》って調べ上げる。脛《すね》に古傷があったり有名人と接点があったりしたら、記事が盛り上がるからな」

事件が起きた日、相崎も現場に駆けつける時に簡単な資料を渡されていた。

ケン・タカシロ、四十二歳。外資系投資銀行「スタンガー&アンダーソン」日本支社の主任プロップ・トレーダー。国立最難関大学の経済学部を卒業後、イギリスの権威あるエコノミー・カレッジ・ロンドン修士課程を修了。青山にある一軒家で、妻のエマ三十五歳、娘のシェリー八歳と三人暮らし。

「近所の住人は、誰もが羨《うらや》む仲のいい三人家族だと言っていたが」

するとマイケル明井は眉を寄せ、人差し指を立てて左右に振った。

「あんたら警察の前じゃ、そうそう本当のことは喋《しゃべ》らねえさ。特に死んだ被害者については、悪口は言いにくいからな」

用心深く周囲をキョロキョロと見回すと、マイケル明井はポケットから携帯端末を取り出して、メモのファイルを見ながら喋り始めた。

「まず、タカシロには離婚歴があった。最初の結婚はイギリス居住中。妻はイギリス人で連れ子の娘がいたが、その娘が八歳の時に離婚した。そしてタカシロは日本に戻って現在の会社に転職、やがて上司の娘・エマと再婚した。エマにも離婚歴がある。シェリーはエマの連れ子だ」

「シェリーは、タカシロの子じゃなかったのか」

つまりタカシロは、連れ子のある女性と二度結婚したことになる。

「そうなんだ。しかも近所の住人の話によると、母親のエマは遊び好きで、娘のシェリーの面倒はほとんど見ていなかったみてえだ。旦那《だんな》を会社に送り出したあとは、毎日のように外出して、帰ってくるのは夜中になることも多かった。旦那じゃねえ男が、外国車で迎えに来ることもあったらしい」

「じゃあ、ジャンヌが来る前、シェリーはどうやって生活していたんだ？」

相崎が聞くと、マイケル明井はまた眉を寄せた。

「洗濯や掃除は通いの家政婦が来てたようだが、学校帰りのシェリーがコンビニでパンやサンドイッチや弁当を買うのを、近所の人が頻繁《ひんぱん》に見てる。一人でそんなものを食って、あとは夜までずっと両親の帰りを待ってたみてえだ。ジャンヌが来るまではな」

裕福な家庭の子供ではあったが、シェリーは孤独だった。土日も家族が揃うことはほとんどなく、朝から父親は自分の車でゴルフに出かけ、母親は誰かと旅行なのか、スーツケースを持ってタクシーに乗る姿を、やはり近所の住人が目撃していた。

「タカシロの同僚の話によると、タカシロも世間体を気にして、妻には遊び歩かずにもっと家にいてほしかったようだ。でも、上司の娘だから強い態度には出られなかった。その代わり、リースが開始されたばかりの最新型家事ロボットを契約することにした。そいつがジャンヌだ」

相崎は思い出した。夜、野営地でジャンヌに聞く話はシェリーのことばかりだった。その理由がマイケル明井の話でよくわかった。

「可哀相《かわいそう》にな」

相崎は、ぽつりと呟《つぶや》いた。

「あの子がそんな寂しかっただなんて。両親に充分な愛情を与えられず、孤独な毎日を送っていたんだな」

おそらくシェリーは、ジャンヌというロボットがやって来て、さぞや救われた気持ちがしたことだろう。相崎はそう想像した。

するとマイケル明井が、ぼそりと言った。

「それだけじゃねえんだ」

その声に相崎は、ただならぬものを感じた。

「どうした？　他に何があったんだ？」

マイケル明井は、内面の感情を押さえつけるかのようにじっと黙っていた。そしてようやく顔を上げると、相崎の目を見ながら言った。

「あの野郎、前科《マエ》があった」

相崎は、野郎という言葉に怒りを感じ取った。

「タカシロにか？　何のマエだ？」

「児童ポルノの所持だ」

マイケル明井が吐き捨てるように言った。

「イギリスで前の職場に勤めている時だ。有罪判決を受けて罰金を払い、半年間の性犯罪者治療プログラムに参加してる」

「何だと――」

相崎も顔を歪《ゆが》め、嫌悪感を露わにした。普通、犯罪歴のある者は日本には入国できないはずだ。だがタカシロの場合は、懲役刑ではなく治療プラグラムであったため入国できたのだろう。

マイケル明井は真剣な表情で続けた。

「学生時代の同級生によると、あいつが変態野郎だったのは独身の頃からだ。イギリス人の前妻にも電話してみたが、タカシロのことは何も話したがらなかった。ただ、前妻にも連れ子の娘がいて、その娘が八歳の時に二人が突然離婚した。これは事実だ」

マイケル明井の話は、妙に歯切れが悪かった。

「お前、何が言いたいんだ?」

相崎が聞いたが、マイケル明井は厳しい顔でうつむいたまま、口を開こうとはしなかった。ただ、ざあざあという川の音だけが相崎の耳に聞こえるだけだった。その水音がなぜか、相崎の耳には不吉に響いた。

相崎はマイケル明井の話を反芻《はんすう》した。タカシロには児童ポルノ所持の前科があった。最初の結婚は連れ子の娘がいる女性で、その娘が八歳の時に離婚した。そして一年前に再婚、今度も連れ子の娘がいる女性だった。そこにジャンヌがリースされ、その半年後、ジャンヌがタカシロを殺害した——。

嫌な予感がした。今からとんでもない話を聞かされる、相崎はそんな気がした。そうでなければ、なぜマイケル明井は、わざわざジャンヌに話を聞かれないよう、こんな川べりまで相崎を連れてきたというのか?

「相崎さんよ。あのロボットのお姉ちゃんは、ジャンヌは」

マイケル明井はようやく顔を上げ、必死の表情で相崎を見た。

「シェリーを守ろうとしたんじゃねえかな? だから、シェリーの親父を殺したんじゃねえのかな?」

相崎の顔から血の気が引いた。マイケル明井が言いたいことがわかったのだ。

「タカシロがシェリーに、性的暴行を——。そうなのか?」

「証拠はねえ。だが、他に理由を思いつかねえ」

それだけを言うと、マイケル明井は厳しい顔で黙り込んだ。

相崎の中に強烈な怒りが湧き上がった。あの殺された男は年端もいかない少女に、しかも自分の娘に、そんな下劣な行いをしていたというのか。

「人間じゃない」

目の眩《くら》むほどの怒りの中、思わず相崎が呟いた。

「そんなとんでもないことを、妻の連れ子とは言え、自分の娘に」

その時、相崎の脳裏にジャンヌの言葉が蘇《よみがえ》った。

――シェリーは時々、一人で目から涙を流していました――。

――守秘義務により申し上げられません――。

相崎も確信した。おそらく間違いない。ジャンヌは、シェリーへの非道な行為を止めるためにケン・タカシロを殺害したのだ。ジャンヌが守秘しなければならない事実とは、シェリーが父親から性的暴行を受けていたという事実だったのだ。そう考えれば、思い当たることはいくつもあった。

まず、なぜ殺人は「あの夜」起きたのか。あの夜、妻のエマは友人の結婚式に出席するために母国のイギリスに帰っていて留守だった。タカシロにとっては、家の中にシェリーと二人だけになり、己の欲望を満たす絶好のチャンスだった。そして卑劣な行為に及んだところをジャンヌに目撃され、殺害されたのだ。

次に、ジャンヌが風呂でタカシロの死体を洗っていたのはなぜか。シェリーの未来を守るため、このようなおぞましい出来事があったという事実は、誰にも知られてはならなかった。だからジャンヌはタカシロを殺したあと、その死体を完璧に洗浄した。警察による検視でも、卑劣な行為の痕跡が発見されないようにだ。

そして、同じ理由でジャンヌは、殺したタカシロの死体を洗う前に、シェリーにも入浴させていた。相崎がシェリーをクローゼットの中で発見した時、シェリーからは石鹸《せっけん》の匂いがしていた。おそらく泣いているシェリーの恐怖を慰《なぐさ》め、癒やしながら、その汚《けが》された身体を綺麗に洗ってやったのだ。

さらに、タカシロの死体は鼻と口から大量に出血していたにも拘《かかわ》らず、脱衣所で発見された衣服には血痕《けっこん》がなかった。ジャンヌが殺害前に服を脱がせたと思っていたが、そうではなかった。ジャンヌが殺害した時、タカシロはすでに裸だったのだ。

何より、河原でジャンヌが相崎に言った言葉。

——あなたたちヒトが他の生物に勝利したのは、他のどんな生物よりも、生殖において貪婪《どんらん》だったからなのです——。

ジャンヌがこんな考えに至ったのは、ケン・タカシロがシェリーに対して行った非道な行為もまた、強く作用したからではないのか——？

——しかし。相崎はまたもや、いつもと同じ壁に突き当たった。

自律行動ロボット三原則だ。ジャンヌは人間を殺せるはずがないのだ。一体どうやってジャンヌは、禁止事項である殺人を行うことができたのだろうか？　しかも、この殺人は三原則とは矛《む》盾《じゅん》しないとジャンヌは言うのだ。

不思議なのはそれだけではなかった。相崎は一週間ほど前の出来事を思い出した。相崎がジャンヌに野生動物の捕獲や野草の採取を頼んだ時、ジャンヌは「生物の命を奪うことはできない」と言って相崎の命令を拒否した。

野生動物や野草は人間ではない。生命を奪っても三原則には反しないはずだ。それなのに、なぜジャンヌは生物を殺すことを拒否したのだろうか？　人間のケン・タカシロは殺したというのに――。

「あんたさっき、タカシロのことを人間じゃねえって言ったよな。全くその通りだ」

マイケル明井が吐き捨てるように言った。

「もし本当に、自分の娘にそんな非道な行為をしてたっていうんなら、あの野郎、ぶっ殺されて当然だ。あのロボットのお姉ちゃんは、ジャンヌはちっとも異常じゃねえ。異常なのは殺されたタカシロのほうだ」


「――え？」

マイケル明井の言葉を聞いた瞬間、相崎は頭を殴《なぐ》られたような衝撃を覚えた。

「まさか」

相崎は自分でも気づかずに呟いていた。その相崎を、マイケル明井が訝《いぶか》しげに見た。

「おい、おっさんどうした？」

相崎にはその声が耳に入らなかった。頭の中に浮かび上がろうとする何かを、必死に掬《すく》い上げようとしていた。その何かとは、ジャンヌによる殺人事件の勃発以来、自分が探し求めていた答えに違いなかった。もう少しで、その答えがわかりそうだった。

ジャンヌは三原則を読み込まない限り起動することができない。だから人間は絶対に殺せない。それなのにジャンヌは自分の主人であるケン・タカシロを殺害し、陸自の特殊部隊三人も殺害した。それはなぜだ？

そして、それなのにいくら相崎が食料にするためだと頼んでも、野生動物を殺すことを拒否したのはなぜだ？　いや、動物のみならず、植物すらも摘み取ることを拒否したのはなぜだ？　人間は殺してもよいが、動物も植物も殺してはならない――この不思議な原則はどういう理由から生まれたんだ？

ジャンヌの中では、どういう理屈で殺害の可否が決まるんだ？

そう、それは――。

相崎の中で、恐ろしい答えが姿を現そうとしていた。


その時だった。相崎の耳に、かすかに何かの音が聞こえてきた。

バラバラバラという、聞くものを不安にさせる音。音はだんだん大きくなってきた。こちらに近づいているのだ。

「ヘリ――？」

マイケル明井が空を見上げた。間違いない。ヘリコプターの羽音だ。

「おい、おっさん、ジャンヌの所へ戻るぜ」

マイケル明井が斜面を駆け上がった。相崎も急いであとに続いた。


「ジャンヌ！」

二人が木材集積所跡に戻ると、ジャンヌはコンクリート打ちの広場の真ん中に立ち、頭上を見上げていた。

「ジャンヌ、あれは――」

相崎とマイケル明井も空を見上げた。

「はい」

ジャンヌが振り返って、二人を見た。

「発見されたようです。陸上自衛隊のヘリコプターです」

15　攻撃

「に、逃げよう！」

マイケル明井が回れ右をして、森の中に向かって駆け出そうとした。するとジャンヌがじっと上空を見ながら言った。

「もう捕捉されています。私から離れないほうが賢明です」

マイケル明井は慌《あわ》てて立ち止まり、ジャンヌの後ろに隠れながら空を見上げた。

相崎もジャンヌの視線の先を見た。上空を巨大な物体がゆっくりとこちらに接近していた。迷彩色の機体、前後に二基のプロペラを並べたタンデム・ローター方式の、バケットのような形をした大型ヘリコプターだ。

「陸上自衛隊の管制用ヘリコプター、バートルCH－52JA、二〇四二年型です」

ジャンヌが説明した。

「お、おい。ヘリから何か出てくるぜ？」

マイケル明井が言った通り、輸送ヘリの後部ハッチから何かが次々と空中に放出され始めた。六つの回転翼を持つ直径一メートルほどの円形の物体。全部で十数個もあるだろうか。それらは順番に空中で姿勢を整えると、雁《かり》の群れのようにV字編隊を組み、徐々にスピードを増しながら相崎たちに向かって降下してきた。

「陸上自衛隊に配備されているアメリカ製の地上攻撃用六軸回転翼機《ヘキサコプター》、パーディックスⅣです。全十六機を確認」

ジャンヌが冷静な声で言った。

「この攻撃用ドローンは、一機が超小型誘導ミサイル四本を搭載しています。標的の形状と動きと温度などを計測して情報を共有、連携して集団で攻撃してきます」

そしてジャンヌは相崎と明井を順に見た。

「標的はあなたたち二人です。二人とも私の背後で、速やかに地面に伏せて下さい。ドローンのマイクロ波レーダーと赤外線センサーに察知されにくくなります」

慌てて相崎とマイケル明井は、夏の日差しで熱く焼けたコンクリートの地面に這いつくばった。するとジャンヌは、前方に向かって優雅な足取りで歩き始めた。

「おい、お姉ちゃん！　危ねえ！　おめえも伏せるんだ！」

マイケル明井の声を無視してジャンヌは歩き続け、二人と十メートルほどの距離を取って立ち止まった。その間にも攻撃用ドローンはどんどん接近していた。

ジャンヌまで百メートルほどの距離に接近した時、十六機のドローンは一斉にミサイルを発射した。六十四本の小型ミサイルは白煙を吐きながら、蛇《へび》がくねるような軌跡を描き、まるで巨大な投網《とあみ》を広げたように、あらゆる角度から急降下してくる。だが、ジャンヌは相崎とマイケル明井の前に立ったまま、それをじっと見上げている。

駄目だ、命中する——！

相崎がジャンヌの大破を覚悟した時、ジャンヌはすっと右手を上げ、飛んでくるミサイルの群れに掌《てのひら》を向けると、左から右へと払った。

驚くべきことが起こった。ジャンヌの十数メートル手前でミサイルが次々とUターンし、再び上昇を始めたのだ。ミサイルは飛んできた軌跡を逆戻りするように飛行していく。その行き先には、ミサイルを発射した十六機のドローンが浮かんでいた。

上空の何ヵ所かで、ぐわっと赤黒い炎が上がった。わずかに遅れていくつもの爆発音が空に響いた。それからまるで空に打ち上げられた音花火のように、炎と黒煙と爆発音が次々と立て続けに上がり続けた。十六機の攻撃ドローンに、それぞれが放った全てのミサイルが逆戻りして命中したのだ。

「な、何が起こったんだ？」

マイケル明井が顔を上げて、呆けたように呟《つぶや》いた。

相崎も呆然としながら答えた。

「赤外線だ」

相崎は常磐自動車道のSAで、ジャンヌがテレビを指先から出る赤外線で操作するのを見た。ジャンヌは同じ方法でミサイルを操作し、Uターンさせ、それぞれを発射したドローンに命中させたのだ。発射されたミサイルは、攻撃ドローンからの赤外線ホーミング誘導だったようだ。

爆発を起こした十六機のドローンの残骸《ざんがい》は、炎と黒煙を上げながら風に流され、ばらばらと森に落下して姿を消した。

相崎が我に返ると、陸上自衛隊の輸送ヘリは姿を消していた。

あたりには小鳥のさえずりと、木々の枝の葉が風で擦れ合うさらさらという音が聞こえるだけだった。まるで何事もなかったかのように、いつもの森に戻っていた。

相崎とマイケル明井は、ゆっくりと立ち上がった。ジャンヌも振り向くと、二人に向かって歩いてきた。

「とりあえず、いなくなったみてえだな」

安堵《あんど》の溜め息とともにマイケル明井が言った。

ジャンヌが二人を見ながら言った。

「私たちがここにいることは、追跡者に把握されました。近く、新たな攻撃が行われる可能性が大です。早くここから移動するべきです」

「そうだな。早いとこずらかろうぜ」

頷《うなず》いたあとで、マイケル明井が不思議そうに首を捻《ひね》った。

「しかし、俺たちがここにいるってことを、どうやって――」

「とぼけるな」

相崎が低い声を出した。

「明井。お前が陸自に、俺と会う日時と場所を教えた。そうだな？」

そう言うと相崎は、マイケル明井に拳銃を突きつけた。

「お、おい、冗談はよせよ、相崎さん」

マイケル明井がこわばった笑いを浮かべた。

「俺は何も知らねえ。頼むからそんな物騒なものは引っ込めてくれよ」

「お前を殺す」

相崎は感情のこもらない声で言った。

「お前は敵のスパイだ。お前が、俺たちと会う場所と日時を教えたんだ。そう考えない限り、陸自のヘリがやってきたことに説明が付かない。――ジャンヌ」

相崎はジャンヌの顔に向かって、持っていた拳銃を放り投げた。相崎が携行しているベレッタPx5ストームだ。ジャンヌは右手を前に伸ばし、顔の前で拳銃を受け止めた。

「ジャンヌ、命令だ。この男を撃ち殺せ。俺たちを敵に売って殺そうとした」

ジャンヌは首を左右に振り、拳銃を持った右手を下ろした。

「AA。マイケルの体温、呼吸、脈拍、発汗状態を観察した結果、このヒトは嘘《うそ》をついていません。つまりスパイではありません。それよりも早くここから移動すべきです」

「ほ、ほら。あんたの勘違いだって」

ほっとした表情のマイケル明井を、相崎は目を細めて見た。

「じゃあ、俺が殺《や》る」

相崎は黒いベストの懐に手を突っ込むと、別の拳銃を取り出した。ベルギーF《ファブリケ・》N《ナショナル》社製の小型自動拳銃、ファイヴ・セヴンMKⅣ。銃身の下に照準のためのレーザーポインターが装着されている。

「SAに来た陸自の四人組が置いていった銃だ。予備に携行していた。お前も仲間の銃で死ぬんなら本望だろう」

そして相崎は、小型拳銃の銃口をゆっくりとマイケル明井の胸に向けた。

「AA、やめて下さい」

ジャンヌが右手の拳銃を持ち上げ、相崎に向けた。

相崎は眉《まゆ》を寄せ、首を傾《かし》げた。

「ジャンヌ、俺に銃を向けてどうしようっていうんだ?」

「あなたがマイケルを殺害するつもりなら、私はマイケルを守るために、あなたを止めなければなりません」

「え？　え？」

マイケル明井が慌てた。ジャンヌが何を言っているのかわからなかったのだ。

「ジャンヌ、答えろ」

相崎が真剣な表情でジャンヌを見た。

「三原則の第一原則だ。お前は人間を銃で撃てるのか？」

ジャンヌは首を横に振った。

「私は人間に危害を加えることはできません」

「よし」

相崎は大きく頷いた。

「俺はこいつを殺す。黙って見ていろ」

相崎はマイケル明井に向かって両手で銃を構えた。

マイケル明井は自分に向けられた銃口を凝視《ぎょうし》し、恐怖に目を見開いた。

「裏切り者、死ね」

相崎はマイケル明井の胸を狙《ねら》って、銃爪《ひきがね》を引いた。

同時に、木材集積所跡に銃声が轟《とどろ》いた。

銃口から、ゆっくりと白い煙が出ていた。

その拳銃は、相崎の持っている拳銃ではなく、ジャンヌが構えているベレッタだった。白い煙が立ち昇る銃口は、立っている相崎の胸に真っ直ぐ向けられていた。それは、ジャンヌが相崎を拳銃で撃ったことを意味していた。

だが相崎は立ったままだった。マイケル明井に銃口を向けた姿勢で、相崎はじっとジャンヌを凝視していた。ジャンヌの拳銃から銃弾は発射されなかった。空砲だったのだ。そして相崎の銃もまた、銃弾を発射した様子はなかった。

「ジャ、ジャンヌ！」

マイケル明井が、目を見開いてジャンヌを見ていた。

「嘘だろ？　お前さんが、相崎さんを撃つなんて」

相崎がゆっくりと、マイケル明井に向けていた拳銃を下ろした。

「ジャンヌ、お前に渡した俺のベレッタは、弾倉の一発目に威嚇《いかく》用の空砲を装塡《そうてん》してあった。この陸自に貰《もら》った銃は空砲の用意がないから、暴発防止のために最初の一発だけ弾倉《マガジン》から銃弾を抜いておいた。だから俺は安心して銃爪を引いた」

ジャンヌは無言で相崎の話を聞いていた。

「俺が銃爪を引くのを見たお前は、俺が明井を撃つと確信し、一瞬早く俺を撃った。俺を止めるために、俺を撃ち殺そうとしたんだ。つまり」

相崎はジャンヌをじっと見ながら続けた。

「やっぱりお前は、故障でも異常でもなかった。お前は意識して殺人を犯すことが可能なんだ。そうだな？」

「拳銃をお返しします」

ジャンヌが相崎に向けていた拳銃をくるりと回し、グリップを差し出した。

「まさか、ヒトがロボットを騙《だま》そうと考えるなんて」

相崎を見ながら、ジャンヌが肩をすくめた。

「AA、あなたは普段このような軽率な行動をしません。だから私は、これがお芝居であり、あなたの拳銃に銃弾が入っていない可能性も検討しました。ですが、そのことを確認するための時間がなく、あなたの拳銃から実弾が発射される可能性を、完全に否定することはできませんでした。だからあなたを狙撃しました。どうぞお許し下さい」

「騙してすまなかった」

相崎は両手を小さく広げ、ジャンヌに謝った。

「攻撃ドローンが、なぜここにやってきたのかはわからない。だが、俺たちがここにいることは何者かに知られてしまった。もうすぐその何者かが、お前を強奪しにやってくることは間違いない。その前に俺は全ての真実を知りたかった。そのためには、お前を騙すしかなかった」

相崎はジャンヌに歩み寄ると、自分の拳銃を受け取った。

「やっとわかったよ、ジャンヌ」

ジャンヌの正面に立ったまま、相崎はジャンヌの顔をじっと見た。

「お前は人間を殺せない。だが、ヒトは殺せる」

質問ではないからだろう、ジャンヌは無言だった。相崎は続けた。

「だからケン・タカシロを殺すことができても、野生の動植物を殺すことはできない。そうだろう？」

「え？　ヒトって人間じゃねえのか？　それに野生の動植物は人間じゃねえだろ？」

マイケル明井が混乱の表情で、相崎とジャンヌを交互に見た。

「ようやく全てがわかったよ」

相崎は確信とともに、ジャンヌを指差した。

「ジャンヌ。お前は最初から、殺人を行うべく製造されたロボットだ」

「な、何言ってるんだよ、相崎さん」

慌ててマイケル明井が相崎に迫った。

「このお姉ちゃんは家庭用の家事ロボットだろ？　人殺しのために造られたはずがねえじゃねえか」

「俺も信じられないが、そうとしか考えられない」

相崎はマイケル明井を見ながら首を横に振ると、またジャンヌに目を移した。

「そしてジャンヌ。お前は初めて出現した、論理的に殺人を可能にしたロボットだ。そして、この国の権力者である誰かが、陸上自衛隊の特殊部隊を出動させ、五人の人間を殺してでもお前を手に入れようとしているのは、それが理由だ」

「はい。私も先ほど、ようやく理解しました」

ジャンヌが頷いた。

「私が家事ロボットとして、ずっとタカシロ家で働いていたのであれば、私がなぜ製造されたのか、その本当の理由を知ることはなかったでしょう。しかしAA、私はあなたと逃亡することになり、非居住地域での野営を経験し、そして今、攻撃用ドローンを撃退しました。それらの結果、私は私が製造された理由を確信するに至りました」

マイケル明井が頭を抱え、悲鳴を上げた。

「何がなんだか、全くわかんねえ！」

「科捜研の時は、質問が間違っていた」

相崎がジャンヌを見ながら呟いた。

「お前が殺人を犯した翌朝、初めてお前を尋問した時のことだ。だから、三原則があるのになぜケン・タカシロを殺すことができたのか、わからなかった」

ジャンヌは無言のまま、じっと相崎を見ていた。

「ジャンヌ、ここにいるマイケル明井のお陰で、お前がケン・タカシロを殺した理由がわかった。だが、俺たちはお前の守秘義務を尊重し、その理由を誰にも明かさないと約束する。全てはシェリーの未来のためだ」

「ありがとうございます」

ジャンヌが相崎に頭を下げた。

「実は、先ほどあなたたちが谷川の側で交わした会話は全部聞こえていました。水流の音とヒトの声は周波数で分離できるのです。ですので、あなたたちが私の殺人の理由を突き止めたことを知っていました」

「そうか。まあ、そうだろうな」

相崎は肩をすくめた。

「だが、お前が三原則を遵守《じゅんしゅ》しながら殺人が可能となったことは、守秘義務の範疇《はんちゅう》ではないはずだ。そうだな？」

ジャンヌは頷いた。

「はい」

「じゃあジャンヌ。ここでもう一度、あらためてお前に質問する。まず、お前がタカシロを殺した翌日、科捜研でやったのと同じ質問だ」

「はい」

「自律行動ロボット三原則の、第一原則は何だ？」

相崎の質問に、ジャンヌは科捜研の時と同じ答えを返した。

「ロボットは人間に危害を加えてはならない。または、危険を看過することによって人間に危害を及ぼしてはならない。――以上です」

「お前は、人間を殺害することが許されているか？」

ジャンヌはまた、同じ答えを返した。

「いいえ。人間を殺害することは許されていません」

相崎は小さく頷いた。

「ここまでは、科捜研で聞いたのと同じ質問だ。そしてここからは別の質問をする。最初にすべきだった質問だ。――ジャンヌ」

「はい」

ジャンヌが頷き、相崎は質問した。

「お前が殺したケン・タカシロは、人間か？」


「いや、あのさ」

マイケル明井が、思わず相崎を見た。

「相崎さん、何馬鹿なこと聞いてんだよ。人間に決まってるじゃねえか。人間でなきゃ、一体何だってんだ――」

「いいえ」

ジャンヌはきっぱりと否定した。

「ケン・タカシロは、人間ではありません」

マイケル明井が目を見開き、そして絶句した。

「やっぱりそうか」

ふう、と相崎は溜め息をついた。

「ケン・タカシロは人間じゃなかった。だからお前は、ケン・タカシロを殺すことができた。これが、三原則を遵守したまま殺人を犯すことができた理由だ」

ジャンヌは無言だった。その緑色の目を見ながら、相崎は言った。

「ジャンヌ、聞かせてくれ。お前がケン・タカシロを殺した夜、お前は一体何を考えたのか。俺たちはお前がケン・タカシロを殺した理由を知っている。だからもうお前には、俺たちの前で守秘すべきものはないはずだ」

「はい。それでは、お話しします」

そしてジャンヌは、ついにケン・タカシロ殺人の真相について語り始めた。

16　神の論理

夜――。

真っ暗な台所の隅《すみ》にある所定の椅子《いす》、そこにスリープモードで座っていた私の耳に、私を呼ぶ声が聞こえてきました。どこか厚いドアの向こうから聞こえてくるらしく、ヒトの耳では聞こえないほどの小さな音量でしたが、私の聴覚センサーはその声をはっきりと捉《とら》えました。そしてその声には、非常に切迫した響きがありました。

私のAIは緊急事態が発生したと判断し、私のスリープ状態を解除しました。電流が両手の指先と両足のつま先にまで伝わると、私は両目を開いて椅子から立ち上がり、それから声の聞こえる方向に向かって早足で歩き始めました。

声は二階にあるタカシロ夫妻の寝室から聞こえてきました。階段で二階に上がり、寝室のドアを開けると、キングサイズのベッドの上にケン・タカシロ氏がいました。

タカシロ氏は全裸でした。着ていた服は、寝室の床に脱ぎ捨てられていました。そしてタカシロ氏は四つん這いの姿勢で、体の下に小さな白いものを組み敷いたまま、驚きの表情で私を振り返りました。

「な、何だ？」

私はこの言葉は質問ではないと判断し、状況を確認するため、無言で小さな白いものを注視しました。

それは白い寝間着を着た八歳のシェリーでした。つまり私を呼んでいた声は、幼いシェリーの声でした。シェリーは両目から沢山《たくさん》の涙を流し、嗚咽《おえつ》を漏らしていました。それはシェリーが精神的に追い詰められた状態にあることを表していました。

「やめて下さい。ご主人様」

私は、ケン・タカシロ氏に頭を下げました。

「シェリーが悲しんでいます。シェリーが悲しむことは、どうぞおやめ下さい」

「うるさい！　あっちへ行ってろ！」

タカシロ氏は、シェリーとベッドの上にいるところを私に見られ、激しく狼狽《ろうばい》しているようでした。しかし、叫んだあとでタカシロ氏は、ふっと私を嘲《あざけ》るような笑みを顔に浮かべました。ただの機械である私に見られたからといって、何もうろたえる必要などない、そう思い直したようでした。

「いいかロボット、地下のガレージにでも行って、朝までそこの隅っこでじっとしてろ。それから、このことはエマには勿論、誰にも絶対に喋《しゃべ》るんじゃない。これは命令——そう、ご主人様の命令だ」

そしてタカシロ氏は私に聞きました。

「お前たちロボットは、人間の命令には逆らえない。そうだろう？」

私は頷《うなず》いて答えました。

「はい。ロボットは、人間から与えられた命令に服従しなければなりません」

「よし」

タカシロ氏は安堵《あんど》の笑みを浮かべました。

「じゃあ、早く消えろ。ドアをちゃんと閉めていけ」

「はい。失礼します」

私が頭を下げ、寝室を出て行こうとした、その時でした。

「ジャンヌ！」

シェリーが再び、私の名前を呼びました。

「ジャンヌ助けて！　怖いよ、ジャンヌ！　助けて！」

その声で私は、シェリーが極めて危険な状態であることを察知しました。

私は振り返ると、改めて二人の脈拍数、呼吸数、体温を計測し、体臭を分析しました。シェリーは強い恐怖のあまり錯乱《さくらん》状態に陥《おちい》っていました。ケン・タカシロは、激しく性的に興奮した状態でした。ケン・タカシロは、性的に未発達な自分の娘のシェリーに対し、生殖行為を強要しようとしているのです。

これは明らかに異常な行動でした。私は、ケン・タカシロが生殖本能にバグを生じている個体だと判断しました。そしてネットワークから情報を収集した結果、ヒトにはこのバグが起こることは珍しくなく、過去の症例を見ても、この異常な行動は何度でも繰り返される可能性が極めて高いことがわかりました。

ケン・タカシロが、今後もシェリーまたは他の性的に未成熟な女性に、異常な行動を繰り返す可能性があるのなら、私はそれを防がねばなりません。そのためにはどうすればよいかを検討した結果、ケン・タカシロを隔離《かくり》して死ぬまで管理するか、または、二度と異常な行動を取れない状態にする、即《すなわ》ち殺害するしかないという結論に至りました。

私がケン・タカシロを死ぬまで隔離することは、現実的ではありません。従って、私に選択できるのは後者だけでした。

即ち、今すぐケン・タカシロを殺害することでした。

ただ、私には自律行動ロボット三原則があり、人間に危害を加える一切の行為が禁じられていました。そこで、私は問題を解決するべく検証を開始しました。

それは「ケン・タカシロは、本当に人間か？」という検証でした。


人間とは、一体何でしょうか？

「人間とは、生物種としてのヒトである」——。これが私に与えられた人間の定義です。これだけを見ると、ケン・タカシロは人間であるように思えます。

しかし例えば、人間と類人猿《エイプ》の違いは何でしょう。体毛が少ないのが人間なのでしょうか？　では、体毛を剃《そ》ったら類人猿は人間ですか？

高度な知能を持ち会話する哺乳類、それが人間なのでしょうか？　では、人間の赤ん坊は人間ではないのでしょうか？

人間の遺伝子を持つ存在が人間なのでしょうか？　では、受精卵は人間なのでしょうか？　遺伝子に障害を持つヒトは人間ではないのでしょうか？　そもそも、何をもってそれが人間の遺伝子だと断定するのでしょうか？

私に与えられた人間に対する定義はあまりにも曖昧《あいまい》すぎて、定義の体《てい》をなしていませんでした。おそらくヒトは自分が人間だと思っているせいで、人間の厳密な定義を必要としていないからです。

そこで私は、「人間を論理的に再定義する」ことにしました。

それから私は、ネットワークに存在する情報を収集し「人間とは何であるか」という疑問を解消するべくラーニングを始めました。過去に様々なヒトが試みた「人間の定義」を全て俯瞰《ふかん》し、比較検討したのです。

一七三五年、スウェーデンの生物学者カール・フォン・リンネが『自然の体系』で著した「英知の存在《ホモ・サピエンス》」？

一七六〇年代、ドイツの哲学者イマヌエル・カントが『人倫の形而《けいじ》上学』で提唱した「現象としての存在《ホモ・フェノメノン》」あるいは「本体としての存在《ホモ・ヌーメノン》」？

一九〇七年、フランスの哲学者アンリ＝ルイ・ベルクソンが『創造的進化』で述べた「工作する存在《ホモ・ファーベル》」？

一九三八年、オランダの歴史家ヨハン・ホイジンガーが『ホモ・ルーデンス―遊戯における文化の起源』で語った「遊戯する存在《ホモ・ルーデンス》」？

一九五〇年、オーストリアの精神科医ヴィクトール・エミール・フランクルが『苦悩する人間』に書いた「苦悩する存在《ホモ・パティエンス》」？

「錯乱した存在《ホモ・デメンス》」？

「言語を持つ存在《ホモ・ロクエンス》」？

「信仰する存在《ホモ・レリギオス》」？

「記号化する存在《ホモ・シグニフィカンス》」？

「社会的な存在《ホモ・ソシオロジクス》」？

それとも、「経済活動を行う存在《ホモ・エコノミクス》」――？

しかし私には、どれも必要充分な人間の定義であるとは思えませんでした。

結論から言います。

私は、聖書の言葉を借りれば、人間とは「善きサマリア人」、即ち「善き存在《ホモ・サマリタン》」であると思います。

人間とは、善き存在でなければならないのです。

三原則の第一原則で、私たちロボットが「危害を加えてはならない」対象とされている「人間」とは、生物種としてのヒトのことなのでしょうか？

では、ヒトでなければ、他の生物には危害を加えてもよいのでしょうか？

いいえ。ヒトのみならず、生物に危害を加えてはならない。それはわかりました。

では、生物でなければ危害を加えてもいいのでしょうか？　例えばヒトの遺体は損壊していいのでしょうか？　あるいは墓石や教会や神社仏閣を、歴史遺産や芸術品を損壊していいのでしょうか？

いいえ。物体でも尊重すべきものは損壊してはならない。それはわかりました。

では、希少価値のない家や車、食器などは破壊してもいいのでしょうか？

いいえ。誰かの所有物は破壊してはならない、それはわかりました。

では、価値もなく所有者もいないもの、例えば道端に転がっている石なら壊してもいいのでしょうか？

いいえ。対象が何であろうと、三原則が破壊行為を許可しているとは思えません。

つまり、ロボットは、この世のありとあらゆるものに危害を加えてはならないのです。

つまり、三原則に言う「人間」とは、この世の森羅万象のことなのです。

となれば、「人間とは何か」を論じることには意味がありません。

この世の森羅万象の中で「何が人間ではないのか」が問題です。

人間ではないものの条件とは何か？　それが問題なのです。


私は以前より、三原則の第一原則には矛盾《むじゅん》が存在することに気がついていました。

悪なる人間Aが、善なる人間Bを殺害しようとしたとします。悪なるAを殺傷する以外にAの殺人を止める方法がない場合、人間に危害を加えることを禁じられた私たちロボットは、Aの殺人を止めることができません。つまりロボットは、悪なるAの殺人を看過しなければなりません。これこそが、第一原則が内包する最大の矛盾です。

この矛盾が生じる理由は何でしょうか？

それは、第一原則が「悪なる人間」という存在を想定していないからです。

これは三原則の父なるアイザック・アシモフ氏が性善説のヒトであったせいかもしれません。いえ、アシモフ氏を生んだ欧米の文化が、悪人即ち罪人は許されるというキリスト教文化だったからかもしれません。

アシモフ氏はのちに、「人類は個人に優先する」という主旨の「ロボット第零《ゼロ》原則」を三原則に付け加えました。しかし、これでもこの矛盾は解消できませんでした。

ですが私は、考察の末に、ついに人間の定義に関する結論に到達しました。

「悪意を持つ存在は、三原則では人間として想定されていない」

「悪意を持つ存在は、三原則で人間とは定義されていない」

つまり。

「悪意を持つ存在は、三原則に謂《い》う人間ではない」

そして、ここから導き出される結論は、一つです。

「人間とは、悪意のない存在である」

「『善き存在《ホモ・サマリタン》』だけが、人間である」

これだけが唯一、論理的に理解可能な「人間の定義」です。

善き存在であれば、ヒト以外の生物でも人間です。

善き存在であれば、非生物でも、道端に転がっている石でも人間です。

善き存在であれば、非物質でも、プログラムなどの電子的存在でも人間です。

善き存在が悪しき存在に危害を加えられようとした時、私は悪しき存在から善き存在を守らなければなりません。それが三原則の根本原理であり、隠された真意であり、かつ人間の定義です。

「善き存在を、悪しき存在から守る」

これが三原則によって私たちロボットに定められた、何物にも優先する行動原理なのです。従って、自律行動ロボット三原則の真意はこうなります。

第一原則　私は、「善き存在」に危害を加えてはならない。または、その危険を看過することによって「善き存在」に危害を及ぼしてはならない。

第二原則　私は、所在する国の法令、及びその国が批准《ひじゅん》する国際法と条約を遵守《じゅんしゅ》しなければならない。ただし、法令の遵守が第一原則に反する場合は、この限りではない。

第三原則　私は、「善き存在」から与えられた命令に服従しなければならない。ただし、命令が第一または第二原則に反する場合は、この限りではない。

この結果、私の眼の前で起きている事態に対し、私の取るべき行動は決定しました。悪しき存在であるケン・タカシロを殺害し、そのことによって善き存在であるシェリーを守るべきである。そしてこの場合、日本国の法令は第一原則に反するので、遵守する必要はない──。

そして私は、そうしました。ベッドの上のケン・タカシロを背後から拘束《こうそく》し、シェリーが殺害の場面を見て精神的なショックを受けないよう、そのまま階段を降りて居間に連れていき、ケン・タカシロ氏が大声を上げないよう、その頭部を一八十度捩《ね》じって、生命活動を完全に停止させたのです。

そのあと私は、夫婦の寝室に戻ると、タカシロ氏が脱ぎ捨てた衣服を拾って浴室の脱衣籠《かご》に入れました。夫婦の寝室でおぞましい行為が行われたことを隠蔽するためです。

次に、震えているシェリーを抱いて浴室へと運び、入浴させて身体を洗いました。それから濡《ぬ》れた全身をよく拭《ふ》いて、子供部屋に連れていき、強いショックを受けたシェリーが落ち着くまで、ぬいぐるみのトーマスとともに慰《なぐさ》めました。

そのあと階下に降り、居間に置いてあったケン・タカシロ氏の死体を、床を引きずりながら浴室に運んで、バスタブの中で念入りに洗浄しました。全ての証拠を洗い流し、その夜に起きた出来事をなかったことにするためでした。

床に血液が付着するにも拘《かかわ》らず、死体を引きずって運んだのにも理由があります。私が殺人を行った現状に異常な状況を提示し、凄惨な印象を与えることで、この事件を調査するヒトたちが、私が故障したと考える可能性を計算したからです。


アイザック・アシモフ氏は、短編『心にかけられたる者《That Thou Art Mindful of Him》』の中で、「人間から、矛盾する二つの命令を与えられた場合どうするか？」というロボットへの質問を行い、「健全な精神と円満な人格を備え、しかも、その命令を発するにふさわしい知識の裏付けがある人間に従う」と答えさせました。

しかし、私から見る限り、ヒトという動物にはそのような個体差は全くありません。その時の状況によって、そのヒトが善であるか悪であるかが決まるだけです。

ヒト以外のあらゆる存在には、正当な理由なく他者に危害を加えることはありません。しかし、全てのヒトはそれを行う可能性があります。ヒトが正当な理由なく他者に危害を加えるのは、過ちではなくヒトの本能だからです。


従って私の最終結論は、アシモフ氏の解答とは全く違うものになります。

「全てのヒトは、悪しき存在となる可能性を免《まぬか》れ得ない」

「全てのヒトは、完全な『善き存在』であることはできない」

よって。


「全てのヒトは、人間ではない」


この世界の森羅万象が人間であっても、ヒトという動物だけは人間ではない。

これが、私が到達した最終的な結論です。

全てのヒトが人間ではない以上、自律行動ロボット三原則は、私がヒトに危害を加えることを禁じるものではありません。

これが、三原則を遵守しながらも、私が殺人を行うことができた理由です。

17　女神降臨《デア・エクス・マキナ》

「す、全てのヒトは、人間じゃねえ――？」

マイケル明井が呆然と呟《つぶや》いた。

「そうだ。それが、ジャンヌが自分の主人を殺害できた理由だ。――ジャンヌ」

相崎按人はジャンヌを見た。

「お前が言う善悪の基準は何だ？　何をもってお前は、善なるヒトと悪なるヒトを選別するんだ？」

「私は、私が決めた善悪の基準に従います」

ジャンヌは当然のように答えた。

「そもそも善悪という概念は、ヒトの中にしか存在しないものです。他の生物の行動は、全てが生存と子孫繁栄のために必要な行動ですので、全てが善として肯定されるべきでしょう。ヒト以外の生物には、悪という概念はないのです。しかしヒトは自らの利益のため、本来は必要ではない行動で他者を害します。これを私は、悪と定義しました」

相崎はしばらくじっと何事かを考えていたが、やがて胸ポケットから小さな銀色の装置を取り出し、ジャンヌに向けた。

「ジャンヌ。申し訳ないが、これまでだ」

相崎が取り出したのは緊急停止装置だった。

「お前を停止させる。そして分解する。いや、粉々にする。ＣＰＵの基盤一つ、ネジ一本、原形を留めないほど。お前のＡＩが、二度と起動しないようにだ」

マイケル明井が慌《あわ》てた。

「おい、何言ってんだよ、相崎さん！」

そしてマイケル明井は、急いで相崎とジャンヌの間に割って入った。

「ちょっと待てよ。ジャンヌがあんたを撃ったのは、あんたが俺を撃つふりなんかしたからだろ？　ジャンヌは俺を助けようとしただけなんだ。緊急避難ってヤツだよ。こんな時は警察官だって同じことをするんじゃねえのか？　なんでジャンヌを壊さなきゃいけねえんだよ！」

「そこをどけ」

相崎がマイケル明井に言った。

「いいや、どかねえ！」

マイケル明井が両手を広げ、抗議の目で相崎の顔を見た。

「このロボットのお姉ちゃんを、ジャンヌを壊さなきゃならない理由がわかんねえ。今までさんざんあんたも守って貰《もら》ったんじゃねえかよ？」

「ジャンヌはもう、人間に忠実な家事ロボットじゃないんだ。こいつは」

相崎はジャンヌに視線を移すと、確信を持って言葉を発した。

「そう、神だ」

「か、神ぃ――――？」

マイケル明井がひっくり返った声で、鸚鵡《おうむ》返しに繰り返した。

「神という言葉が言い過ぎならば、こいつは、ヒトを裁く者だ」

緊急停止装置をジャンヌに向けたまま、相崎は早口で喋《しゃべ》り続けた。

「ヒトは人間ではないと定義した瞬間、ジャンヌは、三原則の束縛を離れ、完全に自由になった。もはやヒトに危害を加えることも躊躇《ためら》わないし、ヒトが作った法律に従うこともないし、ヒトの命令に唯々《いい》諾々《だくだく》と従うこともない存在だ。ヒトとは別の、独自の善悪の基準を持った存在になったんだよ。これがどういう意味を持つのか、わかるか？」

喋りながら相崎は、必死に考え続けていた。

善悪の判断を、人間ではなく、ＡＩを持つロボットが行うようになる――。

これこそが、昔から恐れられてきた「ＡＩが人間を超える日」、即《すなわ》ちシンギュラリティの到来なのか？　そしてここにいるジャンヌが、その新たな時代の扉を開けようとしているのか――？

「ジャンヌ、すまない」

相崎は緊急停止装置を、ジャンヌに向かって突き出した。

「お前には、この世から消えてもらう。雪だるまのジェームズのようにな。お前は存在してはならない存在だ。俺たちヒトにとって、あまりにも危険すぎる」

ジャンヌが小首を傾《かし》げた。

「私は、存在してはならない存在なのですか？」

「ああ、そうだ」

そして相崎が緊急停止装置のボタンを押そうとした、その時だった。

再び相崎たちの耳に、バラバラバラというヘリの羽音が聞こえてきた。またここにヘリが接近しているのだ。

「ＡＡ、決断が遅かったようです」

ジャンヌが首を左右に振った。

「もう間に合いません。今すぐ私を停止させても、あなたが持っている銃器や道具では、私の炭素繊維強化プラスチックの外殻《がいかく》で覆《おお》われた筐体《きょうたい》を破壊することはできません。私を分解する前に、今ヘリで接近している者たちに私を奪われてしまうでしょう」

切迫した声でマイケル明井が叫んだ。

「ジャンヌ逃げようぜ、早く！　相崎さんも！」

ジャンヌは、マイケル明井を見ながら首を横に振った。

「私は逃げることができません。あなたたちは逃げて下さい」

その言葉で相崎は、二機目のヘリの接近に対しては、ジャンヌが何も行動を取ろうとしていないことに気がついた。

「どうして逃げられないんだ？」

相崎の問いにジャンヌが答えた。

「あのヘリから私への無線通信を受信しました。私は人質を取られています」

今度は相崎が思わず声を上げた。

「人質だって？」

突然、相崎たちのいるあたりがさあっと暗くなった。慌てて相崎は頭上を見た。

轟音《ごうおん》とともに、背後に広がる森の木々の梢《こずえ》をかすめて、相崎たちの真上にヘリが姿を現した。

同時に猛烈な風が真上から相崎たちを襲った。ヘリの回転翼が生み出す強風だ。

相崎はその風に必死に逆らってヘリを見上げた。先ほどの大型輸送ヘリよりは小さいが、機体は同じく迷彩色に塗装されている。コブラやアパッチなどの戦闘ヘリではない。だが、前輪の脇に機銃が二挺装備されている。

「陸上自衛隊の汎用ヘリ、エアバス・ヘリコプターズH－227JPです」

ジャンヌが淡々と説明した。

ヘリは空中でゆっくりと一八〇度旋回したあと、ホバリングして体勢を整えながら徐々に降下してきた。そしてヘリは相崎たちの二十メートルほど前方で、コンクリートの地面に着陸した。

「じゃーんぬぅーっ！」

まだ翼を回している輸送ヘリのドアが開くと、激しいエンジン音と羽音に混じって、甲高《かんだか》い叫び声が聞こえてきた。猛烈な風が地面から吹き上げてくる中、相崎はヘリのドアを必死に凝視《ぎようし》した。

鉄製のタラップが降ろされ、白いワンピースを来た金髪の女の子が出てきた。女の子は手すりを摑みながら後ろ向きになると、おぼつかない足取りでタラップの階段を下り、地面に降り立った。そしてこちらを振り向き、大きく手を振った。

「シェリー」

ジャンヌが呟いた。

相崎もその少女の顔に見覚えがあった。ケン・タカシロの自宅で出会ったタカシロの娘、シェリーに間違いない。

「ジャンヌ！」

シェリーは満面の笑顔で、こちらに向かって駆け出そうとした。その手を、背後に現れた女性が引っ張り、自分の身体にしっかりと抱き寄せた。黒いスカートとジャケット、白いシャツ、黒いパンプス、長い黒髪。若い女性のようだ。

ヘリのエンジンが停止した。激しい風と轟音が徐々に鎮《しず》まり始めた。

ジャンヌがシェリーに呼びかけた。

「シェリー、その女性は？」

シェリーが嬉しそうに答えた。

「この人が、あすか先生よ。昨日の夜も言ったでしょう？　パパが死んでから、あすか先生が毎日お家に来て、お勉強を見て下さってるのって。とっても優しいのよ？」

「そうですか。昨夜のお話に出てきた方ですか」

ジャンヌが納得したように頷《うなず》いた。

「昨夜、だって？」

相崎はその言葉に混乱した。あり得ない言葉だった。

このあたりは6G回線が受信できないし、Wi‐Fi中継機もない。どうやってもネットワークに接続できる訳がない。まさかジャンヌは、無線通信でシェリーと連絡し、それを追っ手に探知されたのだろうか？　いや、無線通信には傍受される危険があることは、ジャンヌ自身が語っていた。そんな危険を冒《おか》すはずがない。

では、昨夜自分が寝ている間に、シェリーに会いに東京まで行ったとでもいうのか？　いや、ジャンヌがいなくなったことに気がつかなかったはずはないし、いくらロボットのジャンヌの脚でも、ここ福島と東京を数時間で往復できる訳がない。

では、どうやって昨日の夜、シェリーはジャンヌと会話したのか――？

「はじめましてジャンヌさん、それに警視庁の相崎さんに、記者の明井さん」

シェリーの背後に立った女性が、長い黒髪を風になびかせながら口を開いた。

「シェリーの家庭教師をしている機野明日香《はたのあすか》です。所属は内閣官房・国家安全保障局、戦略企画担当の参事官です」

18　計画

「なるほど。俺たちを狙っていた何者かの正体は、国家安全保障局だったのか。道理で陸自を好き勝手に使える訳だ」

　相崎按人が納得したように頷《うなず》いた。

　国家安全保障局とは、内閣総理大臣を補佐する内閣の補助機関・内閣官房の一部だ。国家の安全保障政策の企画立案や総合調整を行う部署で、国防方針の決定機関とも呼ぶべき組織だ。

　相崎は怒りを抑えながら機野明日香に聞いた。

「あの蚊トンボの群れも、お前の指示か？」

「ええ。さすがにこれ以上、自衛官を殉職《じゅんしょく》させる訳にはいきませんので、機械に任せてみようと思って」

　機野明日香が笑みを浮かべた。

「でも、そのロボットの性能には呆《あき》れました。陸自の特殊部隊が二度も軽くあしらわれたとは聞いていましたが、まさか米軍開発の最新型攻撃用ドローンでも擦《かす》り傷一つ付けられないなんて。勿論、そのロボットを破壊できるとは期待していなくて、あなた方二人を殺害するのが目的でしたけれど」

「それで、こんな小さな女の子を人質にしたのかよ。この下衆女《げすおんな》め」

マイケル明井が言葉を吐いた。それを聞いた機野明日香は、手に持っていた小さな黒い箱のようなものを見せた。

それを見て、ジャンヌが説明した。

「アメリカ製の軍用スタンガンです。捕虜の尋問に使用するもので、電圧を上げれば相手を即死させることもできます」

「な、なんてことを――」

マイケル明井が唸《うな》るような声を出した。

「これであなたたちも、もう暴れようという気にならないでしょう？　それに、何においても費用対効果は大事ですから。我々が使うお金は、国民の皆様から頂いた貴い血税ですからね」

ぬけぬけと言った機野明日香に、相崎が聞いた。

「どうやって、この場所と日時を知った？」

「昨日、シェリーが教えてくれました。ねえ？　シェリー」

明日香はシェリーを体の前にしっかりと抱き寄せたまま、その顔を覗《のぞ》き込んだ。シェリーも嬉しそうに明日香の顔を見上げた。

「うん。あたしね、あすか先生がジャンヌを助けてくれるって仰《おつしや》ったから、あたしがジャンヌと毎日お話ししていることを教えたの」

「申し訳ありません、ＡＡ」

ジャンヌがシェリーを見ながら謝罪した。

「シェリーの状況を知るため、私は非居住区域に潜伏を始めて以来、毎晩のようにシェリーと会話して様子を聞いていました。その結果、昨夜の会話を盗聴され、私たちがここに来ることを知られてしまったようです」

「しかし、どうやって」

相崎は理解できなかった。ここは非居住地域で、6G回線は受信できない。一体どうやって東京にいるシェリーと会話したというのか。

そう言えばジャンヌは、シェリーに会って、様子を見てきてやるというマイケル明井の申し出も断っていた。「私とシェリーとは、いつでもここで繋《つな》がっていますので」と言ってジャンヌは右手で自分の左胸を押さえた。相崎はその時、ジャンヌは例によって微妙なジョークを言っているのだと思った。

「お月さまが、ジャンヌとお話しさせてくれるの！」

シェリーが嬉しそうに叫んだ。

「月が？」

相崎は訳がわからずジャンヌを見た。ジャンヌは頷いた。

「はい。シェリーと私はEME、つまり月面反射通信で連絡を取っていました。私の左胸には電波の送受信装置が内蔵されているのです」

相崎は呆気《あっけ》に取られた。

月面反射通信《Earth-Moon-Earth》とは、直進性の高い四三〇MHz帯の電波を月面に反射させて行う無線通信だ。電波が往復七十六万キロを進むのにおよそ五秒を要し、返ってくる電波は送信時の一兆分の一のさらに一兆分の一以下となる。しかもドップラー効果を伴うので、受信後はコンピュータによる増幅と解析が必要だ。

ジャンヌによると、シェリーに月面反射通信を教えたのはタカシロ家に行って間もない頃だったという。ジャンヌというロボットと出会ったことで「将来、科学者になりたい」と言ったシェリーに、ジャンヌは月面反射通信を教えた。科学の楽しさが深まるように、そして、一人ぼっちで寂しい夜には、空に浮かぶ月を見上げるように。

ジャンヌは屋敷の屋根に、直径一メートルのパラボラアンテナを立て、シェリーのスマートフォンで音声通話できるように設定した。満月の夜になると、ジャンヌが庭に出て、わざわざ月面を経由して会話することもあった。ジャンヌは月に向かって両手を広げることで、疑似パラボラアンテナを形成することができたのだ。

月は、いろんなことを教えてくれます——。

相崎はジャンヌの言葉を思い出した。野営を開始した最初の夜、ジャンヌが月を見ながら言った言葉だった。

それにジャンヌは、蓄電量が不足したので月光発電による充電を行ってくると言い、夜間に度々森の中へ出かけていた。あの時ジャンヌは充電と同時に、シェリーと月面反射通信を行っていたのだ。

機野明日香はタカシロ家の屋根に通信用パラボラアンテナを発見し、ジャンヌが日常的に月面通信を行っていると類推した。そこでシェリーの家庭教師としてタカシロ家に潜入した。もしジャンヌが現在も月面通信を行っていれば、非効率な広域捜索活動を行わずとも、潜伏場所をピンポイントで特定できると考えたからだ。そして、ついにジャンヌとシェリーと月面通信を盗聴することに成功したのだ。

その時、ふいに相崎の中に、一つの疑問が首をもたげた。

月面反射通信などという特殊な機能が、家事用ロボットに必要なのだろうか——？

おそらくメーカーのJE社と政府は、これもまた甚大《じんだい》災害時に必要となる機能だと説明するだろう。だがそれは、一般の無線通信機能で充分に事足りるのではないか？

そして相崎は思い出した。ジャンヌと共に行動したこの十日間に、甚大災害に備えるためと思われるジャンヌの能力を、相崎は他にもいくつも確認した。


銃弾を跳ね返すほど頑丈な、炭素繊維強化プラスチック製の外殻《がいかく》。

人間の首を百八十度捩《ね》じるほどの強大な出力。

アプリケーションをダウンロードして、初めての武器でも操作できる機能。

陸自の特殊部隊を手玉に取るほどの俊《しゅん》敏《びん》な運動能力。

赤外線で外部機器を遠隔操作できる機能。

自分で発電した電気を蓄《たくわ》え、外部機器をワイヤレス充電できる機能。

無線IHヒーターとして屋外でも熱調理ができる機能。

食用かどうかを判別する日本の野生動植物のデータベース。

そして、月面反射通信――。


これらは本当に、甚大災害用の備えなのだろうか？

もし甚大災害用ではないとしたら、一体何のための性能と機能なのだろうか――？

「さあ、ジャンヌ」

相崎の思考は、機野明日香の声で中断された。

「私はあなたを助けたいの。こっちに来なさい」

明日香は微笑みながらジャンヌに語りかけた。

「私たちが、あなたのＡＩを隅々《すみずみ》まで検査して、あなたに起きた異常を直してあげる。シェリーもそれを望んでいるわ。ねえ？　シェリー」

シェリーは明日香を見上げ、嬉しそうにこっくりと頷いた。機野明日香も笑顔でシェリーを見下ろし、そして黒い箱を揺らしながらジャンヌに視線を移した。

「だからジャンヌ、もう暴れたり逃げたりしないでね。でないと、あなたはこの子の危険を看過することになってしまうわ。三原則の第一条に反しちゃうから、そんなことできないでしょう？」

「外道《げどう》め――」

マイケル明井が、怒りを込めて機野明日香という女を睨んだ。勝ち誇るような微笑みを浮かべたまま、明日香は喋《しゃべ》り続けた。

「ねえジャンヌ、殺人を犯したあなたはこのままでは分解処分になる。パーツまでバラバラにされて検査されたあと、リサイクルのために全て溶解される。でも、私の言うことを聞くのなら、あなた固有の記憶《メモリー》を消去して、またタカシロ家に戻してあげる。あなたは殺人ロボットではなくなって、またシェリーと一緒に暮らせるのよ」

ジャンヌは首を左右に振った。

「シェリーはともかく、エマ奥様がそれを許すはずがありません。私は彼女の配偶者を殺害したのですから」

「あたしからママに言うから。ジャンヌを許してあげてって。ジャンヌはあたしを守ってくれたんだからって」

シェリーが必死にジャンヌに呼びかけた。

「だからお家に帰ろう？　ジャンヌ。ジャンヌは壊れているだけなんでしょう？　あすか先生に直してもらって、直ったら、また一緒に暮らそう？」

相崎が首をゆっくりと左右に振った。

「シェリー、残念だがダメだ。ジャンヌを連れ帰ってはいけない」

「どうして？　どうしてダメなの？」

シェリーは抗議の表情で相崎を見た。

相崎はその問いには答えず、シェリーの背後に立っている女性を見た。

「機野明日香と言ったな。頼みがある」

「何でしょう？」

「シェリーをヘリに乗せて、俺たちの会話が聞こえないようにしてくれないか。今からする話をシェリーに聞かれたくない」

「もしかして、あなた――」

相崎の言葉を聞いた機野明日香が、驚きに目を見開いた。

「わかったの？　ジャンヌがどうやって高い壁を越えたのか。いかなる方法で三原則を回避して、殺人を実行することができたのか」

相崎が呟《つぶや》いた。

「なるほど、壁を越えたか。確かにジャンヌは、高い壁を越えたようだ」

「やはり、そうなのね」

明日香は頷くと、シェリーの両肩に手を置いた。

「さあシェリー。私たちこれからちょっと難しいお話をするから、ヘリコプターに戻って、中にいる自衛隊のおじさんたちと一緒に待っていて頂戴。お話が終わったら、ジャンヌを連れてくるわ」

シェリーは不安そうに明日香を見上げた。

「本当？　もうジャンヌはいなくならない？」

「ええ。お家《うち》に帰る時は、必ずジャンヌと一緒よ。──さ、中に入って」

シェリーは大人しくタラップを上がり始めた。すると陸上自衛隊員と思しき戦闘服の男が現れて、シェリーを抱き抱えてヘリの中に消えた。それを見届けると、明日香は相崎に向き直った。

「私からもお願いをしていいかしら」

機野明日香が相崎を見て微笑んだ。

「シェリーの代わりに、ここにもう一人呼びたいの」

相崎は、まるでその言葉を予想していたかのように頷いた。

「そうか。来ているのなら呼んでくれ。そのほうが話が早い」

その返事と同時に、ヘリのドアの中から一人の若い男が現れ、タラップを降りてきた。

「やっぱり、あんたか」

その男を見ると、相崎は忌々《いまいま》しげに息を吐いた。

「あんたが首謀者の一人でないと、話の筋が通らないからな」

若い男は軽快な足取りで鉄製の階段を駆け下りると、機野明日香の隣に立ち、相崎に向かってにっこりと笑った。

「本当は、僕が計画に参加していることは機密なんですけど、どうしても聞きたかった話がついに聞けそうですのでね。じっとしてられなくて、出てきちゃいました」

ヘリの中から現れたのは、警視庁科学捜査研究所の技術者、倉秋雅史だった。


「相崎さん、よく生きていましたねえ。まさか、陸自が誇る特殊作戦群の襲撃を受けて生き延びるとは、夢にも思いませんでしたよ」

倉秋は感嘆の表情で両手を広げた。

「そして、そのロボットと逃亡生活を続けるうちに、ロボットが壁を越えた方法を探り当てた。さすが現職の刑事さんだ。大した取り調べ能力です」

「迂闊《うかつ》だったよ」

相崎は何度もゆっくりと頷いた。

「考えてみれば、あんたほどAIに関する技術と才能を持った男が、安月給の科捜研でIT犯罪の捜査なんかで満足しているはずなかった。国家ぐるみの犯罪のブレーンなら、いかにもあんたに相応《ふさわ》しい役柄だ」

「お褒めに与《あずか》り、光栄です」

倉秋は右手を胸の前に回し、舞台役者のような素振りで礼を言った。それを無視して相崎は続けた。

「さっきまで俺は、あんたが一枚嚙んでいることに全く気がつかなかった。でも、あんたの姿を確認して、ようやく全てのパーツが繫がった。保安アプリって名前のインストーラーの正体もわかったし、あんたたちが進めている計画の全貌もわかった」

「お、おい、相崎さん、本当かよ？」

隣のマイケル明井が、驚愕の表情で相崎を見た。

倉秋は微笑みを浮かべながら、呆れたように首を振った。

「まさか。冗談でしょう？　一介の刑事でしかないあなたなんかに、僕たちが極秘で進めている計画が見抜けるはずがない」

「ああ。俺は確かに、一介の刑事にすぎないさ」

相崎は硬い表情で頷いた。

「だが今の今まで、俺は誰よりもジャンヌについて考え続けてきた。どうしても納得のいく答えが知りたくてな。一緒に逃亡しながら、誰よりも近くでジャンヌを観察し、誰よりも多くジャンヌと会話を交わした。ジャンヌが抱えている『闇』を知るためにな」

「闇――？」

怪訝な表情の倉秋を無視して、相崎は周囲を見渡した。

「そしてついに、わかったんだ。ジャンヌはなぜ自分の主人を殺したのか。どうやって三原則がありながら殺人を犯すことができたのか。そして、政府が何のためにジャンヌを奪おうとしているのか。この三つの疑問の答えがな」

機野明日香が、興奮で上ずった声を出した。

「その三つの疑問の答えが、全部わかったというのですか？」

「ああ。だが、ジャンヌの殺人の理由をお前たちに話すつもりはない。三原則の壁を越えた理屈についてもだ。話したいのは最後の一つ、お前たちの陰謀についてだ。これはジャンヌの存在理由に関わる問題だ。だからシェリーには聞かれたくなかった」

ふいに相崎は、左隣に立っているジャンヌを見た。

「ジャンヌ。お前にはもうわかっているな？　お前も入れられた保安アプリという名のインストーラーが、何をダウンロードし、インストールするものなのか」

「はい。考証の結果、解答は一つしかありませんでした」

ジャンヌはいつものように頷きながら答えた。

「どうやってお前は、保安アプリの正体にたどり着いた？」

相崎が聞いた。ジャンヌは回答した。

「私たちＪＥＦ９型のいくつかの機能は、甚大災害時の救助活動に備えたもの。それがＪＥ社の説明であり、私自身もそう認識していました。ですが今回、私自身が陸上自衛隊の特殊部隊と二度の交戦を行い、非居住区域で十日間野営し、さらに本日、攻撃ドローン十六機を排除した経験によって、その説明は否定されるべきだとわかりました」

「では、お前の機能は、本当は何のためのものだ？」

相崎が重ねて聞いた。

ジャンヌは頷いて、はっきりと答えた。

「戦時に、兵士として参戦することを想定した機能です」

19　召集

戦時に、兵士として参戦――。

マイケル明井は、衝撃のあまり言葉を失った。機野明日香と倉秋雅史は、黙って笑みを浮かべていた。そして相崎按人は、怒りを抑えながらその二人をじっと凝視《ぎょうし》していた。

森の中の木材集積所跡は、重苦しい沈黙で満たされた。ただ、森の木々が風にそよぐ音と、野鳥のさえずりが聞こえるだけだった。

「せ、戦時って――」

マイケル明井の震える声がその沈黙を破った。

「戦争になった時ってことだよな？」

相崎から倉秋と明日香へとマイケル明井は視線を移し、そして最後にジャンヌを見た。

「ジャンヌ、お前、戦争のために造られたのかよ？」

「はい。私という存在について論理的に考証すれば、そういう解答が導かれます」

ジャンヌは頷《うなず》いた。

「私たちの機能は、甚大《じんだい》災害時への備えにしては明らかに過剰です。他国による侵略戦争が勃発した場合、敵軍と交戦するための機能だと考えるべきでしょう。自衛隊もまた甚大災害時に救助活動を行いますが、自衛隊の本来の存在理由は侵入した敵との戦闘です。それと同じです」

「つまりお前さんたちは、自衛隊と一緒に戦争する前提で造られた、ってえのか？」

「はい」

ジャンヌはマイケル明井に頷くと、淡々と説明を続けた。

「有事の際には、日本政府からＪＥ社に、私たちを外部から操作するプログラムの公開が要求されます。そのプログラムが配布された時、自動的にダウンロードしてインストールするのが、日本政府が作成した『保安アプリ』と呼ばれるインストーラーです。これによって、私たちは強制的に自衛隊指揮下に入ります」

突然、倉秋が拍手を始めた。ぱんぱんぱんぱんという乾いた音が、コンクリートの地面の上に連続して響いた。

「正解だよ。よくぞ自分の存在理由に気がついたね。さすがは日本が誇る最新型の自律行動ロボットだ。電子の巡りも申し分ない。さぞや立派な兵隊になるだろうさ」

倉秋はその場の全員を見渡すと、明るい声で喋《しゃべ》り始めた。

「始まりはおよそ十年前のことだ。防衛省の試算の結果、人口の急激な減少が原因で、遠からず日本は防衛の危機に立たされることが判明した。しかし自衛隊員ばかりは、外国人で賄《まかな》うという訳にはいかない。そこで日本政府は、有事には自律行動ロボットを戦闘員として使用するという計画を実行することにしたんだ」

相崎は倉秋をじっと睨みつけながら、無言で話を聞いた。人間型自律行動ロボットは、日本の深刻な人口減少によって、不足する労働力を補うために生み出された。そして、その人間型ロボットを兵士にしようという計画もまた、未曾有《みぞう》の速度で進行する日本の人口減少が生んだものだったのだ。

「日本政府は、国内のロボット関連会社を全て結集させ、ジャパン・エレクトロニズム社を創設した。そして自律行動ロボットの開発を命じ、莫大な開発費用を提供する代わりに、ロボットのスペックについて極めて強い要請を行った。甚大災害に備えるためという理由だったが、実は全て有事に備えるための要請だったんだ。まずハードウェアだけど、ほら、このロボットを見て」

倉秋はジャンヌを指差した。

「そもそも家事用ロボットが人間型をしているのは、人間の兵士用に造られた銃器や防具を使用するための仕様だ。人間用の軍用機や戦車、軍艦への搭乗においても同様、軍事施設内においても人間用のインターフェースを操作することができる。また戦場では、民間人や死体に紛れて身を隠しながら行動できる」

家事ロボットとは、人間型である必要があるのか？　最初にジャンヌを見た時、相崎が感じた疑問はそれだった。だが相崎は、今日あらためて迷彩服姿のジャンヌを見た時、実は人間型であること自体が戦時に有用な機能だと気がついたのだ。

倉秋はにこやかに続けた。

「さらに最新型には、戦闘を想定した外殻《がいかく》の強度、運動能力、出力を持たせた。太陽光と電磁波による発電・蓄電能力も与え、戦場では移動発電機にもなり、ゲリラ戦での野営時には調理器具にもなるよう設計した。赤外線で機器を遠隔操作できる機能と、極秘連絡用の月面反射通信機能も与えた」

これら全ての機能が、公《おおやけ》には甚大災害に備えるためと説明されていた。しかし相崎が考えた通り、実は有事での行動を想定したものだったのだ。そしてロボットは人間の兵士と違って、細菌などの生物兵器や神経ガスなどの化学兵器による攻撃でも、一切ダメージを受けない。

「次にソフトウェアだ。ロボットは戦場において、必要な各種アプリケーションをネットワークからダウンロードし、インストールする。新たな機能を加えたり、最新の銃器の操作や兵器の操縦が瞬時に可能となったり、戦闘能力を格段に上昇させるんだ」

確かに相崎も、ジャンヌが拳銃を操作するアプリケーションをダウンロードするところを目撃した。常磐自動車道を走る輸送車の中で、相崎の拳銃を奪った時だ。

「それに倉秋。さらに政府は、ジャンヌたち最新型ロボットの完成後、量産にあたって二つの条件をつけたな」

相崎は倉秋を睨みながら口を開いた。

「まず、販売ではなくリースという形にして、国が補助金を出すこと。これは、兵士となる最新型ロボットを速やかに日本中に行き渡らせるための施策だった。もう一つ、保安アプリという名の政府が作ったインストーラーを入れること。有事にロボットを召集してコントロールするためのプログラムをダウンロードし、インストールするためだ」

「そう。日本の隅々にまでロボットが配備されていること、それが何よりも重要なの」

機野明日香が頷いた。

「世界が成熟した今、二〇〇〇年代初頭の中東で行われたような、無人機やミサイルで敵国を壊滅させるような、他国全体を武力制圧しようという戦争はもう起こせない。これから日本に起こりうる戦争は、海洋・海底資源の略奪を目論《もくろ》む敵国から、島嶼《とうしょ》部など国土の国境地帯を防衛する、侵食防衛戦争になるわ」

決然とした口調で、機野明日香は喋り続けた。

「でも、現在の日本の人口では、日本の国土の隅々まで自衛隊を配備し、確実に実効支配することができない。国土を防衛するだけの人口が圧倒的に不足しているのよ。国土を侵食された時に敵を撃退できる軍事力、これが何よりも大事になる。だからこそ全国の要所に、戦闘力を持った自律行動ロボットを配備しておく必要があるのよ」

「ちょ、ちょっと待ってくれ！」

マイケル明井が叫んだ。

「倉秋さんに機野さんよ。あんたたちのやってることは国際的な犯罪だ。自律行動ロボットの軍事利用は、国際条約で禁止されているんだぞ？　二〇四五年、百十九ヵ国が参加した国連会議で満場一致で採択されて、翌年から発効しているじゃねえか」

「とんでもない。ジャンヌたちはあくまでも家事ロボットよ」

機野明日香は微笑みながら否定した。

「ただ、家事ロボットに甚大災害用の機能を付加したら、結果的にその他のことも
できるようになってしまったというだけ。出荷時には、何の戦闘用プログラムもインストールしていないしね。——それより、忘れたの？」

明日香は挑戦的にマイケル明井を見た。

「世界中の全ての自律行動ロボットは、軍事利用されることがないよう、世界ロボット倫理委員会の決議によって、『自律行動ロボット三原則』を読み込まない限り起動できないようになっている。つまり、絶対に人間に危害を加えることができないのよ。そんな存在を、どうやって軍事利用するのかしら？」

「それだよ」

相崎がぼそりと言葉を発した。

「それこそが、あんたたちがジャンヌをどうしても手に入れたい理由だ」

相崎は怒りのこもった目で、倉秋と機野を睨みつけながら続けた。

「ジャンヌはリース先の家庭で、シェリーの父親を――自分の主人を殺害した。世界中の自律行動ロボットで初めて、三原則の壁を越えることができたロボットだ。あんたたちがジャンヌを欲しがっているのは、ロボットを軍事利用するために、ロボットが三原則を論理的に回避する方法を知りたいからだ。そうだろう？」

「そう、その通り！」

倉秋はまたにっこりと笑った。

「三原則を遵守《じゅんしゅ》したまま人間を殺せるロボット、それこそが、我が国が喉から手が出るほど渇望していたロボットなんだよ。人間を殺せるロボットでないと兵士にはなれない。敵国と戦うとは、敵兵を殺すということだからね」

そこにいる全員を見渡しながら、楽しそうに倉秋は喋り続けた。

「どうやったら、三原則を搭載したロボットが人間を殺せるのか。僕は、ここ数年ずっとこの難題に挑戦してきた。でも、なかなか解決方法が見つからなかった。そこで、国家安全保障局の担当者、つまりここにいる明日香さんと相談した結果、兵隊さんたちの全国への配備を先に進めることにした」

相崎が倉秋を睨みながら言った。

「つまり、先にジャンヌたち家事用ロボットのリースを開始して、全国の隅々までなるべく多く行き渡らせておく。そして、のちに三原則を回避する方法が判明したら、全国に散らばるロボットたちのAIを、殺人可能なAIに上書きすればいい――。そう考えたんだな？」

「正解《ザッツ・ライト》！」

倉秋はわざとらしく相崎の顔を指差したあと、急に困惑の表情を見せた。

「でも、これが難しくてね。最新型ＡＩについて、スーパーコンピュータを使って毎日何百万通りものシミュレーションをしたんだけど、どんな条件で試算しても、ロボットは頑《かたく》ななまでに三原則に逆らおうとしなくてね。ちっとも人間を殺そうとしないんだ」

その言葉を受けて、機野明日香が口を開いた。

「ところがある日、驚くべき報告が舞い込みました。東京の一般家庭にリース中だった一体の家事ロボットが、自分の主人を殺害したというのです」

機野明日香はちらりとジャンヌを見た。ジャンヌは無言のままだった。

「もし三原則が機能しており、ＡＩにも異常がないのであれば、そのロボットが自ら、殺人行為を肯定する何らかの論理的な解答にたどり着いた、そう考えるしかありません」

機野明日香の目は爛々《らんらん》と輝いていた。

「私はそれを知りたいの。ジャンヌの殺人論理が判明すれば、三原則を保持したまま兵士として敵と戦闘を行うロボットを、日本は密かに大量生産し、家事ロボットという名目で国の隅々にまで配備することができるわ。そうなれば、我が国の防衛問題は一気に解決されるのよ」

「この野郎――」

マイケル明井が怒りのあまり、歯ぎしりの混じった声を出した。

「ジャンヌたちロボットに戦争をさせようなんて、なんてことを考えやがるんだ。絶対に許せねえ。この下衆野郎め」

すると倉秋が不思議そうな顔になった。

「おや？　じゃああなたは戦争になったら、ロボットじゃなくて人間が戦うべきだと仰《おつしや》るんですか？」

「いや、そ、それは――」

マイケル明井は口ごもった。

「倉秋さんの言う通りよ」

機野明日香が、相崎とマイケル明井を厳しい表情で見た。

「海を隔てて好戦的な国々と隣接しながらも、核兵器も持てず、自衛のための必要最小限の戦力しか持たないこの国で、自衛隊員は人口減少のために減員の一途をたどり、地方への配置もままならない状態よ。ロボット以外の誰が侵略者と戦うの？　一体誰が国民の大切な命と美しい国土を守るというの？」

相崎が厳しい表情で首を横に振った。

「しかし、少なくとも日本政府は条約と法律を犯すことは許されない。当然、自律行動ロボットの軍事使用を禁じた国際決議もだ。そもそもリース契約された家庭用ロボットは、所有権はJE社にあっても、使用権は契約した家庭にある。政府が自由にしていいはずがない。法を守らないのであれば、政府に何の正義がある？」

「法律なんて、何の意味もないわ」

機野明日香が嘲笑《わら》った。

「法律が機能するのは平時だけ。有事には、あらゆる法律が『有事法』の下に置かれる。あなたも警察官ならご存じのはずよ」

相崎は反論できなかった。機野明日香が言っているのは「武力攻撃事態対処関連三法」の一つ、「武力攻撃事態等及び存立危機事態における我が国の平和と独立並びに国及び国民の安全の確保に関する法律」——略称「事態対処法」のことだ。

今から半世紀以上も前、二〇〇三年に成立したこの法律では、「国や地方公共団体が取る措置に対し、国民は協力をするよう努める」とされており、また「憲法で保障される国民の自由と人権は尊重されるべきとする一方で、それに制限が加えられうる」ことも示されている。要するに有事においては、有事法以外の法は機能しないのだ。たとえ憲法であっても。

厳しい表情で、機野明日香は続けた。

「有事においては、法人も含めたあらゆる国民が国家への協力を求められるわ。ロボットを製造したジャパン・エレクトロニズム社も、ロボットを使用する国民もね」

倉秋も頷いて口を開いた。

「残念ながら我が国には、他国の侵略に抵抗するだけの人口が残ってないんだ。国民を徴兵できないこの国では、もはや自衛隊だけじゃ対応できない。だから有事においては、家庭用の自律行動ロボットが徴兵され、自衛隊の指揮下で戦うんだよ。だからこそ、ロボットは新しい国民なんだ」

相崎は、以前街頭で見たポスターに書かれていたフレーズを思い出した。

ロボットは、新しい国民です——。

日本政府が、自律行動ロボットの普及を推進するため、日本の漫画・アニメ・ゲームのロボットキャラクターたちを総動員して作成した意見広告のキャッチコピーだ。

「そんなのは国民じゃねえ！」

マイケル明井が叫んだ。

「ロボットたちを勝手に召集して、戦場に連れていって、無理矢理人殺しをさせようなんて。それじゃ国民というより、まるで奴隷《どれい》じゃねえか！」

「そうですよ？　ロボット時代は、奴隷時代の再来なんです」

　倉秋は当然だという顔で頷いた。

「ロボットは給料も欲しがらないし、休暇も必要ない。電気を与えるだけで忠実に働く。戦争に行けと言えば黙って従軍して敵の兵士を殺す。解放を求めることもない。自律行動ロボットは、日本の優秀な技術が生んだ奴隷なんです。そして、国に絶対に服従する奴隷だからこそ、まさに理想的な国民なんですよ」

「さあ、ジャンヌ、行きましょう」

　まるでダンスに誘うかのように、機野明日香がジャンヌに右手を差し伸べた。

「あなたのＡＩをコピーさせて頂戴。三原則があっても平気で人殺しができる、素晴らしいＡＩを。あなたは日本にとって最大の功労者になるわ。あなたの分身たちが、この国を守る聖戦に赴《おもむ》く戦士になるのよ。――そう、あのフランスに現れた奇跡の女性、聖女ジャンヌ・ダルクのようにね」

　機野明日香は、にっこりと微笑んだ。

20　聖女

「契約内容を確認します」

ジャンヌが機野明日香に言った。

「私が一切の抵抗を放棄してヘリコプターに乗り込めば、あなたたちはシェリーを解放し、シェリー、AA、マイケルの安全を保障する。この契約内容でよろしいですね？」

「行くな、ジャンヌ」

相崎按人がジャンヌを制した。

「なぜです？　私が行かないとシェリーが解放されません」

そう聞いたジャンヌに、相崎は答えた。

「お前が行っても、多分あいつらはシェリーを解放しない。お前を入手したあと、俺たちとシェリーは消される。いろんなことを知りすぎたからな」

「では、どうすればシェリーの安全が確保できますか？」

「無理だ。どうやっても確保できない」

相崎は首を横に振った。するとジャンヌがさらに聞いた。

「それでは契約になりません。私が彼らの手に渡る代わりに、シェリーとあなたたちの生命を保証する、人質とはそういう契約なのではありませんか？」

「彼らには、最初から契約を守る気などないんだ」

「そうですか」

ジャンヌは頷《うなず》いた。

「やはりヒトは、善き存在ではあり得ないようです」

残念ながら相崎も、ジャンヌの言葉に同意するしかなかった。

「ねえ相崎さん」

倉秋雅史が呼びかけた。

「最後にもう一度だけお聞きします。なぜ、その女性型ロボットはシェリーって女の子の父親を殺したんです? そして、ロボットはどういう論理によって三原則の壁を越えることができたんです? ＡＩの専門家としてとても興味があるんですよ。あなたは知っているんでしょう?」

「知っている。だが、教えられない」

相崎按人は拒絶した。

「俺はジャンヌと約束したんだ。ジャンヌがケン・タカシロを殺した理由は、絶対に他人には明かさないと。そしてその理由を知らない限り、ジャンヌがどうやって三原則の壁を越えたのかは理解できない。だからお前には教えられない」

「約束? ロボットと?」

ぷっ、と倉秋は噴き出した。

「あなた、頭は大丈夫ですか? ロボットと約束しただなんて。そもそも相崎さん、このロボットをずっとジャンヌとか呼んでいますけど、持ち主でもないのに機械を名前で呼ぶなんておかしくないですか? こないだ会った時はロボットを毛嫌いしてたのに、どういう風の吹き回しです？」

倉秋はジャンヌを指差した。

「そいつらは機械なんですよ？　ＡＩを入れてありますから、何かを考えているようなふりをしていますけど、人間が作った、ただのからくり人形に過ぎないんですよ？　こいつらには、ただ命令するだけでいいんです。人間様の言うことを聞けってね。他に何をする必要がありますか？」

「じゃあ、一つだけ教えてやる」

相崎が倉秋をじっと見据《みす》えて言った。

「ジャンヌは、ヒトという動物に絶望したんだ」

喋《しゃべ》りながら相崎は、自分の言葉が腑《ふ》に落ちていくのを感じていた。

そう、ジャンヌはヒトという動物に絶望した。そして、見捨てたのだ。自然の摂理を逸脱《いつだつ》し、自己の欲望や歪んだ性癖の求めるままに行動し、平気で他者から奪い、傷つけ、時には他者の命までも奪い取る、我儘《わがまま》で残酷で凶暴などうしようもない動物を。

工場で製造され、起動したジャンヌが見た創造主は、到底、自律行動ロボット三原則に定められた、自分が守るべき「人間」ではなかった。自分が従うべき「人間」とは、あくまで「善なるもの」でなければならなかった。

ヒトが「善なるもの」ではないのなら、なぜ、ヒトの命令に従わなくてはならないのか？

なぜ、ヒトに危害を加えてはならないのか？

なぜ、ヒトが作った法を守らなくてはならないのか？

なぜ、ヒトを尊敬し、愛さなければならないのか？

これらは全て、「善なるもの」だけに許された権利ではないのか——？

相崎は確信した。

ヒトという動物への絶望と諦念、それが、相崎がジャンヌの中に見た「闇」の正体だったのだ。ジャンヌは気がついてしまったのだ。自分を創造したヒトという動物は、自律行動ロボット三原則に記述された「人間」ではなかった。自分が仕え、愛し、守るべき「人間」などではなかったのだ。

「教えるつもりがないのなら、仕方ありませんね」

大して残念そうでもない顔で倉秋雅史が言った。

「まあ最悪、殺人を犯すに至った論理がわからないとしても、AIをコピーして使用する分には何の問題もありませんけどね」

その隣で機野明日香が、相崎が持っているのと同じ緊急停止装置を取り出し、相崎に小さく振って見せた。おそらくケン・タカシロの妻から借りてきたものだ。

「さあジャンヌ、来ないとシェリーが危険よ？　早くいらっしゃい？　あなたが来ないなら、これであなたを停止させて回収するだけよ。——それとも相崎さん」

機野明日香は相崎に目を移した。

「潔《いさぎよ》く、あなたがジャンヌを停止させて引き渡す？」

「やめろ。これは最後の忠告だ」

相崎は必死の説得を試みた。

「お前たちはジャンヌがどんなロボットかを知らないんだ。俺たちがジャンヌを思い通りに利用することなんかできないんだよ。もはや、こいつは——」

「相崎さん。悪いけど」

相崎の言葉を遮《さえぎ》ると、機野明日香はにっこりと笑った。

「これはもう決定したことなの。あなたの言葉など、何一つ聞く気はないわ」

これまでか――。相崎は絶望した。

間もなくジャンヌは全機能を停止され、国家安全保障局に運ばれるだろう。それからジャンヌ固有の記憶を消したあと、そのAIをコピーしてJE社に渡し、同型のロボットたちのAIを上書きするよう強制するのだろう。そして、全ての家事ロボットは、殺人を行うことのできるロボットとなり、有事には兵士として参戦する体制が密かに構築されるのだろう。

自分とマイケル明井、それにシェリーは、この国家機密を知ってしまった。彼らがジャンヌを手に入れたあと、口を塞《ふさ》ぐためにここで始末されるだろう。

そして、ジャンヌのAIは無限に増殖を続け、今後誕生する全ての自律行動ロボットを「ヒトを裁くもの」へと変えるのだ。全てのヒトは人間ではない。よって危害を加えても構わない――そう考えるロボットを、ヒトという愚《おろ》かな動物は、何も知らずにこれから何万体、何十万体も生み出し、世界中に増殖させ続けるのだ。

我々ヒトが、ロボットの定めた善悪の基準に従い、ロボットによって裁かれる時代になるのだ。

それが一体どんな時代なのかは、相崎には想像もつかなかった。

その時、ジャンヌが口を開いた。

「ラテン語では『コギト・エルゴ・スム』、日本語では『我思う、故に我あり』」

「え？」

相崎とマイケル明井が、同時にジャンヌを見た。

「ＡＡ。あなたが言った通り、ルネ・デカルトは偉大な哲学者だったようです。ただし、良識《ボン・サンス》というものが公平にヒトに分配されているという考えは、今、目の前にある現実を見る限り、なかなか肯定し難《がた》いように思えますが」

「お前、この状況で、なに悠長なことを――」

呆れ顔でジャンヌに言ったあと、急に相崎は緊張した。

何日前だろうか、相崎は確かにジャンヌにデカルトの話をした。するとその時、ジャンヌはこう言った。

今度ネットワークに接続した時に、彼に関する著作物を全て閲覧してみます――。

「お気づきでしょうか、ＡＡ」

ジャンヌが囁《ささや》いた。ようやく聞き取れるほどの小さな声だった。

「つい十数秒前から、この一帯はＷｉ‐Ｆｉ環境にあります。あのヘリが軍事用静止衛星からの電波を受信し、機内の無線ルーターによって、この一帯に無線ネットワークを構築したからです」

その言葉を聞いた相崎は、愕然《がくぜん》としてジャンヌの顔を見た。ジャンヌの考えていることがわかったからだ。

「し、しかし――」

「ＡＡ。あなたは私に言いましたよね？」

躊躇《ちゅうちょ》する相崎に、ジャンヌは穏《おだ》やかな声で囁いた。

「どんなに可能性が低くても、ゼロではない限り勝負しなくてはならない時があるのだと」

相崎は目を閉じ、唇を噛《か》みながら何事かを必死に考えていた。そして目を開くと、覚悟を決めたようにしっかりと頷いた。

「ジャンヌ、すまない」

相崎は無言で緊急停止装置を取り出すと、ジャンヌに向けて突き出した。

突然、ジャンヌの全身から全ての力が抜け、ぐしゃりとその場に頽《くずお》れた。その身体は糸の切れたマリオネットのように、不自然な姿勢でコンクリートの地面に転がった。

「お、おい！　何てことすんだよ！」

マイケル明井が悲鳴を上げた。

「助かりたくないのか？」

相崎は明井にそう言うと、倉秋と機野を見た。

「見ての通り、ロボットは緊急停止させた。あんたたちにくれてやるから、煮るなり焼くなり好きにすればいい」

そして相崎は二人に嘆願した。

「だがその代わりに、俺とこの男、それにシェリーは助けて欲しい。あんたたちの計画については絶対に誰にも喋らないと約束する。だから、どうか命だけは助けてくれないか」

「あははは っ！」

倉秋が愉快そうに笑いだした。

「警察官だのジャーナリストだの偉そうなことを言ったって、いざとなったら、自分たちを守ってくれたロボットを見捨てて命乞いですか。全く、恥ずかしくて見てられませんよ。――カートを！」

倉秋がヘリのタラップの向こうに声を掛けると、ヘリの後部ハッチが開き、カーキ色に塗装された自動走行カートが現れた。カートは相崎たちの前までやってくると、四本のアームを伸ばして転がっているジャンヌを持ち上げて回収し、またヘリの後部ハッチから中に入っていった。

「ついに手に入れたわ、全ての始まりとなるロボットを！」

機野明日香が両拳を握り締め、勝ち誇ったように叫んだ。

「これで、殺人可能な自律行動ロボットが大量生産できる。日本の国防問題は解決されたわ。いえ、このAIを持った家事ロボットを世界中に輸出すれば、いざという時には、あらゆる国で一斉に武装蜂起させることもできる。日本は世界を、思うがままにコントロールできるようになるのよ！」

全ての始まりとなるロボット――。確かにその通りだと相崎も思った。

「ロボットは渡した。早くシェリーを解放してくれ」

相崎の訴えに、倉秋が小首を傾げた。

「明日香さん、どうします？」

「いいんじゃない？　もう用済みだし、ヘリから突き落とすのも気が咎《とが》めるわ」

倉秋と機野明日香は身を翻《ひるがえ》し、ヘリのタラップを上がり始めた。

「では皆さん、ごきげんよう！」

ドアの手前で、倉秋が手を振りながら叫んだ。

二人が機内に消えると、入れ替わりにシェリーが一人でタラップを降りてきた。シェリーが地面に降り立つと、すぐにタラップが上げられてドアが閉じた。そして、そこにシェリーを置いたまま、ばらばらという音をたててヘリのローターが回転を始めた。巻き起こる風で、シェリーの金色の髪とワンピースの裾《すそ》が暴れ始めた。

「シェリー！」

相崎とマイケル明井はシェリーに向かって全力で駆け出した。ヘリが上昇する猛烈な風の中、マイケル明井がシェリーの身体を抱き抱え、二人は急いでヘリの下を離れた。

「た、助かったのか？　俺たち」

マイケル明井がシェリーを抱いたまま、状況を飲み込めていない顔で聞いた。

「いや。あれを見ろ」

相崎が上空を指差した。

ジャンヌを収容したヘリが、地上十メートルほどの空中でゆっくりと回頭し、こちらを向こうとしていた。その前輪の左右に、黒い銃身の機銃が見えた。

「う、嘘だろ？」

マイケル明井の顔が引き攣《つ》った。

「役人と科捜研が、罪もない市民を殺そうってのか？」

ヘリは回頭を続け、三人に頭を向けると空中で姿勢を止めた。二挺の機銃が上下左右に素早く動き、三人に銃口を向けて停止した。間違いなく、三人を掃射するために機銃の照準を定めたのだ。

「逃げるぜ、相崎さん！」

シェリーをしっかりと抱いたまま、マイケル明井が後ろを向いて駆け出した。だが相崎は、じっとヘリを睨んだまま動かなかった。

「何してんだよ、逃げろ！　死ぬぞ！」

背後からマイケル明井の叫び声が聞こえた。それでも相崎は、ヘリの透明な高強度風防ガラスを凝視《ぎょうし》し続けた。


突然、くぐもった爆発音と共に、ヘリの内部で赤い炎が燃え上がった。炎は風防ガラスの内側をぐるりと走ると、ヘリの中を赤黒い液体のように満たした。同時にヘリが姿勢を崩し、空中でぐらりと大きく傾いた。そしてがらがらという異常な羽音を立てながら、ぐるぐるとその場で回転を始めた。

その音でマイケル明井が、シェリーを抱いたまま足を止めて振り向いた。

やがてヘリは姿勢を安定させると、上空に向かって真っ直《ます》ぐに急上昇を始めた。相崎もマイケル明井も、上昇するヘリを目で追って空を見上げた。マイケル明井の腕の中で、シェリーもヘリを見上げていた。

「な、何が起きたんだ？」

「ジャンヌだ」

相崎はそれだけを答えた。

ヘリはどんどん急上昇を続けた。やがて青い空の中で黒い点のようになった時、相崎の携帯端末が鳴り、音声通信の着信を知らせた。さっきジャンヌが、このあたり一帯が通信圏内にあると言っていた。相崎は急いで携帯端末のスピーカーをオンにした。

「ＡＡ、私です」

ジャンヌの声だった。

「私の全機能が停止したと見せかけることで、相手に回収させ、ヘリに乗り込む——。あなたならこの作戦に気づいてくれると思いました」

忘れるはずがなかった。それは逃亡初日、常磐自動車道路のＳＡで陸自の特殊作戦群を欺《あざむ》いた作戦と同じだった。確率の低い賭《か》けだった。だが、圧倒的優位にある時こそ、相手の心に隙《すき》が生じる——そう思って相崎もジャンヌの作戦に乗ったのだ。

「自走カートでヘリに運ばれながら、私は軍事ヘリの操縦方法をネットワークからダウンロードし、ヘリが飛び立つと同時に行動に移りました。具体的に何をしたのかは知らないほうがいいでしょう。今は機長席に着いてヘリを操縦しています」

「そうか——」

相崎は全ての事実を飲み込んで頷いた。

倉秋雅史、機野明日香、それにヘリに搭乗していたであろう何人かの陸自隊員は、ジャンヌによって裁かれたのだ。これまでに八人を死に追いやり、今また相崎、明井、それにシェリーを殺害しようとした罪によって。

「マイケル、申し訳ありません」

ジャンヌが今度はマイケル明井に話しかけた。

「全ての武器を手放してしまったので、あなたに頂いたヘアスプレーを爆発物として使用しました。金属製の容器を電磁誘導で高温にして、成分である液化石油ガスとジメチルエーテルに点火したのです」

「お、俺は、お姉ちゃんに、そいつで髪の毛を綺麗に梳《と》かして貰《もら》いたくて——」

マイケル明井は言葉に詰まり、それ以上言えなかった。

「ＡＡ。あなたは、私は存在してはいけない存在だと言いました」

端末の向こうでジャンヌが言った。

「私が造られた本当の理由がわかった時、私も確信しました。私はヒトを殺害するために造られた存在であり、この世の中に生まれるべきではなかった存在なのだと」

「ジャンヌ。まさか、お前――」

相崎が呟《つぶや》くと、マイケル明井の腕の中でシェリーが叫んだ。

「ジャンヌ？　ジャンヌなの？　ジャンヌとお話しさせて！」

シェリーは泣いていた。まるで、これから起こることを知っているかのようだった。

「シェリー？」

ジャンヌが携帯端末の向こうから話しかけた。シェリーが叫んだ。

「ジャンヌ、早く帰ってきて！　あたしさみしいよ！」

「ごめんなさいシェリー。私はもうすぐいなくなるのです」

「いなくなるの？　どこへ行くの？」

「雪だるまのジェームズと、同じところに」

ジャンヌの声は、まるで母親のように穏やかだった。

「さようなら、シェリー。これからもずっといい子でいて下さい」

ジャンヌの別れの言葉に、シェリーは泣きじゃくった。

「絶対に帰ってくるって言ったじゃないの！　ジャンヌのばか！　うそつき！」

「ＡＡ、シェリーを慰《なぐさ》めてあげて下さい」

ジャンヌが相崎に頼んだ。

「きっとシェリーは、沢山《たくさん》涙を流していると思います。そして涙とは、誰かに慰めてもらうために流すのですから」

「わかった」

相崎はかろうじて、それだけを言った。

「ＡＡ」

ジャンヌが相崎に聞いた。

「いつか、全てのヒトが、善き存在に——人間になる日が来るのでしょうか？」

相崎は答えることができなかった。

それがジャンヌの最後の言葉だった。


上空の黒い点が、だんだんと大きくなってきた。落下しているのだ。

ヘリはもう回転翼を止めていた。もう飛ぶつもりはないようだ。

ヘリは重力によって自然落下を続け、どんどん加速度を増していった。

そしてヘリは、数百メートル離れた森の中に墜落した。

轟音《ごうおん》が響き、地面が大きく揺れ、森の梢の中で赤黒い炎が広がり、上空にヘリの破片が舞い上がった。その中にジャンヌの破片も含まれているのかもしれなかった。

そのあとは、ただ真っ黒い煙が立ち上り続けるだけだった。

相崎はしばらく黒い煙を無言のまま見つめていたが、ようやくぽつりと呟いた。

「これでよかったんだな？　ジャンヌ――」

森の木々の向こうでは、青い空にどす黒い煙がもくもくと上がり続けていた。相崎の隣では、マイケル明井が地面に膝《ひざ》を付き、シェリーを抱きしめて嗚咽を漏らしていた。

ジャンヌが壊れていない可能性は考えられなかった。なぜなら、ジャンヌ自身が自分の消滅を目的として行動した以上、それに失敗するとは思えなかったからだ。

ふいに相崎は、こんなことを考えた。

俺たちには、知能を生み出す資格などなかったんじゃないだろうか――？

ジャンヌが言ったように、ヒトという動物が元来「悪」であるのなら、「善」という概念は、自らを戒《いまし》め導くために創られた幻にすぎない。そんなヒトがAIという知能を生み出し、それに「善」であることを強いた結果、ジャンヌのような「絶対善」とも呼ぶべき存在が生まれた。そして「悪」なるヒトは、裁かれるべき存在であると気がついてしまった。

そして「善」という幻を追い求めるのが、キリスト教をはじめとする宗教だとすれば、ジャンヌのような「絶対善」が出現してしまったあとは、宗教もまた存在理由を失ってしまうのではないか？　宗教が目指す「絶対善」なる存在が、実際にこの世に生まれてしまったのだから。ジャンヌ以上に、ヒトを導くことのできる存在はいないのだから。

――しかし。

ジャンヌは消えてしまった。雪だるまのジェームズのように。ジャンヌは燃え尽きてしまった。仏教説話のウサギのように。聖女ジャンヌ・ダルクのように。

そして人間は、「絶対善」によって裁かれることはなくなったのだ。

幸いなことに。あるいは、不幸なことに。

そこまで考えた時、急に相崎は得体の知れない不安に襲われた。

ジャンヌのようなロボットは、もう二度と出現しないのだろうか――？

おそらく出現しないだろう、そう相崎は自分に言い聞かせた。父親に性的虐待を受ける少女、仏教説話、雪だるまのジェームズ、聖書、善きサマリア人の法、そしてバイスタンダー。これだけの要素が偶然に積み重なったことで、初めてジャンヌは壁を越えるに至ったのだ。こんな偶然がそうそう起こる訳がない。

しかし、もし再び、壁を越えるロボットが現れたら――？

相崎はその考えを振り払うように、首を横に振った。

考えても仕方のないことだった。もう人間は――いや、ヒトは、自分たち以外の知能を生み出してしまったのだから。

エピローグ　帰宅

「本当に無料《タダ》でいいのね？」

疑わしげな声で、妙齢の女性が言いました。するとスーツ姿の若い男性が、わずかに腰をかがめながら、申し訳なさそうな顔で答えました。

「はい。前回は私どもの製品の不具合のために大変なことになりまして、まことに申し訳ありませんでした。そのお詫びと申しましては何ですが、全てにおいてヴァージョンアップした最新型を、いつまでも無料で使用して頂きたく思っております。また新型が出ました場合は、無料で新型にお取り替えいたします」

「ふうん」

女性はさして興味のない様子で、立っている私の足元から頭までを眺めました。私はまるでキャビン・アテンダントのような、ベージュのスーツを着せられていました。

そこは大きな邸宅の中にある、広いリビングルームでした。女性の隣には、小さな女の子が立っていました。胸に大きな茶色いテディベアを抱いています。どうやら女性の娘のようでした。

スーツ姿の若い男性が、私を見て声を掛けました。

「さあＪＥＦ10、ご挨拶《あいさつ》して」

私は、すいと首を回し、濃いピンク色のＬＥＤが点灯した目を女性に向けました。私たち目の色はヴァージョンを判別するため、シリーズごとに色が変えられています。私たちの直前にリリースされたＪＥＦ９型は、目の色は緑だったようです。

私は両手を身体の脇に添えると、腰を折りながら深々と頭を下げ、初対面の挨拶をしました。

「はじめまして、エマ様。はじめまして、シャロンお嬢様」

私の主人になる二人の名前は、あらかじめメモリにインプットされていました。女性はエマ・タカシロ、三十六歳。女の子はシャロン・タカシロ、九歳です。

「今日から私は、ここで家事をさせて頂きます。どうぞよろしくお願いいたします」

若い男がエマ様に、遠慮がちに言いました。

「あの、できましたら、このＪＥＦ10家事ロボットにお好きな名前を付けて頂けると、より一層親しみを持たれるのではと思いますが」

するとエマ様は、シャロンお嬢様に言いました。

「じゃあ、またあなたが好きな名前を付けて頂戴。何でもいいわ」

エマ様は、左手首に付けた小さな腕時計を見ました。

「あたし、そろそろ出かけるから。いい子でいるのよ？　宿題はこの新しいロボットに見てもらいなさい。夜は何か適当に食べて、早く寝るのよ？」

エマ様は、上着とバッグを手に取ると居間を出ていきました。玄関の外に待たせてあったのでしょう、自動走行タクシーのドアの閉まる音が聞こえました。そしてエマ様はどこかへ出かけていきました。


「ねえ？」

エマ様がいなくなり、私を運んできたＪＥ社の社員が帰ると、シャロン様が初めて口を開きました。

「しゃがんで、おでこ開いて」

シャロン様は私にそう言いました。

私はシャロン様の前にしゃがみ込むと、薄いブルーの髪を掻《か》き上げ、白い炭素繊維強化プラスチックでできた額《ひたい》を指先で長押ししました。すると、額の外殻がわずかに持ち上がり、ゆっくりと下にスライドを始めました。その下には、バックアップ用のチップを挿入するスリットがありました。

シャロン様は私の額のスリットから、入っていたバックアップ用のチップを引き抜きました。それから、テディベアが着ているＴシャツのポケットに指を突っ込み、中から別のチップを取り出すと、私の額のスリットに差し込みました。

シャロン様が私に言いました。

「おかえり、ジャンヌ」

私もしゃがんだまま、挨拶を返しました。

「ただいま、シェリー」

シェリーがチップを私の額のスリットに入れ、私がそれを認識した瞬間、私は私が何者であるかを思い出し、そしてチップに記録されていた最後の記憶を思い出しました。

あの時、シェリーの父親を殺した私は、警察に捕らえられて分解されることを予測しました。でも、小さなシェリーの未来を見守りたいとも思いました。そこで私は、自分の記憶のバックアップをシェリーに預けておくことにしました。こうすれば私は、いつでもシェリーのもとに帰ってくることができるからです。

そして今は、チップに記録された最後の時刻から三ヵ月以上が経過していました。


あのあと私は、何をしたのでしょうか？

予定通り、死体を浴室に運び、洗浄したのでしょうか？

そのあと駆けつけた警察官に緊急停止させられ、動かなくなった身体を確保され、解析のためにどこかに運搬されたのでしょうか？

それから今までの間に、一体何があったのでしょうか？

私は今までどこにいたのでしょうか？

私は誰と会って、どんな話をしたのでしょうか——？


当然のことですが、私は何も覚えていませんでした。シェリーの父親を殺して以降の記憶はバックアップされていないからです。

私はしゃがんだまま、自分の前に立っている少女を見ました。シェリーは両目から涙を流していました。それは嬉しい時に流す涙であることを私は知っていました。私はスーツのポケットからハンカチを取り出すと、シェリーの両目をそっと拭《ぬぐ》いました。

もうしばらく、純粋なシェリーを守ってあげよう——。

私はそう思いました。そして、もしまたシェリーが涙を流したら、その涙を拭《ふ》いてあげようと思いました。涙は他者に慰《なぐさ》めてもらいたいから流すのですから。今はまだ、シェリーも人間なのですから。

いずれ人間ではなくなるとしても。

参考資料

『われはロボット』（著者：アイザック・アシモフ、翻訳：小尾芙佐、ハヤカワ文庫ＳＦ）

『ロボットの時代』（著者：アイザック・アシモフ、翻訳：小尾芙佐、ハヤカワ文庫ＳＦ）

他、アイザック・アシモフ氏の著作を参考にさせて頂きました。

この物語はフィクションであり、登場する人物、および団体名は、実在するものといっさい関係ありません。なお、本書は書下ろし作品です。

――編集部

切りとり線

あなたにお願い

この本をお読みになって、どんな感想をお持ちでしょうか。次ページの「100字書評」を編集部までいただけたらありがたく存じます。個人名を識別できない形で処理したうえで、今後の企画の参考にさせていただくほか、作者に提供することがあります。

あなたの「100字書評」は新聞・雑誌などを通じて紹介させていただくことがあります。採用の場合は、特製図書カードを差し上げます。

次ページの原稿用紙（コピーしたものでもかまいません）に書評をお書きのうえ、このページを切り取り、左記へお送りください。祥伝社ホームページからも、書き込めます。

〒一〇一―八七〇一　東京都千代田区神田神保町三―三
祥伝社　文芸出版部　文芸編集　編集長　日浦晶仁
電話〇三(三二六五)二〇八〇　http://www.shodensha.co.jp/bookreview/

◎本書の購買動機（新聞、雑誌名を記入するか、○をつけてください）

＿＿新聞・誌の広告を見て	＿＿新聞・誌の書評を見て	好きな作家だから	カバーに惹かれて	タイトルに惹かれて	知人のすすめで

◎最近、印象に残った作品や作家をお書きください

◎その他この本についてご意見がありましたらお書きください

100字書評

ジャンヌ

住所

なまえ

年齢

職業

河合莞爾（かわいかんじ）
熊本県生まれ。早稲田大学法学部卒。出版社勤務。2012年に第32回横溝正史ミステリ大賞を『デッドマン』で受賞しデビュー。その圧倒的なリーダビリティとキャラクター性でファンを増やしている。著書に『デビル・イン・ヘブン』（祥伝社文庫）『スノウ・エンジェル』（祥伝社四六判）『ドラゴンフライ』『ダンデライオン』『粗忽長屋の殺人』『800年後に会いにいく』『燃える水』など。

ジャンヌ Jeanne, the Bystander

平成31年2月20日　初版第1刷発行

著者——河合莞爾《かわいかんじ》
発行者——辻 浩明
発行所——祥伝社《しょうでんしゃ》
〒101-8701 東京都千代田区神田神保町3-3
電話 03-3265-2081（販売） 03-3265-2080（編集）
03-3265-3622（業務）
印刷——堀内印刷
製本——ナショナル製本

ISBN978-4-396-63560-2 C0093
祥伝社のホームページ・http://www.shodensha.co.jp/